GRANDI TASCABILI CONTEMPORANEI
NARRATIVA

189

Della stessa autrice

Le avventure erotiche di una ragazza perbene

Titolo originale: *The Tuesday Erotica Club*

This edition published by arrangement with the Proprietors
through Piergiorgio Nicolazzini Literary Agency
Traduzione di Barbara Bandini

Prima edizione in questa collana: giugno 2012

Roma, Casella postale 6214

ISBN 978-88-541-3921-3

www.newtoncompton.com

Realizzazione a cura di 'verso
Stampato nel giugno 2012 presso Puntoweb s.r.l., Ariccia (Roma)
su carta prodotta con cellulose senza cloro gas provenienti
da foreste controllate, nel rispetto delle normative ambientali vigenti

Lisa Beth Kovetz

Il club erotico del martedì

Newton Compton editori

A Jonah e Aubrey

E a tutte le amiche che mi sono state vicine in questi anni: Beverly Crane, Jennifer Gunzburg, Tina K. Smith, Star-Shemah Bobatoon, Margot Avery, Lara Schwartz, Sandi Richter, Cookie Wells, Nataly Sagol, Margo Newman, Pascale Halm, Deborah Hunter-Karlsen, Antonella Ventura Hartel, e Michael Rosen.

Grazie anche ad Adam Chromy,
che mi ha tirato fuori dallo stagno degli scrittori esordienti
e ha venduto il mio libro all'editore giusto.
E un ringraziamento speciale a Hillel Black di Sourcebooks,
che ha trasformato il mio testo in un manoscritto professionale.

1. MOGANO

«...e *poi ancora e ancora contro la vetrinetta elegante di mogano, e poi spinse la carne calda delle sue natiche, che in realtà è solo una parola difficile per dire culo, contro il vetro freddo, no?, che le trasmetteva questi piccoli brividi lungo la schiena, no?, ed era per via del freddo, capito, e poi anche davanti, no?, ma era a causa della sua lingua calda perché, cioè, gli faceva il solletico sul collo e sulle, cioè, sulle tette, giusto no?, e allora lei sentì il tintinnio di quelle statuette di terracotta, giusto, e di tutte quelle altre stronzate sui ripiani che erano dell'ex moglie, nelle orecchie, no?, e allora lui cominciò a...»*.

All'improvviso Lux Fitzpatrick smise di leggere. Alzò lo sguardo verso la porta che si stava aprendo. Le labbra di un rosso acceso erano dischiuse, in attesa della parola seguente che le sarebbe uscita di bocca. Gli zigomi erano alti e la pelle avrebbe brillato di gioventù e vitalità, se non fosse stata nascosta sotto uno spesso strato di trucco da quattro soldi. I suoi bei capelli, lunghi e arruffati, combattevano contro una tintura fatta in casa e troppa lacca. Strisce di ombretto in tonalità normalmente riservate agli impianti idraulici le gravavano sugli occhi. Le lunghe gambe di Lux erano fasciate da calze a scacchi viola, il sederino rotondo era coperto a malapena da una minigonna arancione. Un seno abbondante spiccava sotto un coloratissimo top scollato. Se si decideva di non darle una seconda occhiata, si poteva descrivere Lux con un termine industriale: Day-Glo, vernice fluorescente.

Il suo senso del pudore era sottosviluppato come i suoi gusti in fatto di moda e quindi, quando la porta della sala conferenze si spalancò, non smise di leggere la sua opera erotica a causa dell'imbarazzo, ma semplicemente perché era curiosa di vedere chi stava entrando.

Le altre due donne già presenti nella stanza non erano così sfacciate come Lux. Spaventate dall'idea di farsi beccare a fare qualcosa di sconcio, afferrarono i sacchetti di carta marrone che contenevano il pranzo e si sforzarono di assumere un'aria distaccata. Aimee infilò i suoi racconti erotici sotto un fascicolo dell'ufficio mentre Brooke si fece scivolare i suoi direttamente sotto il sedere. Dopodiché le due girarono la testa all'unisono, simili a cervi terrorizzati, per vedere chi stava aprendo la porta della sala conferenze.

L'egregia signora Margot Hillsboro, si mise a ridere nel vedere quelle donne spaventate che la fissavano mentre entrava con passo spedito nella stanza.

«Scusate», disse Margot. «Per il ritardo, voglio dire».

«Ritardo per cosa?», chiese Aimee infilando le dita nei suoi riccioli neri.

«Be', per la riunione. Il vostro club. La faccenda del gruppo letterario del martedì».

Un sospiro di sollievo. Era una di loro.

«Il club è solo su invito?», continuò Margot. «Ho avuto l'impressione che si trattasse di un club letterario aperto a chiunque in ufficio fosse… be', istruito».

La supposizione di Margot era sbagliata. L'ultimo club in circolazione in quel loro enorme studio legale apparteneva esclusivamente ad Aimee.

Quando Aimee si era resa conto di essere incinta, aveva capito che avrebbe avuto bisogno di qualcosa che la distraesse dalla paura che quel bimbo che cresceva dentro di lei avrebbe cambiato la sua vita in maniera così drammatica da farle perdere completamente di vista se stessa. Aimee voleva compagnia.

Voleva creatività. Quindi aveva selezionato con cura quaranta delle sue colleghe e le aveva invitate a portarsi ogni martedì il sacchetto del pranzo in sala conferenze e a condividere le loro riflessioni letterarie.

Aimee era stata la prima a cominciare, leggendo un breve racconto scritto all'università su un uccellino che aveva salvato dalle grinfie del suo gatto solo per vederlo morire sul pavimento della cucina. Aveva riso con le amiche sull'uso di una metafora particolarmente impacciata e pianto di nascosto quando aveva compreso che quello che all'epoca le era sembrato un nascente e grande talento letterario in realtà non si era rivelato tale. Durante il primo mese di riunioni, tutte avevano perlomeno una vecchia poesia o un racconto da condividere ma al secondo era diventato chiaro che l'unico modo in cui il Club letterario del martedì di Aimee poteva sopravvivere era che i membri si mettessero a scrivere qualcosa di nuovo. Qualcosa di interessante. Metà delle donne si erano ritirate.

I restanti membri del club ce l'avevano messa tutta per creare qualcosa di affascinante da leggere ad alta voce alle loro amiche, ma il tempo era poco e le loro lagnanze troppo simili. Persino Aimee aveva cominciato ad annoiarsi con tutte quelle poesie infiorettate in stile giapponese che parlavano di *bla bla bla*, e con quelle epistole sulla noia e sull'enorme ingiustizia di prendere una laurea in arte solo per scoprire che l'affitto e il cibo non sono che mezzi per spremerti soldi. Quando il gruppo di scrittrici era sembrato sul punto di sciogliersi Aimee aveva suggerito di dedicare qualche riunione alla letteratura erotica. Quando Lux aveva ribattezzato l'iniziativa Club erotico del martedì, cinque delle restanti donne si erano ritirate immediatamente. Sette avevano affermato che avrebbero partecipato e tre – Lux, Aimee e Brooke – si erano presentate effettivamente. L'arrivo improvviso e inatteso di Margot Hillsboro le aveva portate a quota quattro.

«Voglio dire», continuò Margot mentre chiudeva la porta e sceglieva un buon posto al tavolo delle conferenze, «sono partita dal presupposto che il vostro club di scrittrici fosse aperto a tutti».

Se Margot era imbarazzata, non lo dava a vedere. Aimee lo apprezzava.

«Sei venuta ad ascoltare? Oppure hai scritto qualcosa?»

«Be', qualcosa ho scritto. Qualcosa di erotico. E ho proprio voglia di leggerlo», disse Margot con una voce chiara che faceva sembrare le sue idee estremamente importanti. Una voce che le era stata utilissima durante gli anni trascorsi a giurisprudenza, e che nelle riunioni risuonava al di sopra delle voci viscide dei suoi polemici colleghi maschi. Stai sbagliando, diceva sfacciatamente in tono melodioso. Nello studio legale Warwick & Warwick s.r.l. avevano dato retta ai consigli di Margot abbastanza spesso da darle una promozione.

A cinquant'anni, Margot era forte e in forma e portava vestiti costosi di due misure più piccole rispetto a quelli di cotone che indossava quando frequentava le superiori in una piccola città del Midwest dedita alla coltivazione del frumento.

Al pari di Lux, Margot si tingeva i capelli e usava la lacca. Entrambe le donne si mettevano fondotinta, cipria e mascara, sebbene i risultati fossero completamente diversi. Forse dipendeva dalla qualità del maquillage che le due donne potevano permettersi. Margot spendeva migliaia di dollari l'anno per farsi tingere i capelli dello stesso colore di quelli che crescevano naturalmente sulla testa di Lux. Compensando all'eccesso tale discrezione, Lux chinava la testa sul lavabo della cucina e ci rovesciava sopra un flacone di roba appiccicaticcia da 7,95 dollari che trasformava sia il lavabo sia i suoi bei capelli biondo rame nel colore vivace di una monetina da un centesimo. O magari era la quantità di prodotto che faceva sembrare le due donne così diverse. Margot utilizzava la lacca con parsimonia per tenere le ciocche a posto laddove Lux, senza averne intenzione, si creava un'acconciatura che le avrebbe protetto il cranio da fratture in caso di urto frontale.

Al pari di Lux, Margot Hillsboro non era stata invitata a unirsi al club letterario di Aimee. Margot era un avvocato e Aimee un'assistente legale. Margot, pertanto, volava al di sopra del radar dell'amicizia di Aimee. Lux Fitzpatrick, in quanto segretaria, non era stata invitata perché non era degna dell'interesse di Aimee. Tutto quello che riguardava Lux infastidiva Aimee, a cominciare dal nome.

Lux Kerchew Fitzpatrick avrebbe dovuto chiamarsi Ellen Nancy, rispettivamente dal nome della madre e della nonna paterna, ma il signor Fitzpatrick era veramente su di giri la notte in cui era nata la sua unica figlia e l'aveva chiamata Lux perché gli piaceva il suono che la parola produceva nella sua bocca e Kerchew, come il rumore di uno starnuto, perché lo faceva ridere. Non aveva tenuto in conto che Lux in inglese fa rima con *trucks*, robaccia, e che un giorno avrebbe potuto essere un peso per una bella ragazza. Sua madre non era rimasta contenta del nome ma cambiarlo avrebbe significato un viaggio in città, viaggio spesso progettato ma mai compiuto. Quando Lux aveva smesso di indossare i pannolini il nome le si era appiccicato addosso e non era stato più cambiato.

Una volta, a quattordici anni, durante una gita scolastica aveva incontrato un signore anziano che le aveva detto che il suo nome in latino significava "luce". Era rimasta contenta dell'informazione finché lo stesso signore non aveva cominciato a presentarsi a scuola affermando di essere suo marito. In breve tempo era stato catturato di nuovo e rimandato all'ospedale dal quale era scappato. Da sola, Lux non era riuscita a sapere se l'uomo avesse mentito o meno a proposito del suo nome. Le persone che le volevano bene le avevano detto di dimenticare, che i nomi non erano importanti. Quell'episodio aveva piantato un delizioso seme dentro di lei. L'idea che le parole avessero un significato giaceva addormentata nel cuore di Lux, in attesa di un raggio di sole che la facesse germogliare.

«Voglio far parte di questa… cioè, questa cosa della scrittura», aveva annunciato Lux un martedì all'ora di pranzo. Quando si era lasciata cadere sulla sedia a capotavola nella sala conferenze, la minigonna viola si era tirata su fino a mostrare una smagliatura sulla parte più alta della calza a righe blu e fucsia, accomodata in fretta con una goccia di smalto chiaro per impedire una corsa più lunga giù per la gamba.

Ah no, non lo farai, avrebbe voluto rispondere Aimee. Togli dalla sedia quella gonna viola scamosciata da quattro soldi e troppo attillata e tornatene immediatamente alla tua postazione di segretaria. Questa pausa pranzo appartiene a me.

Se avesse pronunciato queste parole ad alta voce, forse avrebbe fatto tremare il labbro inferiore di Lux, forse l'avrebbe fatta fuggire via in lacrime dalla sala. O forse no. Magari Lux le avrebbe risposto di andare a quel paese e sarebbe rimasta seduta, ma Aimee non lo avrebbe mai saputo perché non aveva avuto il coraggio o la forza di affrontare Lux e cacciarla dal club.

E così Lux, coi suoi foglietti scritti a mano e scarabocchiati, foglietti che in effetti presentavano tutti i "cioè" e i "no?" che farcivano il suo linguaggio abituale, era diventata un membro del gruppo letterario di Aimee.

Dopo la prima lettura di Lux (un pezzo che parlava di un gatto morto che era stato messo sotto dalla moto del suo ragazzo) fu fatta circolare, tramite la mail dell'ufficio, una nuova regola tra i membri, a eccezione di Lux, che recitava: «Niente risate alle sue letture, indipendentemente da quanto Lux sembri stupida». Quando il club si era ridotto a soli tre membri, Aimee avrebbe dovuto esser grata a Lux per la sua ostinata presenza, che contribuiva a fare numero. Non lo era. La stretta vicinanza con la selvatica gioventù di Lux e con la sua ignoranza si faceva più fastidiosa di settimana in settimana.

Margot Hillsboro era venuta a conoscenza del club di Aimee dai pettegolezzi che circolavano in ufficio e l'aveva dimenticato in fretta finché non aveva visto le donne entrare in sala conferenze per la pausa pranzo e uscirne un'ora dopo tra abbracci e qualche lacrima. Piacerebbe anche a me, pensò Margot. Sono in grado di scrivere, si disse. Ho costruito una carriera di grande successo mettendo nero su bianco le mie idee e le mie ragioni. Di sicuro sono in grado di scrivere qualcosa di interessante e di nuovo.

Margot si era lambiccata il cervello in cerca di un filo da seguire per dipanare il suo enorme talento e svelarlo alle donne del club letterario. Se soltanto avesse potuto immaginare una storia personale e profondamente tragica avrebbe potuto essere la destinataria di un po' di quel calore e di quella simpatia che trasudavano dalla sala conferenze ogni martedì dopo la pausa pranzo. Era ancora in cerca della storia giusta quando il gruppo letterario del martedì di Aimee aveva preso la sua piega erotica.

Improvvisamente ispirata, una fantasticheria completa era fuoriuscita dalla sua penna e Margot aveva dovuto solo trascriverla. E quindi, il racconto in mano, era entrata baldanzosa – solo Margot sapeva camminare in modo baldanzoso – in sala conferenze, aveva interrotto la lettura di Lux, si era messa seduta e si era unita a loro senza in realtà essere stata invitata a farlo.

«Vieni dopo di me, perché ho quasi fatto», disse Lux, dopodiché ritornò alla sua opera pornografica e tutta scarabocchiata.

«Va bene, se va bene a tutte», rispose educatamente Margot.

«*E allora, no?, allora quando viene, è come il rumore di un borbottio allegro*». Lux continuò a leggere il suo pezzo.

«Il rumore di un borbottio allegro», disse Brooke, ripetendosi la frase, giudicandone le qualità letterarie e fisiche. Lux le lanciò uno sguardo diffidente e poi continuò.

«E poi quel rumore è enorme, giusto, e poi, cioè, voglio dire il rumore del suo orgasmo, è come se scuotesse tutta la stanza. E questa ragazza, no?, capisce perfettamente perché sta facendo rumore, no?, perché lei sa che lui sa che i vicini possono sentire, no?, giusto. Ah! Ah! E poi è finito. Fine».

Lux ripiegò il foglio a metà e si rimise a sedere, svelta.

«Scusa, è tutto?», chiese Brooke scuotendo il capo come se non avesse afferrato.

«È tutto», rispose Lux. «Fine, l'ho detto, fine. Stai diventando sorda o che?»

«Sì, è tutto. Fine. Nessun altro ha qualcosa da leggere? Margot, sei pronta a cominciare?», domandò Aimee rapidamente, determinata ad andare avanti, ad allontanarsi da Lux e dai suoi ricordi spiacevoli.

«Hai scritto veramente "*Ah! Ah!*" nella tua storia? Oppure si trattava di una parte dell'esibizione?», si informò educatamente Margot.

Lux si girò sulla sedia e guardò Margot, cercando di capire se con quella domanda intendeva dire qualcosa di scortese o di ironico. Margot aveva un sorrisetto appena accennato e un'espressione leale e un secondo dopo Lux decise che la via era libera.

«Li ho scritti, gli "*Ah! Ah!*"», ammise Lux.

«Quindi l'hai scritto». Aimee cercava di andare avanti. «Grazie Lux. Nessun altro ha qualcosa da leggere?».

«Aspetta. Credo di essermi persa qualcosa del tuo pezzo», disse Brooke a Lux.

«Tipo?», chiese Lux, cercando di non sembrare sulla difensiva malgrado già lo fosse. Si era fatta strada a viva forza in quella sala per un motivo. Se seguitava a contrattaccare ogni volta che pensava di essere attaccata, non ce l'avrebbe fatta a ottenere quello che voleva da quelle donne.

«Lei non è venuta», disse Brooke.

«No».

«Perché?»

«Così».

La donna più grande guardava Lux, così giovane, così carina, così stupida, con grande comprensione.

«Il tuo personaggio è frigido?», chiese Brooke, il caschetto di capelli biondi perfettamente tagliati si mosse appena mentre scuoteva la testa, incredula.

«Che cavolo, no! È solo che non fa parte della storia. Non c'è, cioè, perché è la visione dell'autore, ok?».

Lux ricominciò a piegare il foglio. Quando si ridusse a un minuscolo quadratino che non poteva essere ripiegato ulteriormente, lo ficcò nella borsetta arancione ornata di frange.

«Ok», disse Brooke. «Però credo che nel tuo racconto anche la ragazza dovrebbe venire. Dico solo che lo farebbe diventare un racconto più bello. In primo luogo ci sono tutte le implicazioni femministe, e poi in questa maniera sarebbe più equilibrato. Voglio dire, se consideri l'architettura del pezzo».

«Lei non viene», insistette Lux.

«Perché?»

«Perché nel sesso ci sono cose che sono più importanti del sesso», rispose Lux. E questo era tutto ciò che aveva intenzione di dire sull'argomento.

Brooke la guardò a lungo. Assaporò le parole di Lux quasi fossero state una lunga sorsata fresca e le trattenne in bocca, gustandosi il sapore di quel concetto e valutando la donna che lo aveva enunciato. Brooke aveva debuttato in società a New York, a Palm Beach e, per motivi che non comprendeva, a Ginevra, in Svizzera. Tutti quegli abiti bianchi la annoiavano. Brooke adorava i colori. La madre di Brooke la considerava un pietoso fallimento perché aveva scelto una carriera da pittrice invece che la proposta di matrimonio di un buon partito.

Lux si sentiva in imbarazzo sotto lo sguardo di Brooke. Non le piaceva essere guardata a quel modo. Anche se c'era un che di piacevole, c'era anche un che di spaventoso. Avrebbe voluto dire «vaffanculo» o fare qualcosa di stupido per far credere a Brooke che era più volgare di quanto fosse in realtà, per farla smettere di guardare. Lux si allontanò dal tavolo della sala conferenze e scarabocchiò una serie di note sul suo taccuino, che suonavano così:

Architettura del pezzo – Che cazzo è?
~~*Brooke è lesbica?*~~
Non scrivere più Ah! Ah! – Perché?

Le orecchie di Lux stavano diventando rosse mentre scarabocchiava. Rabbia? Vergogna? Aimee sperava che non scoppiasse nella sale conferenze.

Ecco perché, pensò Aimee, non ho invitato le segretarie a far parte del club. Non riescono a gestire le emozioni. Non hanno alcun senso dell'umorismo, né ironia. Aimee aveva bisogno di emozioni profonde e intelligenti e di interazione personale per vivere, ma ne aveva bisogno da una distanza di sicurezza. Sicurezza e distanza, per lei, erano il tocco aggiunto dall'arte per abbellire la sofferenza. Al momento, ritenne opportuno distogliere la sua attenzione da Lux e andare avanti.

«Margot, hai l'aria di avere un bisogno urgente di condividere il tuo lavoro col gruppo. Ti va di farlo ora?»

«In effetti sì, mi va. Sono Margot Hillsboro. Lavoro principalmente nel settore Società e qualche volta nel settore Contratti, malgrado abbia cominciato nel settore Amministrazioni fiduciarie e Proprietà».

«Io sono Brooke, uno dei supervisori del reparto Elaborazione testi».

«Sì, sì, sappiamo tutti chi siamo», intervenne Aimee con condiscendenza. Era diventata un'assistente legale dopo aver ammesso con se stessa che non sarebbe mai riuscita a fare abbastanza soldi come fotografa. Brooke, una vecchia amica della scuola d'arte, l'aveva aiutata a ottenere quel posto alla Warwick. In qualità di supervisore, Brooke se ne stava seduta a un'enorme scrivania di fronte a tutte le minuscole scrivanie di coloro che si occupavano dell'elaborazione dei testi e risolveva i loro problemi coi programmi del computer, con gli avvocati oppure con il piano di lavoro. In qualità di assistente legale, il lavoro di Aimee era molto simile a quello di un avvocato in fase di praticantato, a parte il fatto che al confronto guadagnava una miseria e aveva pochissime possibilità di far carriera. Brooke lavorava part time per aumentare il suo fondo fiduciario. Le dava modo di accettare inviti all'ultimo momento per feste in posti lontanissimi, come Bali o la Romania. Aimee lavorava full time in modo da poter mangiare e pagare l'affitto.

«Bene. Ehm, stamattina prima della palestra ho buttato giù questo. Si tratta solo di una piccola fantasticheria che ricorre in continuazione», disse Margot. Tirò fuori il foglio e lesse la prima frase, perfettamente battuta a macchina.

«*C'era un non so che nella sua mobilia che le faceva venir voglia di spogliarsi*».

Fra tutti i membri del nascente Club erotico del martedì, Margot era quella che guadagnava di più, portandosi a casa un assegno di poco meno di un quarto di milione di dollari l'anno per una settimana lavorativa di settanta o ottanta ore. Non aveva familiari a carico e aveva il vizio dello shopping. Con l'avvicinarsi della menopausa, si era accorta che c'era un dirupo alla fine della sua autostrada, un salto enorme. Cosa avrebbe fatto quando avrebbe smesso di lavorare? Non era una socia della Warwick & Warwick, non possedeva nemmeno un pezzetto di quell'azienda che aveva contribuito a costruire e quindi non era in grado di gestire né di controllare la totalità della sua vita. A un certo punto in un futuro ancora non visibile, le avrebbero chiesto di smettere di venire a lavoro.

«Farai la stessa cosa che fai durante i fine settimana», le aveva detto la madre. «Smetterai di lavorare e la vita sarà un continuo fine settimana».

In vita sua Margot aveva lavorato durante quasi tutti i fine settimana. Nel tempo libero andava a caccia di vestiti da indossare a lavoro. Persino in vacanza oppure durante i viaggetti con i suoi amanti c'era sempre la sua ventiquattrore piena delle necessarie distrazioni nelle quali tuffarsi quando le cose si facevano noiose o deludenti. La ventiquattrore era una borsa magica dalla quale tirava fuori il rispetto, l'autostima e uno scopo, così come i quattromila dollari al mese per l'appartamento, un guardaroba da urlo, dei viaggi interessanti e un eccellente lifting facciale. Grazie alla sua ventiquattrore incontrava i suoi amanti. (I consulenti legali della parte avversa erano estremamente piacevoli una volta concluso l'affare). I mesi, saltuari, in cui non aveva sangue tra le gambe le ricordavano che alla fine tutte le cose rallentano il ritmo. Questo pensiero portò a una nuova serie di annotazioni, tutte scritte con un carattere ben marcato e più grande degli altri, annotazioni che suonavano così:

Trovare un hobby/un amante.
Cercare di starsene seduta tranquilla.
Farsi degli amici ~~migliori~~.

Quella piccola e irritante fantasia sessuale, che le frullava in testa di continuo, che ostacolava gli altri pensieri e saltava fuori all'improvviso nei momenti meno opportuni, si era trasformata nel suo primo tentativo di farsi dei nuovi amici. Era convinta che scrivendola avrebbe preso due piccioni con una fava. Una riunione letteraria intima con qualche nuova amica le avrebbe sicuramente permesso di trarre vantaggio da quella fantasia. Si sbagliava.

«*In un angolo della sua cucina*», cominciò a leggere Margot, *«c'era un'elegante vetrina di mogano di squisita fattura in stile Luigi* XIV, *piena di cristalli Baccarat e porcellane di Limoges»*.

Lux posò la sua limetta per le unghie.

«L'aveva notata durante svariate cene di lavoro che finivano tra alcool e allegre prese in giro. E mentre discutevano dei guadagni dell'ultimo trimestre o del bridge, spesso si distraeva, mentre gironzolava attorno a quel mobile imponente e si chiedeva come sarebbe stato sentire il proprio culo nudo spinto contro quello stesso mobile».

Sguardi confusi vagavano per la sala, laddove avrebbe dovuto esserci soltanto un silenzio interessato. La sua ossessione erotica completa di mobili era troppo bizzarra per loro? Non era nemmeno arrivata alla parte più bizzarra, quella in cui poggiava le natiche sul ripiano sporgente in modo che Trevor potesse far l'amore con lei. Non credevano che il suo vecchio culo potesse adattarsi al ripiano di una vetrinetta? Oppure era soltanto troppo per loro? Se erano così pudiche perché darsi il disturbo di passare all'erotismo? Margot ripiegò le schede battute con cura e se le appoggiò in grembo. Alzò lo sguardo e vide che Lux la stava fissando.

«È tutto ok?», domandò. «Non voglio offendere nessuno».

«È perfetto», rispose Brooke. «Continua a leggere».

Margot si guardò attorno. Tutti gli occhi erano puntati su di lei. Erano in attesa, persino impazienti di sentire il resto della storia. Margot si buttò.

«La sua cucina era un miracolo d'architettura e lui un cuoco provetto. Una sera, dopo paté e champagne, gettò la prudenza alle ortiche e il reggiseno sul pavimento mentre avanzava scalza sulle mattonelle per buttarsi tra le sue braccia in attesa».

Mentre ascoltava la storia di Margot sul fare sesso in equilibrio precario su un pezzo d'antiquariato, Lux si domandò se Margot fosse mai stata a casa di Trevor.

2. IL PANCIONE

Ogni giorno che passava il pancione la intralciava sempre di più. Aimee, incinta di sette mesi, si aiutava con un ginocchio per tenere aperta la porta del suo appartamento, mentre teneva in equilibrio su un braccio due buste della spesa e nello stesso tempo cercava di tirar fuori la chiave dalla serratura. Non si muoveva. Non faceva nemmeno caldo. Non c'era alcuna ragione per cui la chiave dovesse amare così tanto quella serratura da decidere di non mollarla. Aimee diede uno strattone. Barcollò. Imprecò. Lo chiamò.

«Tesoro, vieni ad aiutarmi», implorò. La sua fotografia, una riproduzione digitale di qualità in uno splendido formato gigante, le rispose dicendole «non c'è... tesoro». Alla fine posò a terra le due borse della spesa e con tutte e due le mani riuscì a liberare la chiave dalla serratura. Dopodiché si buttò sul letto e scoppiò a piangere.

Anche quando i singhiozzi si placarono non riuscì a sentirsi a proprio agio. Stare distesa sulla pancia le faceva venire l'acidità fin su nell'esofago finché non le bruciava la parte posteriore della gola. Quando si metteva distesa supina le lacrime le salivano agli occhi e il muco scendeva lungo la gola fino a incontrarsi con l'acidità nell'esofago. Il muco avrebbe dovuto neutralizzare l'acidità, ripeteva a se stessa, ma in realtà la soffocava soltanto. Stare su un fianco le schiacciava i tendini mentre stare sull'altro fianco le faceva intorpidire i piedi. Alla fine si mise seduta al tavolo in cucina su una sedia con lo schienale dritto, si prese la testa tra le mani e pianse. Nessuno la interruppe. Finalmente la fame e la curiosità asciugarono le lacrime. Perché quella sera non era a casa?

Nessun messaggio sul frigo. Nessuna mail sul suo computer. Nella sua segreteria telefonica c'era solo un messaggio e non era da parte del marito. In quella di suo marito c'erano quindici messaggi. Doveva ascoltare di nascosto? Ci sarebbe stata una vocetta allegra che Aimee avrebbe potuto filtrare attraverso le sue paure per scoprire la sua infedeltà? Aimee srotolò il ricciolo di capelli neri che si era attorcigliata sul dito e poi spinse il bottone della segreteria telefonica.

Bip. Un messaggio per dire che un lavoro era stato annullato. Un altro posticipato. Da' un'occhiata al giornale. C'è una recensione sull'ultima mostra che hai fatto a Filadelfia. Il mese prossimo puoi andare di nuovo a Tokyo? Si tratta di cinquemila bigliettoni a settimana. Le riparazioni allo zoom sono state fatte. Vieni a prenderlo. Non sarò a casa stasera, tesoro. Lavoro fino a tardi.

«Deficiente», disse ad alta voce. «Lasci un messaggio per me sulla tua segreteria telefonica, che stronzo. Come pensavi che potessi ascoltarlo?».

E tuttavia, l'aveva ricevuto. Forse era andato a senso perché sapeva che lei, ligia al dovere, avrebbe esplorato tutti i posti possibili fino a trovare una spiegazione alla sua assenza. Assenze.

Aimee si scostò i capelli dagli occhi e si strinse le braccia sul seno trasformatosi improvvisamente in una quarta abbondante. Non era solo il pancione a crescere. Anche i capelli crescevano furiosamente, rovesciandole cascate di riccioli sugli occhi già poche settimane dopo averli tagliati. E poi c'era quel seno. Aimee era stata contenta quando il suo reggiseno taglia prima coppa A si era fatto stretto. Era sempre stata magra e piatta. In un certo senso era eccitante avere un seno coppa B. Poi un mattino, al lavoro, aveva pensato di essere in preda a una specie di attacco d'asma. Era seduta alla scrivania, intenta a riesaminare un contratto per uno degli avvocati quando all'improvviso si era accorta che semplicemente non riusciva a respirare. Era come se avesse avuto una fascia elastica intorno al torace che la soffocava. Aveva temuto per la vita del bambino ed era scappata via per vedere un medico.

Sul volto del tassista era calata un'espressione terrorizzata quando Aimee aveva sussurrato le parole «pronto soccorso» attraverso il divisorio di plastica e l'uomo aveva guidato il più velocemente possibile. L'infermiera l'aveva portata d'urgenza in sala visita. Aimee si era tolta la camicetta e il medico aveva notato subito i segni profondi sulla schiena e sulle spalle. Non appena aveva tagliato il reggiseno taglia seconda coppa B Aimee aveva ripreso di nuovo fiato, riempiendosi i polmoni al massimo per la prima volta quel giorno.

«Ha mangiato roba molto salata oggi?», chiese il medico.

«Ho mangiato carne di manzo affumicata», ansimò Aimee.

«Fa gonfiare. Dappertutto».

Aimee aveva dato un'occhiata al reggiseno di pizzo che aveva in mano, ormai rovinato.

«È il primo figlio?»

«Sì».

Ma non la prima gravidanza. C'era stato un aborto spontaneo. E l'interruzione di gravidanza. Le interruzioni. Non ancora, non ancora, le aveva detto. Ho bisogno di tre, no quattro, no cinque anni e poi sarò pronto, le aveva detto. E lei era stata d'accordo con lui ma a volte trascurava di prendere la pillola. E poi si faceva prendere dal panico perché lui si faceva prendere dal panico e concordava sul fatto che in quel momento un bambino avrebbe rovinato la loro vita. Dopo sette anni Aimee e il suo corpo ne avevano avuto abbastanza.

«Smetto di prendere la pillola», gli aveva comunicato, e poi glielo aveva ridetto per essere sicura che avesse sentito. Lui aveva risposto ok e non ne avevano parlato più.

Lui aveva pensato che dopo dieci anni di ormoni artificiali Aimee avrebbe avuto bisogno di almeno un paio di mesi per diventare di nuovo fertile. Lei aveva pensato che ce ne sarebbero voluti almeno quattro. Si erano sbagliati entrambi. In capo a due settimane il corpo di Aimee era pronto.

Le mestruazioni le erano venute puntualmente per i primi tre mesi di gravidanza. Più scarse, ma rosse e con cadenza regolare. Poi era passato un altro mese e Aimee aveva aspettato pensando che il ciclo le fosse saltato per lo stress. Dopo aver buttato nell'inceneritore tre test di gravidanza positivi, aveva avuto bisogno di un altro po' di tempo per trovare la forza per dirglielo. Quando alla fine si era decisa, lui era andato fuori di testa, così anche lei era andata fuori di testa ma il dottore era stato irremovibile. Non le avrebbe procurato un aborto al quinto mese di gravidanza.

Aimee aveva esultato e lui aveva messo il broncio.

«Le nostre carriere!», le gridava. «Che succederà alle nostre carriere?».

Ma era passato parecchio tempo da quando Aimee aveva avuto una carriera. Aveva un lavoro e un passatempo costoso in cui era bravissima. A quarant'anni si era scoperta contraria a sacrificare la sua ultima occasione di diventare mamma per una briciola di carriera nel campo della fotografia.

Quando gli aveva comunicato la sua decisione lui era crollato e si era messo a singhiozzare. Per un momento aveva avvertito un senso di dolore e di colpa che però si era tramutato in gelido disgusto quando i suoi singhiozzi erano diventati troppo consistenti, troppo drammatici, troppo manipolatori.

«Che hai fatto?», diceva e piangeva lacrime di coccodrillo. Le lacrime sgorgavano mentre con fare tragico teneva la testa appoggiata allo stipite della porta della loro camera da letto e la guardava fare i bagagli. Aimee aveva chiuso con forza la valigia e si era avviata verso l'ascensore. Oddio, oddio, oddio, continuava a ripetere tra sé e sé mentre l'ascensore scendeva. Dove andrò? Che farò? Come vivrò? Nella testa le risuonava la voce di Rossella O'Hara mentre superava il quarto, il terzo, il secondo piano. Il cuore non le batteva forte per la paura, ma per la sua scarsa libertà. Era rimasta nell'atrio del palazzo a chiedersi dove sarebbe potuta andare per sfuggire all'inesorabile disappunto del marito nei confronti della gioia che stava crescendo dentro di lei.

In una stanzetta del Chelsey Hotel, Aimee era nuda davanti a uno specchio malamente illuminato e si meravigliava del suo pancione. E poi dal contorno smussato dello specchio aveva fatto capolino uno spiritello di paura e solitudine, prendendola di soppiatto. Come avrebbe fatto a permettersi il lusso di fare la madre single? Era abbastanza forte per fare questa cosa da sola? Nel mezzo di quell'enorme e doloroso attacco di panico, lui l'aveva rintracciata e l'aveva implorata di tornare, bambino e tutto. La sua telefonata aveva ucciso lo spiritello. Si era trattato soltanto di un'errata sincronizzazione.

«Anche tu mi manchi», aveva confessato Aimee.

«Non posso vivere senza di te. Tu sei tutto per me. Se vuoi questo bambino, lo puoi avere. Ti amo. Ti prego, torna a casa, Aimee».

Era andato alla reception a pagare il conto e aveva caricato la valigia sul taxi. Quando furono di nuovo a casa, aveva aperto la porta e l'aveva portata in braccio oltre la soglia. Aveva infilato la valigia nello spazio tra il comodino e il muro. L'aveva baciata sulla guancia. E poi era scomparso.

Non subito. A poco a poco aveva cominciato a lavorare sempre di più, accettava più lavori fuori, andava a Tokyo talmente tanto spesso che parlava persino di comprare un appartamento in quella città. Diceva che la faccenda della paternità imminente lo costringeva a prendere più seriamente la sua carriera. Ora avevano bisogno di sicurezza. E di soldi. Dopo anni passati a criticare con freddezza amici e colleghi che si vendevano alla fotografia pubblicitaria, si era buttato a capofitto in quella piscina di soldi e si era accorto che l'acqua era sorprendentemente piacevole e un po' inebriante. Un fotografo deve accettare i lavori quando è sulla cresta dell'onda, le disse mentre si immergeva di nuovo. Poteva cessare tutto da un momento all'altro, e allora dove sarebbero finiti?

Aimee stava davanti alle enormi finestre del loro appartamento, tracce dei giorni in cui la loro casa era un edificio industriale, e osservava la città sotto di sé. Proprio alle sue spalle, sul muro, erano appesi i loro lavori, le uniche due riproduzioni rimaste dai tempi del loro ultimo anno scolastico a Chicago, anno in cui avevano partecipato a una mostra di gruppo insieme ai loro compagni di classe. La riproduzione grande era la sua e quella più piccola di Aimee.

Lui aveva idee grandiose. Anche lei, ma lui aveva presentato le sue idee grandiose in riproduzioni di un metro e mezzo per due. Lei lo aveva aiutato a pagare la stampa, lo aveva aiutato a sviluppare quelle enormi riproduzioni. Il suo lavoro era altrettanto buono ma lei lo aveva presentato con una stampa che era larga ventisette centimetri e lunga trentacinque. A fine corso lei aveva rimediato un dieci e lui un agente.

Stava di fronte all'unica riproduzione che lui non aveva venduto, una vagina di un metro e mezzo per due solo parzialmente nascosta da un dito che entrava dentro. Un mecenate delle arti molto perspicace avrebbe dovuto osservare l'opera per qualche minuto prima che l'angolazione e la scala utilizzata permettessero all'osservatore di riconoscere le parti anatomiche che stavano interagendo nella fotografia. C'erano state delle offerte di tutto rispetto ma lui si era rifiutato di venderla, dicendo a tutti quelli che gliela chiedevano che la modella era Aimee e che non avrebbe mai potuto vendere la passera di Aimee.

Quando era stata scattata la foto, Aimee indossava dei jeans strappati e una maglietta. Era in piedi proprio alla sinistra della passera e reggeva un pannello riflettente che rimandava una luce perfetta sul soggetto. Che ci fosse qualcuno disposto a credere che quella vagina, con quei peletti chiari e appena arricciati, potesse essere quella di Aimee era al di là della sua comprensione. Quella era chiaramente una vagina anglosassone. Tutti i follicoli di Aimee producevano dei riccioli a cavaturaccioli di diverse proporzioni. Aimee aveva molte cose, ma una vagina anglosassone non rientrava nei i suoi attributi.

Che ho fatto a noi due, pensava Aimee mentre gironzolava per la casa guardando le foto, fermandosi davanti al suo nudo, la stessa modella ripresa nello stesso studio ma con un approccio all'immagine più olistico. E, ovviamente, non in quel maledetto formato di un metro e mezzo per due. Ero brava, pensò. Ero brava quanto lui. Perché ho smesso? Mentre stava lì a fissare le pareti, si accorse di sapere il perché.

Aimee non avrebbe mai potuto competere con una vagina di un metro e mezzo per due. Non avrebbe mai potuto essere così sfrontata nel suo lavoro. Non sarebbe mai riuscita a spendere le migliaia di dollari che lui si era fatto prestare e che aveva speso per riprodurre quindici enormi nudi. Non era stata capace di procurarsi una tale quantità di risorse per i suoi scopi. E se fallisco, si chiedeva prima di qualsiasi tentativo. L'idea del fallimento le faceva venire la nausea. L'incapacità di sperperare e di tollerare il rischio aveva fatto strage della sua creatività.

Lui, d'altra parte, riusciva a divorare il rischio e a cagare fallimenti dappertutto. Non si era fatto scrupoli di chiedere a lei, ai suoi genitori, ai genitori di Aimee, di farsi prestare i soldi necessari per stampare quelle prime quindici, splendide foto. In piedi dinanzi all'immagine che aveva fatto fare un balzo in avanti alla sua carriera, si sentì duramente colpita, come un pugno al torace. Lui metteva il lavoro al primo posto. Al diavolo tutto e tutte le pretese di essere una persona buona e responsabile. Lui non era gentile. Era sfrontato e sconsiderato.

Lui aveva una carriera e lei aveva un lavoro.

Potrei cambiare le cose, pensò Aimee. Potrei essere sfrontata anch'io. Potrei correre qualche rischio. Si mise seduta al tavolo della cucina e cominciò a fare i conti, un gesto pratico che l'aveva condannata fin dal principio. Anche dovendo pagare una bambinaia era arrivata alla conclusione che probabilmente si sarebbe potuta permettere di non lavorare per un anno intero, a patto di spendere con parsimonia e di farsi prestare qualcosina da sua madre. In un anno, pensò, riuscirò certamente a produrre qualcosa che mi riapra la strada per quella vita che pensavo mi attendesse uscita dall'università. Una vita su cui ho io il controllo, in cui decido io cosa fare della mia giornata. Vedendo lui, sapeva che esisteva un mondo in cui le persone non timbrano il cartellino alle 9:00 e alle 17:00 (oppure alle 10:00 e alle 18:30, nel suo caso), un mondo in cui le persone sono interamente padrone di se stesse. Tutto ciò che mi serve è creare qualcosa di stupefacente, che tutti vogliono, qualcosa di bello che si possa vendere.

L'aria cominciò a circolare nel progetto di Aimee appena cominciarono a delinearsi dei fatti precisi, come dei minuscoli buchetti nel leggero filato della sua fantasia. Se esco dal mercato del lavoro, non riuscirò a rientrarci mai più. Se interrompo l'assicurazione sanitaria a quarant'anni, forse non sarò mai più in grado di trovare qualcun altro che mi assicuri. Non sono più una di quelle gazzelle veloci che nel branco occupano la prima posizione. Sono una preda per tigri che si muove lentamente e ho bisogno di difese migliori, non di un progetto irrealizzabile per riscattare la mia vita. Il cambiamento è un atto di fede e Aimee voleva la prova che il pavimento esistesse ancora prima di scendere giù dal letto. Era un errore fatale.

Le venne voglia di strappar via dal muro quell'enorme vagina bionda.

Un tempo aveva l'abitudine di barricarsi nella camera oscura quando un dolore come quello la sopraffaceva e di sviluppare foto finché non sentiva di aver creato almeno un appiglio per aggrapparsi a quella vita in cui aveva sperato. Persino ora aveva quattro o cinque rullini che aspettavano di essere stampati. La stavano supplicando di prenderli in considerazione, di selezionarli e di stamparli in foto che tutti avrebbero potuto vedere e di cui tutti avrebbero potuto discutere. Facci vivere, la imploravano, ma lei li ignorava. Le sostanze chimiche della camera oscura erano dannose per il pancione e così Aimee continuò a vagare per l'appartamento.

La prima volta che mi ha detto ciao avrei dovuto andarmene. Eppure in quei primi giorni i suoi occhi erano come due riflettori che la facevano sentire speciale. L'aveva tirata all'interno del cerchio del suo narcisismo dove tutto era dolce e delizioso, un dolce ipercalorico e privo di sostanze nutritive che dà assuefazione. Avrebbe dovuto leggere gli ingredienti e darsela a gambe finché era in tempo.

Il primo indizio era stato il diamante che non si era potuto permettere. Le aveva detto che non poteva desiderarlo, che era troppo seria per quel genere di cazzate, simboli borghesi delle conquiste femminili. In realtà Aimee non desiderava avere la pietra, ma i rituali del corteggiamento avevano un loro perché. Se non aveva intenzione di cambiar vita prima del matrimonio, di sicuro non si sarebbe adattato una volta sposato. E il cambiamento è parte integrante di quel compromesso chiamato matrimonio. Un paio d'ore di allegria trascorse al comune costituirono la cerimonia nuziale. Poi erano tornati di corsa nella camera oscura per finire di sviluppare le foto per la mostra. Quella sera, quando la presentò come sua moglie, Aimee non si accorse che il loro matrimonio si era ridotto a un buon argomento di conversazione con un mecenate della galleria d'arte.

«Ah certo, ora è tutto chiaro», disse ad alta voce mentre osservava la città attraverso le finestre enormi. Eppure, ricordava che quella sera si era sentita molto eccitata mentre la presentava a un certo mecenate. Aimee sperava che l'uomo si sarebbe ricordato della giovane sposa quando fosse toccato alla sua mostra.

«Per un po' è stata una bella vita», disse Aimee rivolgendosi alla città sottostante. Armati di gioventù e passione, persino la povertà sembrava parte del famoso mito dell'artista bohémien. L'arte continuava a guadagnare terreno. Le fotografie venivano vendute. I compleanni passavano, festeggiati con un giro di vino scadente in bicchieri di plastica. Poi, mentre preparava una mostra in una galleria d'arte, Aimee era caduta da una scala e si era rotta il polso.

Avrebbe dovuto essere una cosa semplice, ma la galleria non era assicurata per quel genere di cose. Aimee non aveva nessuna assicurazione. Una settimana dopo, con le dita gonfie come patate novelle, Aimee aveva confessato tutta la storia ai genitori. La madre si era precipitata in città come un'orsa che scende di corsa giù dalle montagne per salvare il suo cucciolo. Due settimane e diecimila dollari dopo, il polso fu rimesso a posto e la mano salvata. Anche Aimee si era spezzata. Eppure lui aveva continuato ad andare avanti, determinato, insistendo sul fatto che fosse una vita magnifica. Aimee aveva suggerito dei compromessi. Lui aveva risposto che erano cose impossibili.

Se lui fosse stato un patito della bottiglia o del calcio o del poker invece che del lavoro, lei lo avrebbe visto per quello che era fin dal principio. Avrei dovuto insistere per un anello grosso, grossissimo, ripeteva a se stessa seduta da sola nel loro appartamento. Non lo avrebbe mai comprato e allora mi sarei accorta di quante cose sono più importanti di me.

Con ciò, Aimee sospinse tutti i suoi pensieri in fondo alla mente, spense le luci e si mise a letto. Si distese nell'oscurità, in attesa che le venisse sonno. Aspettò, aspettò a lungo. Dopo un po', cominciò a fare la cosa che di solito la rilassava più di tutte. Si accarezzava e si dimenava ma quella sera proprio non funzionava. Le stava venendo un crampo alla mano. Nel vuoto silenzioso del suo appartamento squillò il telefono.

«Ciao, piccola. Che fai?», le chiese la madre.

Be', mamma, mi stavo masturbando ma poi mi sono resa conto che in realtà quello di cui ho voglia è una lasagna.

Aimee sbadigliò e cercò di formulare una risposta onesta che non sconvolgesse sua madre.

«Stavo cercando di rilassarmi ma sto morendo di fame. Mi sa tanto che ordinerò delle lasagne».

«Ohhh! Ottima idea», cinguettò sua madre. «Allora non voglio trattenerti».

«Sì, penso che mi alzerò e mangerò qualcosa», disse Aimee. Cercò di sembrare allegra e serena, perché un tono triste avrebbe fatto preoccupare sua madre e la preoccupazione l'avrebbe indotta a fare le valigie e a prendere un treno diretto in città.

«Chiamami ogni volta che ti va, cara. Papà dorme come un sasso perciò anche di notte va bene».

«Ehi, sto benissimo. Sono solo un po' stanca e assurdamente affamata, ma sto benissimo».

«Bene, allora ordina le tue lasagne. La prossima volta che vengo te ne porto un po' fatte in casa».

«Ti voglio bene, mamma».

«Naturale. Anch'io ti voglio bene».

Aimee riagganciò e tornò al dilemma iniziale. Preferiva masturbarsi o mangiare le lasagne? Era il tipo di ragazza che quasi sempre sceglie il sesso invece che la pasta. Adesso tutti i suoi desideri sessuali erano in sospeso. Non riusciva a distinguere un desiderio naturale dall'impulso dovuto agli ormoni, non sapeva se lui l'aveva lasciata oppure se si stava comportando da persona responsabile nell'unico modo che conosceva. Si tirò su i pantaloni, scese dal letto e telefonò alla gastronomia sotto casa.

I soldi erano sempre stati un problema. A volte era l'unico problema per cui discutevano. Dopo l'incidente Aimee era tornata a scuola ed era diventata un'assistente legale. Lui le aveva detto di non farlo. Se la sarebbero cavata.

«Non voglio cavarmela», gli aveva risposto. «Io voglio vivere. Voglio una copertura sanitaria».

«Ti mancherà la libertà».

«La libertà è troppo costosa», aveva ribattuto lei. «Costa un occhio della testa».

«No!», aveva esclamato scoppiando a ridere. «Solo una mano!».

Era scoppiata a ridere anche lei, condividendo per un attimo il virtuosismo del suo umorismo macabro. Quella sera erano andati a un'inaugurazione, a mezzanotte avevano bevuto caffè e all'alba avevano fatto l'amore. Aimee era arrivata in ritardo al suo primo giorno di lezioni, ma non al secondo né ad altri giorni dopo quello. Si era diplomata col massimo dei voti e aveva trovato un lavoro che la costringeva ad alzarsi presto al mattino, tutte le mattine, mentre lui continuava a fare una vita che lo induceva a star fuori tutta la notte. Rientrava a casa un paio d'ore prima che lei si svegliasse per andare a lavoro, balzava sul letto e la svegliava.

«Oh, sei sveglia?», chiedeva.

«Ora sì», rispondeva lei con un gemito.

«Abbastanza sveglia per fare l'amore?»

«No».

«Ho letto che il sesso durante la gravidanza è una cosa fantastica».

«Non alle sette del mattino».

«Accidenti! Sono le sette?».

Le persone che per abitudine non sanno che ore sono dovrebbero morire. Se non lo fanno per ostentare la loro libertà, allora stanno scaricando delle responsabilità fondamentali sulle spalle di qualcun altro. In entrambi i casi, Aimee era portata a credere che questa cosa dovesse comportare la pena di morte.

Aimee si alzò, bevve un bicchiere di latte e si domandò se il bruciore di stomaco prima o poi sarebbe scomparso. Si fece fuori un panino con burro d'arachidi e marmellata mentre aspettava che la gastronomia sotto casa le consegnasse le lasagne – senza sale, per favore.

Un tempo rivolgersi alla gastronomia sotto casa era una vera e propria festa, dato che era troppo cara per servirsene regolarmente. Ma ultimamente erano arrivati, da posti lontanissimi, degli assegni corposi intestati a suo marito, racchiusi in buste ornate da francobolli pittoreschi. Lei li versava sul conto corrente congiunto e ritirava i contanti per pagare l'affitto e le altre spese. Era diventata una cliente fissa della gastronomia, ordinando lì tre o quattro volte a settimana.

Aimee sbirciò l'attraente ragazzo delle consegne ma smise quando si rese conto che la cosa lo metteva davvero a disagio e gli diede una bella mancia per essersi ricordato di portarle dell'acqua minerale (senza sodio) anche se aveva ordinato una bevanda gassata.

Nel film *Rosemary's Baby*, Rosemary non aveva l'aspetto di una pazza quando una notte aveva divorato del fegato crudo in piedi davanti al frigo. Ripensando alla scena, Aimee mangiò la pasta in piedi, rimpiangendo di non aver ordinato una porzione di fegato tritato come contorno. Mentre sorseggiava l'acqua minerale, pregando che il pancione trovasse pace con le calorie che gli aveva fornito, Aimee si mise seduta sul divano per riflettere bene e con calma sulla sua vita. Si addormentò immediatamente.

La mattina dopo Aimee si svegliò nel proprio letto, con il pigiama addosso. C'era un fiore fresco in un vaso sul comodino accanto a lei, un bicchiere d'acqua minerale, dei cracker e un breve messaggio che diceva ti amo. Era stato lì, ma ora non c'era più.

Si mise seduta e vomitò nella bacinella che teneva lì proprio per questa ragione, poi con cautela sorseggiò l'acqua minerale e mordicchiò un cracker con la speranza di tenerlo nello stomaco il tempo sufficiente per infilarsi sotto la doccia. Guardò fuori dalla finestra in cerca della felicità che desiderava così tanto. Fra tre mesi avrebbe avuto un bambino e lui non riusciva nemmeno a usarle la cortesia di rovinarle quel momento di persona.

3. PIEDI E SEDERI

«A*gitò le dita dei piedi e delle lingue calde e umide presero a leccarle le caviglie. Si fece scivolare in gola un sorso di scotch ghiacciato e sentì i muscoli dei polpacci distendersi e rilassarsi, per la prima volta da giorni* ».

«Cristo! Sta descrivendo le sue chiappe?», esclamò Lux.

Aimee diventò rossa come un peperone e nella sala calò il silenzio.

«No. Non sto descrivendo le mie chiappe», Aimee cercò di non sibilare.

«Sembra come se stessi descrivendo le tue chiappe».

«Non è così».

«Non c'è proprio niente di male a descrivere le tue chiappe», sentì il bisogno di dire Brooke.

«Le *mie* chiappe sono una strada assolutamente a senso unico», le informò Lux.

Aimee rimase in attesa. Non era questo quello che voleva. Forse sarebbe stato meglio lasciare il club e trovare un qualche tipo di conforto in un gruppo di sostegno pensato appositamente per donne incinte. Su internet se ne trovano tanti. Non sono pronta a parlare di pannolini e di emorroidi, si disse. Voglio stare nel mondo degli adulti il più a lungo possibile.

«Con me funziona», dichiarò Brooke, a proposito del sesso anale.

Margot fissò Brooke. Le pareva strano che Brooke con quella sua bellezza anglosassone, bianca e protestante, la camicetta candida e la gonna a pieghe si esprimesse a favore del sesso anale. Margot non riusciva a immaginarsela perché i tatuaggi di Brooke erano tutti in posti che non si vedevano quand'era vestita. Se Margot avesse visto Brooke nuda, avrebbe capito.

«Ma Brooke, non c'è la prostata», obiettò Margot. «Le donne non hanno questa ghiandola, perciò lì dentro non c'è niente di bello su cui strusciarsi».

«Con me funziona», continuò a sostenere Brooke. «Quel che non funziona con me è un cazzo veramente grosso».

In quel momento cominciarono a scambiarsi le rispettive opinioni. Margot era dell'idea che più grosso era meglio era, mentre Brooke e Lux balzarono dalle loro sedie per esprimere la propria opinione sulle dimensioni perfette di un pene.

«Non sto... EHI!», gridò Aimee per coprire il rumore. «Non sto descrivendo le mie chiappe. Lo stinco posteriore è un muscolo del piede».

«Wow!», esclamò Lux.

«Be', succhiare le dita dei piedi può essere un'esperienza stupefacente», disse Brooke.

«No», la contraddisse Lux, «non può essere».

«Se le dita sono pulite e il piede è bello. Voglio dire, è un modo per dire al tuo amante mi piace ogni parte di te e voglio tutto nel mio corpo». Brooke si mise a ridere.

«Un po' come ingoiare invece di sputare», si intromise Margot.

«Esattamente!».

«Quanto siete volgari», commentò Lux.

«Il mio racconto di questa settimana», Aimee ricominciò ma fu travolta dall'incredulità di Margot davanti alle preferenze di Brooke.

«Non posso credere che non ti piaccia un cazzo bello grosso», disse Margot rivolta a Brooke.

«Troppa fatica».

«Più grande è, meglio è. Venticinque, trenta centimetri. Lo voglio tutto», affermò Margot ridendo.

Brooke tirò fuori una riga dall'astuccio che stava sul tavolo.

«Venticinque o trenta centimetri?», domandò Brooke poggiando un'estremità della riga sul suo osso pubico e facendola scivolare verso l'alto. Trenta centimetri arrivavano fino alla parte inferiore del plesso solare.

«Oh!», fece Margot. «Quelli sono trenta centimetri?»

«Sì. Perciò sarai d'accordo con me che trenta centimetri è pura immaginazione. Venticinque centimetri e stiamo parlando di pornografia, stronzate, un cazzo rompicostole. A ventidue è già ben al di sopra del mio ombelico e persino con venti stai spingendo a fondo sulla vescica e passerò la settimana seguente con un'infezione alle vie urinarie. Medici, antibiotici... non ho bisogno di scocciature».

«Prestami un po' quella riga», disse Margot. Brooke gliela passò e Margot fu presa dalla curiosità di misurare la distanza tra la sua vagina e l'inizio delle costole. Nessuno stava ascoltando Aimee.

«Per favore, posso finire il mio racconto?», chiese Aimee, furiosa. Tutti gli occhi si voltarono verso di lei, ma non appena cominciò a leggere Lux se ne uscì con un pensiero che non poteva trattenere.

«Una volta mia madre mi ha detto che aveva lasciato il suo primo marito perché aveva il pene troppo piccolo e io le ho detto, be', magari il suo pene era della misura giusta ed era la tua vagina a essere troppo grande».

Silenzio. E poi:

«Che ha detto?», domandò Brooke.

«Chi?»

«Tua madre», rispose Margot.

«Niente. Cioè, volete sapere se era matta? Perché non lo era mica. Cioè, non è mai stata, no?, in competizione per quanto riguarda la grandezza della sua vagina, perciò, no?, disse qualcosa tipo "sì, Lux, forse era quello il problema". O forse ha detto "sì, Lux, per favore passami il sale" o qualcos'altro di stupido».

La storia di Lux relativa alle dimensioni della vagina di sua madre vibrò nell'aria come un colpo battuto su un tamburo, lasciando tutte un po' tramortite e perse.

«Allora», disse Lux perché nessun'altra sembrava in grado di pronunciare parola, «mi sa che Aimee vuole leggere una storia che ha scritto a proposito del suo sedere, no?»

«No!», esclamò Aimee. «Il mio pezzo non parla del mio sedere! Parla di tornare a casa, farsi un bicchiere di scotch e mettere i piedi a bagno in una bagnarola d'acqua calda».

«Credevo che dovevano essere delle storie di sesso», la interruppe Lux, incapace di stare zitta a lungo.

«Noi scriviamo delle storie erotiche», disse Aimee, furibonda, «il che comprende tutto ciò che è sensuale. Non solo sessuale. Non solo pornografico».

«Però, be', in realtà», si intromise Brooke, «in realtà il pezzo che ho scritto questa settimana lo definirei tendente al pornografico. Se è un problema, per questa volta passo».

Lux mormorò la parola «natiche» in direzione di Margot, all'altra parte del tavolo. Le sopracciglia di Margot si sollevarono e si sentì invadere da un senso di febbrile stupore. Si mise a sedere un po' più dritta sulla sedia.

«Mi piacerebbe ascoltare la tua storia di sederi, Brooke», disse Margot.

Aimee sospirò. Aimee e Brooke erano amiche da più di vent'anni e lei sapeva già tutto quello che c'era da sapere sul culo tatuato di Brooke. A Chicago, quand'erano due ventitreenni libere, Brooke e Aimee dividevano un appartamento e occasionalmente anche dei ragazzi. Aimee aveva trascorso tantissime serate seduta nuda su una poltroncina imbottita accanto al letto, sentendosi esclusa, a guardare Brooke contorcersi dal piacere con il ragazzo che in teoria avrebbero dovuto godersi insieme.

«Aimee!», aveva insistito Brooke. «Devi provare».

«Perché?»

«Ti cambierà la vita. Ti farà riconsiderare tutto quello che sai sul sesso. Però, non con Dave».

«Perché non con Dave?», aveva chiesto Aimee. All'epoca era il suo ragazzo e sembrava essere la scelta migliore.

«Perché sia in senso letterale che in senso figurato, Dave è un cazzone. A te serve un uomo sensibile».

Avevano scelto un tipo che Aimee conosceva e gradiva, che era rimasto deliziato dall'invito rivoltogli delle ragazze di entrare nel retto di Aimee. Era stato gentile e delicato. Per facilitare la cosa, aveva portato con sé un'eccellente bottiglia di vino rosso e un enorme tubetto di lubrificante a base di acqua. Aveva fatto tutto bene, eppure si era rivelata una delle sensazioni più spaventose e spiacevoli che Aimee avesse mai provato.

Brooke aveva detto che aveva semplicemente scelto il tipo sbagliato per farlo. Aimee aveva smesso di fare orge a tre con Brooke. Non poteva proprio competere con quel retto compiacente e bramoso.

«Non mi va di ascoltare una storia sul culo di Brooke», dichiarò Lux. Anche ad Aimee non andava, ma forse poteva usare la questione per fare in modo che Lux lasciasse il gruppo.

«Noi non abbiamo l'intenzione di censurare il pezzo di Brooke. Ti posso assicurare che non ti farà piacere ascoltarlo. Sei pregata di saltare il resto della riunione se pensi che ti sconvolgerà».

Lux si mise seduta e non fiatò.

«Posso leggerlo ora?», domandò Brooke.

«In realtà non ho ancora finito con la mia storia», cominciò a dire Aimee, subito interrotta da Lux.

«E allora Brooke, quant'è pornografico? È leggermente pornografico?», domandò Lux.

«No, Lux, è una storia esageratamente pornografica e trasgressiva che parla del sedere. Se non ti va, non sei obbligata ad ascoltarla», la informò Brooke con un tono aspro che non ebbe alcun effetto sulla determinazione di Lux di interpretare le implicazioni della storia di Brooke prima di averla ascoltata.

«Nella tua storia c'è qualcuno, cioè, che si comporta in maniera veramente cattiva verso qualcun altro?»

«No».

«Qualcuno viene maltrattato? O ferito?»

«No».

«Qualcuno deve fare, cioè, deve fare qualcosa contro la sua volontà?»

«Che domande interessanti», fece Margot.

«Non ho niente contro le storie di sesso», disse Lux sulla difensiva, «ma non mi va di ascoltare cose su persone che vengono ferite fisicamente o sentimentalmente, ok? Specialmente quando è la donna che viene ferita nei suoi sentimenti solo perché così l'uomo può sentirsi meglio con se stesso».

Nella sala calò il silenzio mentre per un attimo tutte le altre pensarono a Lux. Lux aveva delle idee interessanti e chiare a proposito della pornografia.

«Si tratta solo di un raccontino in cui io seduco il postino», la rassicurò Brooke.

«Oh, allora va bene», dichiarò Lux a mo' di invito.

Brooke aprì il foglio e cominciò a leggere.

Aimee sospirò, sconfitta ancora una volta di fronte all'eccitazione mostrata per il sedere di Brooke. Avrebbe voluto dire qualcosa, ma poi la situazione avrebbe potuto farsi spiacevole e non ne valeva la pena per gli ultimi tre paragrafi della sua storia di scotch e pediluvio.

Mentre Brooke cominciava a leggere, Lux tirò fuori un taccuino pieno di parole che suscitavano il suo interesse. Parole sulle quali voleva saperne di più.

«*Enrique suonò il campanello*», cominciò Brooke. «*Mi infilai un accappatoio e mi affrettai verso la porta. Chi è, domandai cercando di non sembrare così libidinosa come in realtà mi sentivo. Postino, rispose. E ho un pacco per lei*».

Lux si mise a ridere e scrisse sul taccuino la parola "libidinosa".

«*Con l'accappatoio a terra a coprirmi solo le caviglie dischiusi la porta quel tanto che bastava per fargli vedere cosa lo aspettava all'interno. Devo firmare per il pacco?, gli domandai. Oh sì, rispose. Le andrebbe di portarlo alla porta sul retro? Enrique strabuzzò gli occhi, sapevo che era nuovo a quel tipo di invito. Aprii la porta e lui si infilò in casa mia*».

Lux restò a bocca aperta ma non a causa di quello che stava per entrare dalla porta alle spalle di Brooke. Brooke avrebbe continuato a leggere la sua storia, ma Aimee le diede uno scappellotto veloce sulla nuca.

«Margot», disse Trevor mentre apriva la porta a vetri e faceva capolino nella sala conferenze con la sua bella testa. I capelli erano grigi e il viso pieno di rughe, ma il suo spirito era allegro e spensierato.

A vederlo Margot avvertì il solito spasmo di piacere al ventre. Un mantra prese a girarle per la testa, ricordandole che «è così carino, così sexy, così simpatico». Anche se "simpatico" era stato l'aggettivo che aveva decretato la fine delle sue vecchie storie, a cinquant'anni Margot desiderava ardentemente qualcuno che fosse "simpatico".

«Ero convinto che avessi completato tutti i contratti industriali per il catalogo natalizio della Peabody», le disse Trevor. «In questo esatto momento Crescentia Peabody è seduta nel mio ufficio in attesa di firmarli. Ma che ci fate tutte qui?»

«Riunione del club del libro», rispose Lux con un sorriso seducente.

«Davvero? Non sapevo che ci fosse un club del libro. Che state leggendo? Accogliete nuovi membri?»

«Solo donne», rispose Aimee.

«Non ti piacerebbe», lo avvertì Brooke. «Leggiamo roba da donne».

«Mi piace la roba da donne», ribatté Trevor con un sorriso.

«Ma non sei invitato», lo informò Lux.

«Sta bene», rispose Trevor con una risata mentre teneva la porta aperta per Margot in modo che si precipitasse alla riunione. Ma Margot non si alzò da tavola.

«I contratti sono tutti sulla mia scrivania, Trevor», disse Margot, cercando di rimanere indifferente. «Arrivo tra un minuto».

«Un minuto è troppo. Mi servi adesso. La signora Peabody è un po'... be', "rigida" sarebbe un modo carino per descriverla. Firmiamo questa roba e facciamola finita prima che cominci ad arrabbiarsi».

Margot lanciò uno sguardo alle sue amiche e sospirò. Lasciò la riunione del gruppo letterario del martedì, uscì in fretta e furia dalla sala conferenze, andò di corsa nel suo ufficio, afferrò i contratti e poi volò fino all'ufficio di Trevor. Si muoveva a una velocità straordinaria per una donna di cinquant'anni, intralciata da una stretta gonna a tubo e da tacchi a spillo.

Se riesco a farle firmare subito il contratto, pensò, forse riesco a sentire la fine della storia di Brooke.

Ohhh! La fine, il fondo, come fondoschiena! Bel gioco di parole, pensò mentre era ferma davanti all'ufficio di Trevor per riprendersi. Contratti alla mano, Margot scacciò dalla mente l'immagine di Enrique e Brooke, si lisciò la camicetta ed entrò nell'ufficio di Trevor.

Crescentia Peabody e la sua assistente personale, Barbara, con l'aria di due casalinghe del Connecticut perfettamente a loro agio, stavano sorseggiando un tè e chiacchieravano con Trevor.

«Ah! Eccola qui», esclamò Trevor un po' troppo ad alta voce quando Margot fece il suo ingresso.

«Ancora caldi di stampa!», disse Margot con allegria, sventolando i fogli. «Ecco i contratti per il vostro clitoride natalizio».

Le clienti la fissarono, le bocche coperte da rossetti rosa a formare una piccola O di sorpresa.

«Catalogo, Margot», disse Trevor.

«Che?»

«Catalogo natalizio».

«E non è quello che ho detto io?»

«No, credo che lei abbia detto "clitoride"», rispose Barbara.

«Oh, grazie al cielo», esclamò Crescentia. «Anch'io avevo sentito "clitoride" e per un attimo ho pensato di aver capito male ma se anche voi due l'avete sentito, be', sono sollevata. Voglio dire, non sono solo io».

«Oh, be'», disse Margot con voce chiara e distaccata, «le mie scuse. Volevo dire catalogo, non… quell'altra parola. Allora, vogliamo procedere?».

4. PROPRIETÀ IMMOBILIARI

Dopo la riunione con il Club erotico del martedì Lux tornò alla sua scrivania e trovò una mail del suo avvocato concernente la sua quota del cinquanta per cento di una villetta unifamiliare nel Queens. Sua zia, una prostituta (o anche "Chi? Ah sì, quella!", come sua madre, con quel suo accento del Jersey, si riferiva alla cognata), si era messa in affari con un'altra professionista e l'avevano acquistata parecchi anni prima, quando il costo delle proprietà immobiliari era molto più basso. Le due donne l'avevano utilizzata per le attività secondarie per più di vent'anni. Quando avevano smesso di lavorare, l'avevano affittata ad altre "Chi? Ah sì, quella!".

Lux, sapendo benissimo da dove vengono i diamanti, aveva voluto bene alla zia "Chi? Ah sì, quella!". Poiché Lux era stata l'unico membro della famiglia ad andare in ospedale a far visita alla donna, aveva ereditato la quota della zia e l'affitto della villetta che arrivava regolarmente. I soldi dell'affitto venivano consegnati a mano in una busta bianca presso l'ufficio del suo avvocato il primo di ogni mese. La metà finiva sul conto di Lux. Ultimamente su quel conto c'erano più di trentamila dollari. Lux non aveva mai visto la busta bianca o il denaro vero e proprio, che di solito veniva consegnato in un fascio di banconote da venti tutte sciupate e scolorite a furia di essere toccate da tantissime mani, contate con attenzione e tutte voltate dalla stessa parte.

Lux si mise subito a leggere la mail dell'avvocato e prese all'istante una decisione. L'altra prostituta stava per morire e le avrebbe venduto volentieri la sua metà della villetta per ventimila dollari a condizione di ricevere i soldi in modo riservato, subito e in contanti. Le interessava?

«Sicuro», scrisse Lux sul computer. «Lo accetta un assegno?»

«No. Solo contanti», rispose l'avvocato. «Ce la fai a portarmi i soldi per giovedì?»

«Sì! Ringraziala da parte mia».

«Ci vediamo più tardi per bere qualcosa?», le rispose l'avvocato. «Per festeggiare l'acquisto della casa?»

«Stasera no», scrisse Lux. «Ho da fare».

Lux sorrise mentre immaginava la migliore amica di sua zia, e forse l'unica, prendere i suoi ventimila dollari in contanti e partire per un ultimo giro a Las Vegas prima di farla finita con il mondo. Era stato carino da parte sua vendere la casa a Lux e Lux avrebbe fatto il possibile per fare qualcosa di buono per lei prima che l'anziana signora fosse partita per Las Vegas e oltre.

Anche se ora era tutta sua, Lux non poteva vivere in quella casa. A sua madre sarebbe venuto un colpo se avesse saputo che la zia "Chi? Ah sì, quella!" l'aveva lasciata a lei e un altro colpo, molto diverso, le sarebbe venuto se avesse saputo che Lux aveva così tanti soldi a disposizione. Ora che la casa era al cento per cento di sua proprietà, Lux si ripropose di darle una sistemata per poi magari venderla. O magari avrebbe potuto affittarla mese per mese, invece che a ore. Forse l'avrebbe persino detto a sua madre.

La zia "Chi? Ah sì, quella!" pensava che la madre di Lux avesse la tendenza a essere servile con le persone potenti e che le piacesse in maniera morbosa tenere a freno il potere degli altri, piuttosto che pretendere e tenere per sé sia il potere che il piacere. La zia "Chi? Ah sì, quella!" non aveva usato esattamente queste parole. Aveva detto a Lux che sua madre aveva una «personalità da pompinara».

«Sì, ok», aveva detto la zia "Chi? Ah sì, quella!" a una Lux più giovane, «quando hai il suo cazzo in bocca sei tu a governare il suo universo ma che succede quando lo tiri fuori? E lo devi tirar fuori per forza se hai intenzione di chiedere una cosa qualsiasi. Cioè, una cosa qualsiasi per te. E questo, ragazza mia, è quello che viene comunemente chiamato circolo vizioso».

Su insistenza della zia "Chi? Ah sì, quella!", Lux era stata attenta a non sviluppare una personalità da pompinara. Se voleva qualcosa, se lo procurava da sola.

Lux aveva finito le superiori in una scuola del centro senza saper scrivere correttamente, né capire pensieri complessi o mettere insieme una frase che avesse senso. Tuttavia, aveva frequentato assiduamente le lezioni e questo l'aveva fatta rientrare tra gli alunni migliori della sua classe. I genitori credevano che si sarebbe messa subito a sfornare bambini, ma Lux aveva accesso a un buon metodo contraccettivo e inoltre non le piaceva nessuno di quei tipacci che volevano solo sborrarle in faccia. Aveva rimediato i soldi per frequentare una scuola di specializzazione che in realtà era come quattro anni di superiori raggruppati in due, senza quegli odiosi ragazzini, quei vandali che avevano reso lo studio impossibile per chiunque. Lux era andata bene, tanto da ottenere un diploma di specializzazione. Quel diploma le aveva aperto la strada per trovare un lavoro di segretaria a Manhattan. Sbalordita dalla busta paga, si era trovata un appartamentino da dividere con delle amiche e aveva comprato un sacco di vestiti. Quando aveva ereditato la villetta di sua zia e l'affitto regolare che ne derivava, aveva intravisto una luce alla fine del tunnel.

«Certo, certo, puoi fare così. È una buona idea», le aveva detto con un po' d'affanno l'avvocato settantenne della zia. «Continua a vivere a casa di tua madre. Non comprare nulla che non sia strettamente necessario. Metti da parte tutto ciò che guadagni. Compra un appartamento. Dallo in affitto e vedrai che raddoppierai le tue entrate. Metterai su una piccola attività. Dopodiché mi potrai sposare, io andrò in pensione e avremo un sacco di bambini. Ah! Ah! Ah!».

Si erano messi a ridere e tra un brindisi e l'altro avevano cominciato a fare progetti sul brillante futuro di Lux. Ora Lux lavorava sodo e metteva via tutti i soldi, ma non era tornata a casa di sua madre.

«Trev», esordì Lux una volta finite le uova e il succo d'arancia. «Quando parlo dico troppe volte "cioè"?»

«Non ci ho fatto caso», rispose Trevor intento a stiracchiarsi e a grattarsi il suo ampio torace muscoloso ricoperto da pochi peli grigi. «Lì dentro c'è qualcosa su di me?».

Con uno scatto Lux richiuse il taccuino. La cucina di quell'appartamento di tre stanze a equo canone aveva bisogno di una riverniciata. Lux non aveva mai pensato a cose simili prima d'allora. Lui le aveva detto che l'appartamento non gli costava praticamente nulla perché i suoi genitori ci avevano vissuto fino a quando il padre non era morto e l'Alzheimer della madre non si era aggravato. Era riuscito a subentrare nel contratto d'affitto, ma a causa della bassa pigione era praticamente impossibile far sì che il padrone di casa facesse qualche lavoro. Lux stava pensando a quanto un affitto basso per un appartamento spazioso facesse sembrare la busta paga più corposa di quanto fosse in realtà quando i suoi occhi si posarono sulla vetrinetta di mogano.

«Trevor, quel coso nell'angolo del soggiorno, quello con dentro tutta la roba di cristallo e di vetro di tua moglie...».

«La credenza? Quella dove la settimana scorsa dopo la partita di pallacanestro noi...».

Alzò lo sguardo dal caffè per essere sicuro che stesse sorridendo. Lux aveva un sorriso smagliante.

«Sì, è stato divertente».

«Cosa volevi sapere?», le domandò.
«Com'è che si chiama quella roba di terracotta che sta dentro?»
«La porcellana è di Limoges e i cristalli sono di Baccarat».
«Scherzi? Ce l'hai da tanto?»
«Apparteneva alla mia bisnonna».
«Però non è un pezzo particolarmente raro, giusto?»
«In realtà, sì».
«Ah».

Un'ombra di preoccupazione passò sulla sua faccia da coniglietto, tormentandolo fino al midollo. Aveva intenzione di lasciarlo per via della credenza della bisnonna? Lux era giovane, bella e focosa. Aveva bisogno di lui in un modo che la sua ex moglie e i loro figli ormai adulti non avevano mai avuto. Era entusiasta della sua limitata conoscenza del mondo al di fuori delle cinque circoscrizioni di New York, del suo desiderio di provare a risolvere il cruciverba del «New York Times» e della sua abilità a compitare le parole polisillabe. Era stato in posti come l'Europa, in effetti aveva vissuto a Londra per buona parte del suo terzo anno di università. Aveva affittato un appartamento a Manhattan e aveva speso un sacco di soldi per mandare i figli a scuola fino alla laurea.

Trevor era un uomo abbastanza bello e ancora forte. Lux non era entusiasta dei suoi capelli grigi ma finora non l'aveva ferita. Le piaceva il fatto che non l'avesse mai messa alla prova con spiacevoli test che provassero il suo amore e la sua devozione. Non le aveva mai chiesto di prendere il treno da Far Rockaway a Harlem con addosso una minigonna cortissima e senza mutande. Agli occhi di Lux queste cose trasformavano Trevor nel maschio alfa, il gorilla adulto dominante, il miglior ragazzo che avesse mai avuto. Trevor non credeva di poter vivere senza la sua immagine riflessa nei suoi occhi verdi.

Il fatto che fosse la segretaria di uno dei soci dello studio legale faceva calare un velo di preoccupazione sulla loro relazione. Aveva insistito per tenere segreta la storia. Aveva preparato per lei una lista di regole. La regola più importante da seguire era quella di non parlare mai in ufficio della loro relazione, nemmeno per mettersi d'accordo per la cena. Mai entrare o uscire dall'ufficio nello stesso momento. Mai uscire insieme dopo il lavoro con gente dell'ufficio. E mai, mai portare la loro relazione in ufficio con loro. Lux aveva acconsentito e quella segretezza aveva accresciuto l'eccitazione di Trevor. Si sentiva come se stesse barando un po'. A Lux non importava. Trevor era un segreto che valeva la pena mantenere.

«Quella Margot… ehm, l'avvocato, è mai venuta in questo appartamento?», gli chiese Lux, cercando di sembrare disinvolta.

«Margot? Margot Hillsboro?»

«Sì».

«Centinaia di volte».

«Davvero?».

Una passione improvvisa divampò in lei. Doveva possederlo immediatamente. Lo baciò e gli sciolse la cintura dell'accappatoio di spugna.

«Faremo tardi».

«Lo so», rispose.

«Io posso pure far tardi ma tu devi essere là per le nove».

«Ce la farò», disse Lux.

«Se lo facciamo dovrò disdire la partita di tennis e tornare a casa dopo il lavoro per un sonnellino», continuò Trevor. «E stasera abbiamo anche i biglietti per il teatro».

«Ti giuro che sarà meglio del tennis», ribatté Lux mentre si lasciava scivolare di dosso la vestaglia satinata di poliestere rosa, rimanendo nuda davanti a lui.

Voilà!

A Lux piaceva tantissimo il fatto che bastasse la sua nudità a farlo eccitare. Nessuna provocazione, nessuna promessa di posizioni complicate. Nell'esatto momento in cui la vedeva nuda Trevor aveva un'erezione. Tutte le volte. Era una cosa stupenda per entrambi. Lux era diventata importante e Trevor era ringiovanito di dieci anni.

I succhiotti erano roba da ragazzini ma Lux voleva ancora marcare Trevor come se fosse una sua proprietà, per proteggerlo contro quella Margot Hillsboro e le sue fantasie sessuali sui mobili di Trevor. Per prima cosa ci fu come preambolo il miglior sesso orale che Trevor potesse ricordare, simile a un aspirapolvere vellutato che tirava sempre più su la punta del suo pene, facendolo sentire forte e importante. Seguì rapidamente una scopata e una penetrazione così profonda che gli vennero le lacrime agli occhi al pensiero che potesse finire. Quando non riuscì più a resistere, neppure per un altro minuto, Trevor, che aveva vissuto in condominio per tutta la sua vita, urlò mentre veniva e fanculo i vicini. L'orologio segnava le 8:45 quando Lux si staccò da lui. Si precipitò di corsa a fare una doccia veloce, lasciandolo sul pavimento della cucina in una pozzanghera di sudore, sperma e felicità.

«Il portafoglio, il portafoglio». Trevor fece un cenno in direzione del suo portafoglio quando Lux ricomparve vestita per andare a lavoro. Mentre giaceva a terra facendo deboli segni in direzione del portafoglio che stava nei pantaloni dall'altra parte della stanza, qualcosa nel profondo di Lux si spezzò e restò inorridita da quel gesto. Con le dita tremanti gli allungò il portafoglio, poi si girò mentre Trevor si sforzava di stare appoggiato a un gomito per tirar fuori delle banconote.

«Che?», disse.

«Devo andare», rispose Lux.

«Lo so. Tieni, tesoro, prendi un taxi, è tardissimo».

Lux guardò la mano tesa e fiacca che la invitava a prendere venti dollari per pagare il taxi.

«È tutto a posto. Farò una corsa».

Lux si precipitò fuori casa con una sensazione brutta e spiacevole. Trevor sapeva di aver fatto una cosa che la offendeva, ma non immaginava quanto quella sua sollecitudine nel convincerla a prendere un taxi potesse essere scambiata per spregio. Non voleva che facesse tardi a lavoro. Non voleva assolutamente che fosse infelice o avesse dei guai. Era pazzo di lei.

Lux arrivò in ufficio con dieci minuti di ritardo. Se ne accorsero. A uno sguardo di disapprovazione fece seguito una breve ramanzina sull'andarsene in giro a ciondolare.

«Non ero in giro a ciondolare», rispose Lux, ben sapendo che se ci si difende si peggiorano soltanto le cose. Avrebbe dovuto soltanto fare un sorriso da mendicante e stare zitta. Ma il verbo "ciondolare" viene usato di solito per descrivere un bambino distratto o qualcuno che non ha la capacità di focalizzarsi su degli obiettivi precisi e quella mattina Lux di sicuro non aveva ciondolato. Era chiaro che anche la verità, «mi stavo scopando a morte Trevor sul pavimento della sua cucina così sarà troppo stanco per guardare le altre», non era appropriata.

Mentre la ramanzina le scivolava addosso, ripensò al modo in cui era scappata dall'appartamento di Trevor, col cuore che le batteva forte e la sensazione che la sua vita non le appartenesse. Se l'orologio segnava le 9:00 e Lux non era al suo posto il signor Warwick si comportava come se avesse rubato qualcosa allo studio. Il suo sguardo, come se Lux fosse qualcosa di sporco e insignificante sotto le sue scarpe, le provocava un groviglio di rabbia tra lo stomaco e il petto. Devo scappare da questa schiavitù, si diceva. Devo appartenere a me stessa e solo a me stessa. Farò un mucchio di soldi e mi riscatterò da tutto questo.

La ramanzina andava avanti. Lux era ok come segretaria. È vero che non sapeva scrivere correttamente e non aveva alcun senso della grammatica ma in sostanza costava meno dell'automa perfetto che dopo trent'anni di servizio se n'era andato con un'ottima pensione pagata dalla compagnia. Con tutta probabilità Lux se ne sarebbe andata o sarebbe stata licenziata prima di essere assunta a tempo indeterminato. Con un occhio ai profitti e alle perdite, il signor Warwick si era lanciato nel XXI secolo e aveva imparato a scrivere le mail. Tutti i documenti importanti venivano mandati a Brooke, giù al reparto Elaborazione testi. L'elaborazione e la redazione dei testi si potevano mettere in conto al cliente, lo stipendio di una segretaria no. Lux si occupava del suo archivio, teneva l'agenda dei suoi appuntamenti, rispondeva alle telefonate per lui e di tanto in tanto gli andava a prendere delle cose, tipo il pranzo, i vestiti in lavanderia o i biglietti per il teatro. Questo lavoro le rendeva parecchio in confronto a quello che inizialmente Lux pensava di ottenere dalla vita e in quel momento accumulare soldi era la cosa più importante. Mentre la ramanzina finiva, Lux si sistemò alla scrivania e accese il computer.

«Andiamo a fare spese in pausa pranzo?», un messaggio da Trevor.

«Oggi non posso, tesoro. Che ne dici di sabato?».

Quel giorno all'ora di pranzo Lux doveva andare in banca, ritirare ventimila dollari e portarli di persona al suo avvocato. Una volta consegnati i soldi, le avrebbe dato l'atto di proprietà della villetta nel Queens. Lux buttò giù una lista di tutto ciò che doveva fare con quella casa dopo la transazione di quel pomeriggio. Suonava così:

liberarsi delle ragazze;
sistemarla;
venderla.

Le ragazze potevano diventare un problema perciò avrebbe detto loro che la casa doveva essere tinteggiata, cosa di cui aveva disperatamente bisogno. Dopo la tinteggiatura sarebbe passata alle tubature e al tetto per continuare a tenerle fuori casa.

Lux avrebbe fatto in modo che i lavori fossero compiuti lentamente, dando alle ragazze abbastanza tempo per cercare un posto migliore per esercitare il loro mestiere. A quel punto Lux avrebbe fatto rimettere a posto il giardino e buttato nella discarica tutto quello schifo di mobili vecchi. Poi, senza più un soldo in banca, Lux l'avrebbe venduta. Da un attento quanto ossessivo studio degli annunci immobiliari Lux aveva calcolato di poter guadagnare un bel po' di soldi dalla vendita della casa. I liquidi potevano poi trasformarsi in un modesto appartamento a Manhattan con un mutuo abbordabile e delle spese di manutenzione pari al reddito prodotto. Lux stava per acquistare il suo primo bene importante.

Proprio in questo momento sono sulla strada che porta dalla schiavitù alla libertà, pensò.

Quella mattina, dopo il casino per il ritardo, non c'era nient'altro da fare in ufficio. Se fosse stata libera Lux avrebbe potuto appoggiare la testa sulla scrivania e farsi un sonnellino, ma non poteva. Anche se non c'era nulla da fare, Lux doveva aver l'aria di essere occupata. Tirò fuori il taccuino e cominciò a scrivere.

«*Fare l'amore con lui sul pavimento della cucina era, cioè, era stato qualcosa di bello. Era come sentire, cioè, la ragazza sentiva che era tutta incatenata, no?, e poi aveva spezzato le catene, no?, e poi era volata su nell'aria, no?, e poi si era gonfiata come, cioè, come un palloncino enorme, no?, e poi...*».

Lux smise di scrivere e prese a masticare la penna mentre rileggeva il pezzo.

«È stupido», disse ad alta voce, dopodiché diede una rapida occhiata in giro per essere sicura che nessun altro l'avesse sentita. Cancellò tutti i "no?" e i "cioè" e poi lo rilesse. Ancora stupido. Il sesso di quella mattina con Trevor non faceva venire in mente palloncini o catene che si spezzano. Si trattava dell'uomo migliore che avesse mai avuto.

«*Era l'uomo migliore che avesse mai avuto*», scrisse su una nuova pagina del taccuino. Ok, a questo ci credo, si disse. Ora, perché è così? Va' avanti, ragazza, fa' una lista.

«*Era dolce e forte*», aggiunse al paragrafo, «*e vedeva tutte le cose giuste e sbagliate in lei nello stesso momento, e dalla prima volta che lo aveva toccato, cioè, lei sapeva che era giusto, no?, e che era per sempre. Con lui non c'era la paura. E i suoi amici le avrebbero riso dietro, no?, perché era vecchio ma non mi importa. Mi piace sul serio e mi piace anche quello che mi può insegnare*».

Con uno scatto Lux strappò la pagina dal taccuino, si alzò e andò dritta nell'ufficio del capo.

«Cosa ti serve?», le chiese il signor Warwick.

«Il tritadocumenti».

Lux inserì il suo primo scritto sincero nel tritadocumenti del signor Warwick e si sentì enormemente sollevata quando lo vide uscire dall'altra parte simile a stelle filanti.

Peggio delle risate, i suoi amici si erano congratulati con lei quando avevano scoperto che Lux era riuscita ad accalappiarsi un letto in un appartamento di Manhattan con un vecchio che spendeva dei soldi per lei.

«Ehi bambina, ti sei trovata un bel paparino dolce», la sua amica Jonella aveva esultato un bel po', tanto da svegliare il bimbo che aveva in braccio.

«Succhiare un vecchio cazzone per non scucire i soldi dell'affitto!», aveva riso Carlos, un tempo il suo ragazzo, ora il padre del bambino di Jonella.

«Andate affanculo tutti e due», aveva risposto Lux, ridendo. «Non è così».

«Te lo scopi?»

«Sì».

«Te lo scopi alla grande?»

«Penso di sì».

«Stai da lui?»

«Quasi sempre».

«Gli paghi l'affitto?»

«No».

«Ti compra roba?»

«Sì».

«Allora è così».

La madre di Lux l'aveva messa in guardia a proposito di Trevor.

«Prenditelo, prenditelo e tienitelo stretto più forte che puoi», le aveva sussurrato sua madre, cercando di spingerla a ottenere da Trevor un qualche tipo di impegno, qualcosa che si potesse impugnare in tribunale.

«Fatti mettere incinta, presto», le aveva sibilato la madre.

«Non è come pensi tu, mamma», aveva insistito Lux.

La madre aveva sorriso come se condividessero un segreto, un segreto che per sua madre si riassumeva in questo: non vali una cicca, ma se sei fortunata ti trovi uno scemo che è meglio di te. Lux aveva messo a confronto l'opinione della madre con quello che avrebbe potuto dire la zia "Chi? Ah sì, quella!".

Vai avanti finché non ti piace più.

«Ehi, Lux! Ci sei o sei ancora a casa?», le domandò il capo, in piedi davanti alla scrivania con una pila di fogli in mano.

«Ci sono», cinguettò la ragazza. Chiuse il taccuino e accantonò i suoi pensieri.

«Mi devi archiviare questi. Per prima cosa occupati delle fatture e mettile in ordine alfabetico poi fanne una copia e assicurati di inserirle nelle pratiche dei clienti. Quando hai finito, passa da me. Per allora avrò sbrigato la corrispondenza e vorrei che tu la stampassi e la mettessi nella posta in partenza, a eccezione delle lettere che vanno con la Fed Ex, cosa che ho specificato nell'indirizzo. Ah, alcune vanno inviate per fax, ricordati di chiedermi quali sono. Lux?»

«Sì, ho capito. Archivio, poi posta, poi la Fed Ex, poi i fax. Nessun problema».

«E prenota il pranzo per sei persone, ok?»

«Come se fosse già fatto».

«Non ti ho detto dove e a che ora».

«Ok, dove e a che ora».

«Domani all'una da qualche parte dove c'è un sushi bar. Ricordatelo».

«Sì».

«Me lo ripeti, tanto per essere sicuro che hai capito?»

«Domani all'una da qualche parte dove c'è un sushi bar».

«Bene. Grazie. Passa da me quando hai finito con l'archivio».

«Va bene».

«*Come una sensazione di sollievo dal dolore, un'emozione si diffuse nel suo corpo e poi nel mio*».

Lux ripeté la frase tra sé e sé più e più volte mentre metteva le fatture in ordine alfabetico e rifletteva sul modo in cui l'orgasmo di Trevor aveva cancellato in lei l'ultimo spasmo di piacere. La frase le frullava in testa e Lux cercò a tentoni il taccuino sulla scrivania. Non riuscì a trovarlo subito e finì per afferrare un post it e scarabocchiare la frase su quel foglietto giallo e adesivo in modo da poterla rileggere più tardi e pensarci su a mente fredda. Mentre attaccava il post it sul taccuino, all'improvviso ebbe l'impulso di chiamare Aimee.

«Aimee», cominciò a dire al telefono, «posso, ehm...».

Di colpo le sembrò una cosa stupida. Aimee la detestava.

«Chi è?», chiese Aimee dall'altra parte del filo proprio un attimo prima che Lux riagganciasse.

Lux prese il taccuino, sospese l'archiviazione delle fatture e se ne andò a fare un giretto, passando proprio accanto alla scrivania di Aimee.

«Ciaooooo!». Salutò Aimee con la manina dalla soglia della porta, cercando di far sembrare la sua presenza del tutto casuale.

«Che c'è?», fece Aimee.

«Voglio ringraziarti per avermi fatto entrare nel tuo club del libro».

«Gruppo letterario».

«Quello che è».

«In un club del libro si leggono delle opere già pubblicate. Un gruppo letterario mette insieme degli scrittori per leggere le opere che hanno scritto».

«Giusto».

«E...».

«E mi piace tantissimo».

«Mi fa molto piacere», disse Aimee senza alzare lo sguardo dai fogli che aveva davanti.

Non c'era altro da dire. Lux avrebbe voluto tirar fuori il taccuino e mostrare la sua frase ad Aimee, la sua prima bella frase. Una frase che aveva scritto tutta da sola. Una frase che le piaceva perché esprimeva qualcosa di vero e che, tuttavia, non la metteva in imbarazzo. Ho scritto una bella frase, pensò Lux e moriva dalla voglia di dirlo. Riesci a crederci? Perché non avevo mai pensato di poterci riuscire eppure eccola qui, una bella frase e, sì, è solo una frase un po' corta ma è la mia prima vera frase e voglio farla vedere a qualcuno che di frasi ne capisce.

«Hai bisogno di qualcosa?», le domandò Aimee, inconsapevole di quel che ribolliva dentro Lux. Tutto ciò che vedeva era un'irritante ragazzetta con delle scarpe blu col tacco e delle calze di un viola sgargiante che saltellava da un piede all'altro sulla soglia del suo ufficio.

«No, volevo solo dirti, cioè, be', grazie».

«Va bene. Ora devo fare una telefonata», disse Aimee come per dire fuori dal mio ufficio. Lux capì l'antifona e si allontanò dalla porta di Aimee. Tornò di corsa alla scrivania per finire di archiviare le fatture e per inviare i fax e prenotare il pranzo di qualcun altro. Il sushi, si ricordò. Il capo vuole il sushi.

5. PETTEGOLEZZI

Aimee e Brooke si vestivano sempre di nero. Di tanto in tanto aggiungevano un tocco di bianco oppure, nei giorni di festa, dei guanti o una borsetta rossa per valorizzare un modello. Perciò, quando si misero entrambe sedute sul divano bianco di Aimee, era difficile dire dove finiva Aimee e dove cominciava Brooke. Margot, seduta di fronte a loro, indossava un completo pantalone di seta color pesca di Chanel e degli orecchini di perle abbastanza sobri. Sotto il camicione nero Aimee si era liberata del reggiseno taglia quarta abbondante e ne indossava uno di cotone bianco incredibilmente largo che si slacciava su ciascun seno per mettere in mostra i capezzoli: un reggiseno per allattare. Brooke portava un paio di grossi braccialetti d'argento battuto che suonavano come delle risatine ogni volta che tintinnavano l'uno contro l'altro. In quel momento, i braccialetti di Brooke e tutte le ragazze stavano ridendo.

«...E poi, no?, cioè, e poi lui ha detto, cioè, no?».

Brooke stava per cadere a terra con sommo spasso di tutte.

«Non ha nemmeno un nome! Ha un aggettivo!».

«Oh, Aimee, se ne deve andare», disse Margot, ridendo.

«No!», gridò Brooke. «È impagabile! Dobbiamo farla restare!».

«Sono sicura che si ritirerà», ribatté Aimee, cercando di trattenersi dal ridere non per rispetto verso Lux ma perché poteva far male al pancione.

«Rimaniamo sull'erotico o proviamo qualcosa di diverso?»,

domandò Margot, contenta di far parte del gruppo e tuttavia anche un tantino a disagio. Margot non aveva delle ragazze per amiche dai tempi delle medie. Aveva paura delle ragazze.

«Nella mia comitiva delle medie ero una leader», aveva raccontato Margot al suo primo strizzacervelli, «e ho contribuito a spingere una ragazzina piagnucolosa che si chiamava Juliet talmente in basso nella scala sociale da farla cadere e costringerla ad abbandonare la scuola. Non fu una gran tragedia. Voglio dire, questa Juliet comunque preferiva portare i calzettoni alle ginocchia e le gonne a scacchi. Si iscrisse alla scuola cattolica del posto e stette benissimo. Però, con nessun altro da sfottere, di colpo le ragazze più popolari si rivoltarono contro di me come un fuoco senza controllo. Oh, sapesse in che modo si rivoltarono contro di me! Contro di me! La loro leader!».

Dato che non aveva mai sentito nulla di simile in passato per poter fare un paragone, lo strizzacervelli di Margot era rimasto seduto tranquillo in poltrona cercando di immaginare come potesse essere avere qualcuno che ti caccia a forza nella gola la stessa medicina che tu hai usato per umiliare un altro bambino. Il senso di colpa all'apice del dolore aveva rovinato per sempre il gusto di Margot per le "amiche". Non si fidava delle donne e non si fidava di se stessa.

«Oh no, continuiamo con l'erotico», esclamò Brooke.

«Proviamo con la poesia. La dovrebbe far scappare per lo spavento», disse Aimee.

«La poesia?». Margot rabbrividì. «Quella fa scappare me per lo spavento!».

«Che ne dite se per qualche riunione ci mettiamo a scrivere di cose di cui non sa assolutamente nulla?».

«Ad esempio i balli delle debuttanti?», suggerì Brooke.

«Tu sei l'unica tra noi che sia mai stata a un ballo delle debuttanti», sghignazzò Aimee.

«Per me la cosa più vicina a un debutto in società è stato quando ho fatto sesso in veranda», confessò Margot.

Altre risatine maligne agitarono l'addome di Aimee e un goccino di pipì le bagnò le mutandine.

«No, basta! Basta con le risate! Mi state facendo morire!».

Si tirò su a fatica dal divano, si avviò dondolando verso la camera da letto e mentre si cambiava gli slip se la prese con Lux per averle fatto bagnare i pantaloni.

«Che stai facendo lì dentro?», le gridò Margot.

«Niente che ti riguardi», rispose Aimee. Scegliere gli slip era penoso per Aimee. Prima della gravidanza preferiva portare i tanga per una serie di ragioni che andavano ben oltre i problemi dei segni lasciati dalle mutande. Ora la sua vasta collezione di audace biancheria di pizzo giaceva confinata in fondo al cassetto, sotto le mutande di cotone con l'elastico di nylon appena acquistate, mutande che diventavano bianchissime quando le lavavi ma che sembravano quelle che le avrebbe raccomandato sua nonna per la loro comodità e resistenza.

La finestra della camera da letto era aperta. Qualcuno da qualche parte in città aveva fatto qualcosa di disgustoso che emanava un odore terribile e sconosciuto che filtrava attraverso la finestra di Aimee e finiva nel suo naso.

«Ach! Ach! Grrr, grrr», borbottò la sua gola mentre correva verso il bagno. Lungo il tragitto cominciò a vomitare. Andando avanti, Aimee correva nel vomito che le usciva dalla bocca. Doveva scegliere: o smetteva di correre e vomitava sul pavimento oppure continuava a correre verso il bagno nel tentativo di rovesciare nella tazza almeno una parte di vomito col resto che le colava sui vestiti. Nessuna delle due era un'alternativa allettante ma erano le uniche possibilità che aveva. Aimee si fermò e vomitò sul pavimento.

«Ehi!», le gridò Brooke dal divano. «Tutto bene?»

«Benissimo».

«Non mi pare».

«Sì, invece».

In bagno Aimee prese un bel mucchio di carta igienica e asciugò il vomito. Ce n'era troppo e alla fine dovette usare un asciugamano. Aimee avvolse il contenuto del suo stomaco troppo delicato in un soffice asciugamano bianco. Strinse i denti e gettò l'asciugamano, un tempo così bello, in una pattumiera per non rischiare di vomitare di nuovo quando avrebbe dovuto lavarlo.

Dovrebbe essere qui ad asciugare il vomito e a lavare gli asciugamani, pensò Aimee, ma quel pensiero la conduceva verso altri pensieri più pericolosi. Quel genere di pensieri dovevano uscirle di testa altrimenti sarebbe uscita *lei* fuori di testa. Erano tutti segni del modo in cui era finita la sua vita non appena era rimasta incinta.

Aimee si lavò i denti e si mise un paio di mutande della nonna pulite. La sua gravidanza procedeva tra mille tribolazioni, tra uragani orribili e distruttivi e calcoli renali, ma alla fine avrebbe avuto un bambino e quel pensiero la rendeva sopportabile.

«Aimee, hai un bell'appartamento», le disse Margot quando tornò in soggiorno.

«Grazie».

«Quanto paghi?», si informò Margot.

Questo tipo di domande vengono considerate maleducate in qualsiasi parte del mondo tranne che a New York, dove il costo di un'abitazione costituisce un problema anche per una donna ricca come Margot.

«Quattromila».

«Tra mutuo e manutenzione?»

«D'affitto».

«La puoi comprare?»

«Quando il prezzo era ragionevole non avevamo i soldi».

«Già, sì, è successo anche a me. Ho un bell'appartamento di

due stanze, cucina e bagno che avrei dovuto acquistare nei primi anni Novanta. I soldi li avevo, ma allora non mi sembrava che ne valesse la pena».

«Scusate, grazie per la birra», disse Brooke mentre raccoglieva soprabito e borsa, «ma devo prendere l'autobus».

«Dovresti venire ad abitare in città», suggerì Aimee.

«Già, dovrei proprio», rispose Brooke in un tono vago che non rivelava quanto fosse diventata pigra e il fatto che non riuscisse a capire come la sua vita, che a vent'anni in città era stata così sregolata, a quaranta potesse finire così tranquilla in periferia.

«Margot, che ne dici di un film?»

«Un giorno sì e uno no vado in palestra per almeno due ore», rispose Margot. «Mi mantiene sana e in forma. Però se riesci ad aspettare fino allo spettacolo delle dieci, vengo a vedere qualunque cosa. Sono una drogata dello spettacolo, qualsiasi tipo di film, a qualunque ora e ovunque».

«Alle dieci è un po' troppo tardi per me. Tutte le sere alle undici smetto di funzionare», confessò Aimee.

«Un'altra volta, allora», disse Margot. «Che genere di film ti piacciono?»

«Di fantascienza, d'azione e d'avventura», rispose Aimee e le altre scoppiarono a ridere per l'assurdità della risposta.

Le chiacchiere continuarono mentre le donne si avviavano verso la porta e chiamavano l'ascensore. Mentre Margot teneva aperta la porta si scambiarono abbracci veloci e promesse di andare a teatro insieme. Nell'ascensore Margot e Brooke discussero dell'idea di fare una festa per il bambino di Aimee. Margot pensava che un pranzo in un ristorante della zona sarebbe stato piacevole e appropriato.

«Com'è il marito?», Margot domandò a Brooke quando giunsero in strada.

«È un tipo in gamba. Ossessionato dal lavoro. Bello, alto. Un tempo beveva parecchio ma poi ha smesso. In realtà non lo vedo da... be', da un po'. Ha un sacco di ingaggi a Tokyo per mettere a fuoco gruppi rock».

«È un fotografo?»

«No, Margot, è un cecchino. Scema! Ma certo che è un fotografo».

Brooke diede a Margot una pacca sulla spalla. Si misero a ridere e si abbracciarono e si scambiarono la promessa di un'altra serata di risate e birra. Margot si allontanò con una piacevole sensazione suscitata dalle sue nuove amiche.

Sola in casa, Aimee compose il numero del cellulare del marito. Il cellulare squillò a lungo.

«Guarda, puoi anche non tornarci a casa, ok?», disse ad alta voce al telefono che continuava a squillare. «Perché mi tieni così in sospeso? Basta che tu mi dica che tra noi è finita e io mi faccio da parte, e... oh!».

Si inserì la segreteria e le chiese di lasciare un messaggio.

«...Ehm, ciao. Sono io, tesoro. Ieri sono arrivati un mucchio di assegni. Li ho versati in banca. Quel conto sta diventando veramente grosso. Magari quando torni a casa potremmo ripulirlo e comprarci un'isola. E... ehm, ti amo. Ciao».

Era chiaramente una serata da *Signore degli anelli*. C'era un cinema che Aimee poteva raggiungere a piedi, per poi prendere un taxi al ritorno. Aveva in programmazione tutti e tre i film della trilogia del *Signore degli anelli*, di seguito, ventiquattrore al giorno da quasi due anni consecutivi. Aimee e il marito avevano cominciato ad andarci l'estate precedente tanto per sfuggire all'afa. Adesso che era da sola Aimee ci andava anche troppo spesso per scappare nella Terra di Mezzo.

Le piacevano i nemici più di tutti perché erano chiaramente malvagi. Nella vita di Aimee il male era come un cancro che non poteva essere sconfitto senza distruggere anche un po' della propria stessa carne. Le piaceva la magnificenza delle battaglie, il modo in cui gli attori si impegnavano anima e corpo per cercare di fare a pezzi e sconfiggere il male finché le parti del corpo più importanti non venivano separate dal resto. È molto più facile fare a pezzi e distruggere piuttosto che cercare di salvare o cambiare. Perciò ci andava spessissimo e se ne stava seduta in un cinema buio per l'eccitazione di vedere un indiscutibile bene che distruggeva un innegabile male. Le piaceva l'eroismo dei personaggi e gli attori con quel bel fisico atletico. Deplorava il fatto che in tutta la trilogia solo Frodo si togliesse la camicia.

Sono una scema, mormorò a se stessa come faceva sempre quando imboccava la strada verso il pittoresco quartiere in cui si trovava il cinema. Non so perché mi sono fissata su queste storie di uomini-eroi quando l'unica persona che sia mai arrivata di corsa a salvarmi quando ne avevo bisogno è stata mia madre. Nel passare davanti a un bar della zona, Aimee lanciò un'occhiata all'interno attraverso la vetrina. La vista di due avventori felici che pomiciavano come una coppia di adolescenti la disgustò.

Sotto lo sguardo improvvisamente pudibondo di Aimee, la donna stava praticamente leccando la faccia dell'uomo. Aimee lanciò loro un'occhiata torva per poi tornare a parlare con se stessa: la società dovrebbe rendermi onore perché creo la vita, non dovrei andare avanti e indietro a vedere film da sola. Dovrei stare a casa a catalogare qualcosa, a leggere una di quelle riviste d'arte che sono arrivate... Cristo! Oh, mio dio! Quello *cos'era*?

Aimee fece marcia indietro e tornò alla vetrina del bar. Avrebbe riconosciuto ovunque quelle calze viola e quelle scarpe blu. Scrutò attentamente i due corpi avvinghiati, separando mentalmente le parti di lui da quelle di lei: una capigliatura biondo rame ottenuta grazie a una tinta fai da te si confondeva con una chioma di folti capelli grigi di un amante più vecchio. Quand'è che riprende fiato, si domandò Aimee. Le ventenni hanno bisogno di meno ossigeno rispetto alle donne normali. Probabilmente accumulano aria nel balconcino di quei loro reggiseni sfacciati nella stessa maniera in cui un cammello fa provvista di acqua nella sua... Oddio! Ma quello lì è Trevor?

Guardò con molta attenzione. Non poteva essere Trevor. Aimee fece un passo avanti. Con Trevor aveva lavorato a parecchi casi complicati. Per quanto la riguardava era riservato e un po' noioso. I due si erano fermati per riprendere fiato e bere qualcosa. Aimee si appoggiò alla vetrina. I capelli dell'uomo erano tutti arruffati come se si fosse appena trascinato fuori dal letto. Il Trevor che conosceva Aimee veniva sempre coi vestiti ben stirati e pronto per il lavoro. Le labbra di quel tipo sembravano un tantino escoriate e gonfie per la saliva e il rossetto della donna. Mentre l'uomo fissava con un sorriso la ragazza, che probabilmente era Lux, Aimee dovette ammettere che si trattava di Trevor, senza ombra di dubbio.

«Wow!», esclamò Aimee ad alta voce. «Trevor e Lux? Disgustoso».

Aimee girò sui tacchi e si affrettò a raggiungere il cinema. Comprò il biglietto e corse in bagno dove si lavò la faccia come se avesse avuto gli occhi in fiamme. Cercò di togliersi dalla testa gli impicci di Lux. Non erano affari suoi se la ragazza voleva rovinarsi la vita. Aimee si assicurò di aver svuotato ogni goccia di liquido dalla sua povera vescica tutta rattrappita, schiacciata com'era nello stretto spazio tra l'utero in crescita e la spina dorsale.

Seduta sulla tazza, ad Aimee venne da ridere pensando a Lux. Trevor aveva come minimo cinquant'anni, per non parlare del fatto che contava poco nello studio e non ne sarebbe mai diventato un socio.

«Che stupida», disse ad alta voce mentre si asciugava, chiedendosi se quei due fossero andati a letto insieme.

Aimee uscì dal bagno e avvertì appieno la corrente d'aria dell'ottimo sistema di condizionamento del cinema. L'aria fredda era satura dell'odore di panini imbottiti da quattro soldi e popcorn pieni di burro. Sulla soglia del bagno per un attimo barcollò. Desiderava ardentemente uno di quei tranquillanti tanto popolari, qualcosa per scrollarsi di dosso la stanchezza, e all'improvviso non riuscì a trovare la forza per entrare nell'atrio di quell'incantevole e vecchio cinema. Ho già comprato il biglietto, ripeté a se stessa. Devo solo attraversare l'atrio. Superato l'atrio è una passeggiata e ce l'avrò fatta a sfuggire alla mia vita finché non dovrò presentarmi a lavoro domattina alle dieci. Ho già quello stramaledetto biglietto! Se soltanto riesco ad attraversare l'atrio non dovrò pensare a niente fino a domattina. In questo modo potrei far passare un bel po' di tempo.

Aimee si disse che era soltanto colpa di quell'odore mentre prendeva a destra e scappava attraverso l'enorme porta a vetri che dava sulla strada. L'odore dei panini è troppo. Non sarei riuscita a concentrarmi. Devo andare subito a casa. L'avventura nella Terra di Mezzo era finita per Aimee, almeno per quella sera.

Il mento di Aimee tremava, in preda a un attacco di pianto che voleva trattenere finché non avesse fatto ritorno al suo appartamento. Si tenne tutto dentro e fece del suo meglio per non barcollare mentre usciva di corsa dal cinema. Diede al tassista una bella mancia e salì di corsa a casa sua, dove si mise seduta sul divano ammettendo con se stessa che suo marito se n'era andato. Le crollò il mondo addosso.

Avrebbe voluto alzarsi e fare qualcosa, la faceva sempre star meglio. Avrebbe voluto scrivere qualcosa di tragico e di catartico sulla sua situazione attuale, poi però avrebbe dovuto leggerlo davanti a Lux. Il suo gruppo letterario era stato rovinato da un'idiota di vent'anni e poco più, dai capelli rossi e le tette impertinenti e vestita come un pagliaccio. Dovevano abbandonare subito l'erotismo. Come avrebbe fatto Aimee ad ascoltare

Lux che parlava di cose voluttuose mentre se la immaginava tra le braccia del vecchio e decrepito Trevor?

Ma che cavolo ci trovava Lux in lui? Era vecchio e non era ricco. E poi Lux! Era una scemetta! E non era esattamente una donna di cui andar fieri con quel guardaroba sgargiante e la sua modesta provenienza sociale. Era tutto sbagliato.

Aimee afferrò il lavoro a maglia e cercò di concentrarsi. Sembrava tutto così bello al negozio di filati circondata dal tintinnio di altri ferri e da discorsi affascinanti ma nella vita reale fare la maglia era impossibile. Eppure Aimee aveva bisogno di fare qualcosa. Dato che per lei tutte le strade che conducevano al conforto della creazione erano temporaneamente chiuse, Aimee alzò il telefono e cominciò a far guai.

«Ehi, Brooke, sono Aimee. Sei in casa? Chiamami appena puoi! Non riuscirai mai a immaginare chi ho visto in un bar qui vicino. Che si baciavano! Ci sei, Brooke? Sono a casa. Chiamami appena arrivi».

Aimee riagganciò il telefono e restò seduta tranquilla per un po', a domandarsi se Margot Hillsboro potesse essere interessata ai pettegolezzi sulla vita sessuale di Lux.

6. L'OSPEDALE

La domenica mattina, sul presto, Lux sgattaiolò fuori dal letto di Trevor e uscì di casa. Aveva in mente di portarla a far compere in mattinata, ma prima Lux aveva una sgradevole commissione da sbrigare. Non avrebbe mai voluto, in nessun caso, che Trevor l'accompagnasse perciò se la svignò prima che si svegliasse. Discese saltellando i gradini del palazzo. La sua prima fermata fu la panetteria in fondo alla strada, poi la metropolitana.

Lux camminava lungo il corridoio in cerca del numero di stanza che le aveva dato l'infermiera. Passava di continuo la scatola di dolci da una mano all'altra e temeva si sarebbe lamentato perché non era cioccolato. Mentre avanzava cercò di non guardare dentro le stanze. L'esposizione delle debolezze umane in camici blu da ospedale, sovrapposta alla cordialità degli allegri visitatori in una stanza o alla silenziosa mancanza di speranza in un'altra, spingeva la sua mente a tessere delle storie di cui non sapeva come liberarsi.

Entrò nella stanza 203 e, come aveva detto l'infermiera, lo trovò nel letto C. Se ne stava seduto a chiacchierare allegramente col vicino del letto B. Una volta entrata Lux tirò la tenda verde intorno al letto.

«È una torta?», le chiese prima ancora di dirle ciao.

«Sì, papà», rispose Lux, «la tua preferita».

«Al cioccolato e meringa?»

«No, papà, alla carota. È quella che ti piace».

Si appoggiò al cuscino e si mise a riflettere, cercando di ricordare quand'è che gli erano piaciute le torte alla carota. Non riuscì a trovare nessuna annotazione di un tale fatto nel suo cervello, ma d'altra parte c'erano così tanti buchi che quel genere di informazione poteva anche essere scivolata via.

Da giovane avrebbe voluto essere tutto fuorché un pompiere. Sfortunatamente, suo padre sosteneva che tutti i maschi cresciuti in casa Fitzpatrick dovessero diventare pompieri. Non si era mai dedicato anima e corpo al suo lavoro. Un pomeriggio la sua noncuranza e la sua mente fiduciosa e distratta lo avevano reso vittima della trave sbagliata al momento sbagliato. Era riuscito a sopravvivere al crollo dell'edificio, ma la spina dorsale rotta gli aveva causato un'invalidità permanente e lo aveva spinto all'abuso di antidolorifici.

In un certo senso si era trattato di un successo straordinario. Era vivo e camminava nonostante la lesione. Era allegro nonostante le numerose operazioni, il dolore continuo e la limitata mobilità. Era sopravvissuto a un padre sadico e dominante. Uomo mite, aveva rotto quel ciclo di violenza padre figlio che aveva disonorato i suoi antenati per generazioni e generazioni. La sua pensione di invalidità, insieme alla vendita illegale di alcune delle sue medicine più interessanti, avevano sfamato una famiglia di sei persone. Amava i suoi figli con tutto il cuore e si preoccupava per loro. Quando alle elementari, durante un incontro tra genitori e insegnanti, una maestra gli aveva lasciato intendere che forse Lux era ritardata, il signor Fitzpatrick aveva insistito con fermezza affinché tutti smettessero di farsi le canne davanti alla sua amata figlioletta, quantomeno durante i giorni di scuola.

In un certo senso era stato un padre meraviglioso. Era gentile e di solito stava a casa. Gli piaceva giocare a scacchi e voleva sempre fare i biscotti al cioccolato. Era di mentalità aperta, disponibile a parlare e felice di aiutare i figli a risolvere i loro problemi. Sfortunatamente, la maggior parte dei suoi consigli filtrava attraverso quel colabrodo del suo cervello. Quando nel cortile della scuola dei ragazzi avevano fatto i prepotenti con Lux le disse che, anche se si viene colpiti per primi, non si deve mai e poi mai restituire il colpo. Però si poteva sputare.

Al momento era in ospedale per un'ulcera sanguinante. Le pillole prescritte lo aiutavano a sopportare il dolore alle gambe e alla schiena, ma gli facevano a pezzi lo stomaco. Aveva cercato di compensare, sperimentando una combinazione di marijuana prescritta e marijuana illegale. Per anni non aveva funzionato. In preda al dolore e alla disperazione aveva cominciato a deperirsi. Finalmente, quando Lux era in terza elementare, era riuscito a risolvere il problema. In un armadio di casa, sotto la luce di alcune lampade molto forti ordinate appositamente, si era messo a coltivare delle piante di canapa indiana della sottospecie Indicum, molto apprezzata. Quei germogli altamente allucinogeni gli avevano alleviato il dolore ma avevano contribuito ad alimentare la sua paura che Lux potesse ingoiarsi la lingua. Per combattere tale paura non l'aveva mandata a scuola per un'intera settimana, rimanendo sempre con lei e dandole da mangiare roba tenera che insisteva per cucinare personalmente. Piena di tenerezza, Lux lo ricordava come uno dei più bei periodi della sua vita.

«Come stai, papà?», gli domandò mentre si accomodava accanto al letto.

«Bene. E tu?», rispose lui.

«Tutto a posto», replicò Lux. «Al lavoro va bene. E ho un ragazzo».

«Sembra che stai facendo rotta direttamente verso le stelle».

«Sì, be', perché no, giusto?».

Suo padre sorrise e le diede una pacca sulla mano.

«E come stanno i miei ragazzi?»

«Ian è ancora nello Utah. Sean è in libertà vigilata e Joseph è uscito prima del previsto. Ora è a casa, che è una bella cosa. La mamma è così felice. Non pensavamo potesse succedere ma stavolta è ancora più muscoloso», disse Lux.

«E come sta il piccolo Patrick?», domandò con un sorriso tenero.

«Oh, be', gli sta ricrescendo il pelo».

Lux sorrise e il suo amato padre ricambiò il sorriso, raggiante di piacere.

«Allora tutte belle notizie», disse.

«Sì», confermò Lux. «Ascolta, papà, sono venuta perché volevo chiederti una cosa su tua sorella».

«Quale? La puttana o la casalinga? Oppure la lesbica?».

Il signor Fitzpatrick aveva solo due sorelle.

«Su Estella».

«La puttana».

«Come ha fatto a diventare così?», domandò Lux.

«È come quando fai le uova sode. Alcune sono abbastanza dure da essere sbucciate e altre invece sono più liquide e scivolano via». Il padre di Lux stava pontificando dal suo letto d'ospedale.

Lux ci pensò su un momento.

«Be', e che vuoi dire? Che era così e basta?»

«Sì. Perché è quello che ha deciso di fare dopo che mio padre l'aveva buttata fuori casa per aver avuto un bambino a sedici anni con un tizio che non l'avrebbe mai sposata. Uno stronzo della marina militare, uno che era solo di passaggio in città. Non le andava di lavare pavimenti o di scegliersi un tipo da sposare, come ha fatto tua madre. Decisioni. Decisioni».

«Ha avuto un bambino?», chiese Lux. Lux non aveva mai saputo che la zia "Chi? Ah sì, quella!" avesse avuto un bambino.

«Sì. Lo ha dato in adozione. Mi piaceva far finta di essere il bambino che aveva dato via perché mi portava il gelato e mi rattoppava quando tuo nonno dava di matto e mi picchiava. Mi ha detto la lesbica che è morta senza un soldo e senza un amico».

Lux sapeva che la zia "Chi? Ah sì, quella!" era morta con un bel po' di soldi e un immobile intestato a lei. Aveva fatto dei lasciti a diverse associazioni di beneficenza e a una nipote riconoscente. Le aveva dato degli ottimi consigli, ad esempio sii forte e onesta con te stessa. Lux riusciva a immaginare la zia "Chi? Ah sì, quella!" che portava gelato e conforto a un ragazzino terrorizzato, ma non riusciva a immaginarsi la zia, che le aveva sempre detto di essere sicura di fare quello che la rendeva felice, lasciarsi sopraffare da una famiglia di merda e una gravidanza indesiderata fino a ridursi alla prostituzione. Lux disse al padre semicosciente che non credeva a quella storia.

«Non era così», disse.

«Ovvio, quando l'hai conosciuta non era più così. È più facile dire al mondo di andare a farsi fottere quando sei piena di soldi», disse suo padre e poi aggiunse, per il suo stesso divertimento «oppure quando hai una pensione d'invalidità».

Lux attese finché le risate non cessarono. Avrebbe voluto raccontargli della casa che aveva ereditato da sua sorella. Non avrebbe disapprovato come avrebbe sicuramente fatto sua madre, ma gliel'avrebbe portata via. Non tutta in una volta. Un piccolo prestito ogni tanto avrebbe lentamente prosciugato il suo conto. Eppure, Lux si domandava se non fosse il caso di dargli qualcosa al momento della vendita della casa. Era allegro e gentile e il corpo gli doleva per la maggior parte del tempo. Lux se ne stava seduta in silenzio a chiedersi se poteva dargli mille dollari per alleviare il suo dolore senza sollevare i sospetti e le mani tese della madre e dei fratelli.

Mentre Lux cercava di immaginarsi un modo per poter esplicitare in tutta sicurezza il suo amore e la sua generosità, entrò un'infermiera che conficcò una siringa nel tubo che finiva nel braccio di suo padre.

«Che gli sta dando?», chiese.

«Morfina», risposero entrambi all'unisono. L'infermiera lo riferì come riportando un dato di fatto. Suo padre biascicò la parola come se fosse stata una specie di glassa speciale e lui un bambino buonissimo.

«Senti, zucchina», le disse in tono serissimo, «avevo intenzione di parlarti di una cosa, ma non so come dirtelo, perciò te lo dico e basta. Non mi piace quel ragazzo con cui esci, Carlos».

«Ci siamo lasciati», disse Lux, e sulla faccia del padre si fece strada un sorriso felice.

«Problema risolto», mormorò per poi scivolare lentamente nel dolce sollievo del sonno chimico.

7. LA PITTURA

Dopo essersi fatta una birra e qualche risata con Aimee e Margot, Brooke prese il treno delle 19:10 per Croton on Hudson, dove aveva il suo studio. Era una bella stanza con i pavimenti di legno antico e delle finestre enormi. Era stata riprogettata appositamente per lei, in base alle sue istruzioni. La luce era perfetta. Brooke ci dipingeva da anni e sotto quel tetto aveva creato alcune delle sue opere più significative. L'unico lato negativo dello studio era che un tempo era stato la dependance della casa dei suoi genitori e quindi le ricordava che la maggior parte delle comodità e l'indipendenza di cui godeva non erano frutto del suo lavoro di artista ma degli investimenti di successo delle generazioni precedenti.

Brooke entrò nella casa dei suoi, andò in cucina e aprì il frigo. Tirò fuori del roast beef, la mostarda, una focaccia del giorno prima e cominciò a farsi un panino.

«Oh! Non ti avevo vista», disse a sua madre.

La madre era seduta in cucina al buio, a fumarsi una sigaretta e a pensare un po' troppo a Brooke. Come lei, Brooke era bella, bionda e sottile per natura, con le gambe lunghe e una pelle di porcellana. Con le luci basse sembravano sorelle gemelle, anche se la madre non aveva un drago tatuato sulla schiena con gli artigli che si allungavano sulle natiche e una coda che si attorcigliava sulla parte interna della coscia sinistra.

«Mi fa piacere che sei venuta. Bill Simpson vuole che sabato lo accompagni al ballo di beneficenza per la lotta alla distrofia muscolare. Lo devi chiamare stasera».

«Questo sabato?», chiese Brooke.

«No, il ballo è il 25», rispose sua madre.

«Uhm», mormorò Brooke, cercando di fare mente locale sulla sua agenda già fitta di impegni, «ha detto a che ora comincia?»

«Oh, lui non ha detto proprio niente. Me l'ha detto sua madre. Lo devi chiamare stasera. Bill è diventato un così bell'uomo. E sembra che ti voglia molto bene».

«Sì, è vero».

«Hai intenzione di chiamarlo?»

«Naturalmente».

«Stasera?»

«Lo chiamerò domani, mamma».

«Avresti dovuto sposarlo quando te l'ha chiesto».

«Non volevo sposarmi così giovane».

«È stupefacente che sia ancora qui a girarti intorno. Ad aspettarti».

«Sì, mamma, è vero».

«Però da diversi mesi non vi vedo più insieme».

«Lo so», disse Brooke.

«Avete rotto?», le domandò sua madre.

«No, abbiamo solo rallentato un po'», rispose Brooke.

La madre di Brooke avrebbe voluto chiederle il perché. Dopo dieci anni ancora non capiva cos'era successo al grande matrimonio che aveva cominciato a progettare dal momento in cui la sua bellissima figlia, Brooke, aveva cominciato a uscire con il bellissimo figlio di Eleanor Simpson, Bill. L'occasione era persa da un pezzo, e ora Brooke parlava di rallentare. Che fa di sbagliato mia figlia? Cos'è che le impedisce di trovarsi un buon marito?, pensava sua madre.

«Carole verrà qui con le ragazze domani», disse la madre al posto di quello che le frullava in testa. «Ci sarai?»

«Sì, certo».

«È il compleanno di Emma».

«Lo so».
«Compie sette anni».
«Wow! Come passa il tempo».
«Tu hai preso per Emma una borsetta di plastica blu e una cintura abbinata. Per Sally hai preso una Barbie. Hai presente, una specie di premio di consolazione perché non è il suo compleanno. Li ho già incartati ma dato che sei qui puoi firmare i bigliettini».
«Grazie, mamma».
La madre di Brooke agitò la mano ricoperta di diamanti per indicare che non era niente.
«Ti va di vedere le ultime foto delle bambine?»
«Neanche per sogno! Le vedrò domani di persona e le abbraccerò forte forte».
Sua madre sembrava delusa.
«Cioè», aggiunse Brooke, «perché non mi dai le foto così me le porto nello studio per darci un'occhiata mentre preparo le tele?».
Brooke ricevette una busta di istantanee e un bacio veloce dalla madre e li portò con sé nello studio. Le squillò il cellulare. Aimee. Ma quella sera Brooke voleva concentrarsi sulla sua missione perciò tolse la suoneria e lo fece scivolare nella borsetta.
«Non chiami Bill?», le chiese di nuovo la madre.
«Lo farò, mamma», promise Brooke.

Tutto era iniziato quando la madre di lei aveva chiamato la madre di lui perché l'appuntamento di Brooke per il ballo di debutto di una cugina era saltato all'ultimo minuto. Come si scoprì in seguito, anche Bill era cugino di questa cugina e aveva già lo smoking stirato per l'occasione. Bill era arrivato a casa dei genitori di Brooke sulla Quinta Strada incarnando la perfetta riproduzione del giovane accompagnatore newyorchese, rispettabile ed elegante. Stavano già facendo sesso, tutti ubriachi, quando il mazzolino di fiori era ancora fresco. Per tutti gli anni delle superiori erano stati inseparabili. Le loro madri avevano supposto che all'università sarebbe seguito il matrimonio, ma la loro supposizione si era trasformata in una speranza quando Bill aveva terminato la facoltà di legge.

«Lei si atteggia troppo ad artista», spettegolavano alcuni.

«Lui è un parvenu», dicevano altri.

«Ho sentito dire che le ha chiesto di sposarlo dieci anni fa, ma lei all'epoca era troppo presa a far carriera per prendersi il disturbo di sposarsi. Scommetto che adesso s'è pentita», recitava la versione più sgradevole in circolazione.

Brooke mangiò il suo panino al roast beef mentre dava una scorsa alle foto di Emma e Sally, le sue dolcissime e graziose nipotine. Due bellissime bambine bionde, di sette e tre anni, prese in varie pose mentre si divertivano con la madre, la sorella più giovane di Brooke. Nella busta con le foto c'era un assegno di mille dollari proveniente dal conto di sua madre. Non c'era alcun motivo perché quell'assegno si trovasse lì, se non la convinzione di sua madre che Brooke non riuscisse a godersi appieno la vita. Brooke infilò l'assegno nel portafoglio e cominciò a tirare fuori delle tele dalla rastrelliera.

Dopo l'università non aveva sposato Bill perché a ventidue anni era l'unico uomo con cui era andata a letto, a parte il suo istruttore di equitazione. Gli aveva detto che aveva ancora dei bollori da sfogare. Pensava che se l'amava veramente si sarebbero sistemati quando sarebbero stati entrambi pronti. A trentasette anni, Brooke si sentiva matura e pronta. Voleva dei bambini. Li voleva con Bill, ma in quel momento Bill aveva altre cose per la testa. Le aveva chiesto di aspettare, che doveva risolvere alcune cose. Lei aveva aspettato, nel modo in cui aspettano le ragazze belle, intelligenti, ricche e di talento. Si era concentrata sulla sua arte e aveva frequentato altri uomini. Eppure il suo cuore, e per estensione il suo grembo, aveva aspettato Bill.

Erano passati cinque anni e a quarantadue anni Brooke pensava che quei dolci bimbetti paffuti sarebbero stati suoi solo se avesse avuto una commessa per dipingere cherubini sul soffitto di una chiesa. Una volta aveva versato un fiume di lacrime per quei bambini che non aveva avuto, ma adesso Brooke aveva accantonato quella speranza.

A volte rimpiangeva di non aver sposato Bill a vent'anni. Altre volte non avrebbe scambiato quegli anni di libertà dedicati alla pittura per niente al mondo. Quello che la faceva star male era cosa ne sarebbe stato dei bambini che aveva messo al mondo: le tele non esposte ammucchiate nella dependance che si stavano rovinando per l'incuria.

Tirò fuori dallo scaffale una delle sue creazioni: sua madre, seduta su una sdraio vicino alla piscina in una giornata caldissima, con in mano un cocktail e una sigaretta. L'intera immagine tremolava come il miraggio di un'oasi nel deserto. Brooke guardò la tela a lungo. Quella sera era la sera giusta, ma non era quello il dipinto con cui cominciare. Un autoritratto fu risparmiato allo stesso modo e fu rimesso sullo scaffale. Un dipinto che ritraeva il soggiorno dei suoi con il cane che dormiva sul divano. Avrebbe cominciato con quello.

Brooke prese un grosso tubo di gesso e cominciò a cancellare il cane e il soggiorno e quel momento proveniente da un'altra vita. All'improvviso un gemito risuonò fuori della finestra.

Sua madre, con in mano un vassoio con due gin tonic, stava ferma davanti al vetro e gridava.

«No! Ferma! Adoravo quel cane! Che stai facendo?».

Brooke aprì la porta e la fece entrare.

«Rilassati», le disse mentre afferrava un bicchiere dal vassoio.

«Mi piace quel dipinto!».

«Sì, è ben fatto», concordò Brooke mentre continuava a cancellarlo e a sospingerlo nell'oblio.

«Ma perché?», le chiese sua madre, sconvolta e in lacrime.

Brooke fece un cenno verso lo scaffale alle sue spalle, traboccante di tele. Delle buone tele. Aveva occhio per i personaggi e ogni dipinto ricambiava lo sguardo come se stesse parlando, interrotto nel mezzo di una frase. Dipingeva persone, cani e alberi, e altre figure rappresentative. Le figure rappresentative non andavano di moda da parecchi anni. Brooke lo sapeva quando aveva cominciato a lavorare ma aveva seguito il suo cuore.

Alla gente piacevano le sue opere. Nel corso degli anni aveva venduto molte tele e ricevuto molte commesse, ma nessuno aveva scritto qualcosa sui suoi lavori, nessuno aveva rivenduto le sue tele. E così era rimasta una sconosciuta.

«Le tele sono care», spiegò alla madre.

«Ti darò io i soldi», dichiarò la madre.

«Non è per i soldi, è per lo spazio», continuò Brooke. «Non sopporto di vederle accatastate in questo modo, come legna da ardere. Mamma, non posso più aggiungere un altro bel bambino a questo ammasso di merda che abbiamo nascosto qui. Ho cercato di realizzare dei dipinti più piccoli ma non fa per me. E non è che voglio smettere di dipingere, voglio solo smettere di accumulare tele che nessuno vede. Quando smetto di dipingere mi sento come una drogata in crisi di astinenza, come se in preda alla disperazione dovessi aprire la valvola di sfiato della mia mente ma, vedi, poi ritorna il pensiero sono-stufa-di-creare-cose-che-nessuno-vede perciò ho deciso di dipingere sulle tele che ho. In questo modo posso continuare a fare stronzate senza dover ammucchiare pile e pile di stronzate».

«Non sono stronzate», sussurrò la madre.

«Cose», si corresse Brooke. «Neanch'io penso che siano stronzate. Nessuno pensa che siano stronzate. Pensano solo che non si tratta di oro. Se nessuno le guarda, le cose che faccio è come se fossero morte. Tu non terresti i tuoi figli morti ammassati in questo modo ed è così che comincio a sentirmi. Sono dei figli magnifici, grandi, morti e non amati che io ho messo al mondo e in questo modo almeno posso riciclarli e riportarli in vita, in un certo senso. Gesù, mamma, non piangere».

La madre di Brooke stava singhiozzando sul suo gin tonic.

«È colpa mia».

«Sì, va bene, cioè, se vuoi che sia così».

Funzionò. Si mise a ridere.

«Non è una questione di colpa, mamma. È solo che ho scelto un campo in cui ci sono pochi vincitori. E io non sono fra loro. Non mi ci avvicino nemmeno più».

Rimasero sedute in silenzio, a soffrire entrambe per i fallimenti di Brooke. Sua madre rimase seduta tranquilla mentre Brooke cancellava tre o quattro tele, scrostando i punti più ruvidi e preparandole per accogliere di nuovo i colori.

«Grazie per l'assegno», disse Brooke dopo qualche minuto.

«Comprati qualcosa di carino», le rispose la madre con sollecitudine. Brooke sorrise anche se sapeva che non c'era niente sullo scaffale di un negozio che potesse soddisfarla. Il modo in cui la madre aveva pronunciato quelle parole, il modo in cui il suo volto catturava la luce incantò Brooke e per un attimo, colma di piacere per una nuova avventura, pensò che avrebbe potuto ritrarre sua madre con un'aria afflitta e allo stesso tempo amorevole. Ma Brooke esitava. C'erano così tanti ritratti meravigliosi di sua madre. La casa e lo scaffale ne erano piene. Voleva ritrarre le bambine, le sue nipotine. Sarebbe stato un regalo per sua sorella. L'avrebbe fatto bello e allegro, sapendo che un tale ritratto avrebbe trovato una sistemazione su una parete a casa di sua sorella con un sacco di ammiratori a contemplarlo e a dargli vita. Brooke cercò a tentoni la busta con le istantanee e si mise al lavoro.

La madre scomparve. La stanza scomparve. Il giallo del vestito di una delle nipotine cominciò a sussurrarle dolcemente, come se fosse un amante, dammi più blu, più blu, tesoro. Smorza un po' l'ombra, perfetto, perfetto, sono così grazioso. Brooke lavorò finché le gambe non cominciarono a dolerle e lo stomaco a brontolare. Da qualche parte nello studio c'era un panino mangiato a metà e un letto in attesa che Brooke ci si buttasse sopra, esausta ma felice.

Il dipinto era già a buon punto. Le nipotine apparivano meravigliose nel quadro così com'erano nella realtà e sua sorella si sarebbe gonfiata d'orgoglio a vedere le sue bambine preservate per sempre in quell'istante di bellezza. Carole avrebbe appeso la tela in un punto dove tutti l'avrebbero vista entrando in casa. E morte ormai da tempo Brooke, sua sorella e la nonna, magari le due nipotine avrebbero discusso su chi avrebbe preso il quadro che ritraeva le bimbe che erano state.

Avrebbe vinto la maggiore. Vinceva sempre. E a sua volta avrebbe appeso quel bel ritratto di un giallo giunchiglia da qualche parte dove la gente avrebbe potuto ancora ammirarlo. Sarebbe morta. Tutti muoiono. Avrebbe lasciato quel grazioso ritratto in giallo a uno dei suoi nipoti e così via, fino a che il proprietario avesse dimenticato l'identità di quelle due bambine ma lui o lei, questa progenie immaginaria imparentata con Brooke ormai solo alla lontana, avrebbe apprezzato ancora il modo in cui il giallo dei vestitini delle bambine faceva l'amore col blu. E allora Brooke sarebbe vissuta per sempre.

«Se questo è tutto quello che ho», pensò Brooke mentre si addormentava, «dovrò farmelo bastare».

8. ATLANTA JANE

Ancora accaldata dopo due ore di palestra, Margot salutò il portiere con la mano mentre andava verso l'ascensore. All'ultimo momento salì sull'ascensore uno sconosciuto e così Margot dovette salire su fino all'ultimo piano e poi scendere di nuovo nell'atrio. All'inizio, quando aveva preso in affitto quell'appartamento, Margot era entusiasta del fatto che le porte dell'ascensore si aprissero direttamente sul suo appartamento. Vent'anni dopo, questa cosa la faceva sentire inquieta e vulnerabile. Adesso andava su e giù con l'ascensore finché non rimaneva soltanto lei in cabina e solo allora inseriva la chiave speciale nella fessura con sopra le sue iniziali.

Di recente le era venuta l'idea di costruire un'altra porta, oppure un vestibolo interno, qualcosa che avesse una serratura e che fosse posto tra le sue stanze private e l'ascensore, ma il proprietario non glielo aveva permesso. Era stato un colpo per lei. Nel profondo del cuore Margot credeva che l'appartamento le appartenesse. C'erano tutte le sue cose. In effetti, il proprietario dell'appartamento era cambiato ben quattro volte in quei vent'anni d'affitto. Giurò che al successivo aumento avrebbe cercato un altro posto dove poter avere il controllo totale.

Finalmente sola, Margot infilò la chiave speciale nella fessura contrassegnata dalle iniziali M.H. e l'ascensore si lanciò verso il cielo. Una volta inserita la chiave l'ascensore non si fermava finché non raggiungeva il suo appartamento. Durante la lunga salita appoggiò per terra le buste della spesa e diede un'occhiata alla posta. Bollette. Bollette. Stronzate e bollette. E una grande busta color avorio col cognome di Trevor sopra un indirizzo sconosciuto.

Margot gettò le stronzate nella pattumiera, posò le bollette sul mobile in cucina e poi aprì la grande busta color avorio.

«*Abbiamo l'onore di annunciare...*», l'invito cominciava così e dopo un bel po' di paroloni vecchio stile e ben meditati terminava con la notizia del matrimonio del figlio maggiore di Trevor presso la sinagoga di Long Island alle 20:00 di un sabato di lì a sei settimane. Benissimo. Un'ottima scusa per comprare un vestito nuovo.

Quando il figlio minore era andato all'università la moglie di Trevor aveva perso sette chili e si era fatta un nuovo taglio alla moda. Aveva buttato il vecchio guardaroba dritto nell'inceneritore. E poi il cigno aveva spiccato il volo, portandosi dietro la casa estiva nelle Catskills. Margot aveva tenuto Trevor per mano durante il divorzio.

Una volta, a casa sua, mentre era chino sul cibo cinese del takeaway, si era piegato in avanti sul pollo alla Mu Shu con l'intenzione di baciarla sulla bocca. Lei era proprio sul punto di scoppiare a ridere per una cosa in televisione e quindi nello stesso momento in cui lui posò la sua bocca sulla sua, lei se ne uscì con un'enorme risata che sapeva d'aglio. Quel loro primo momento di intimità si era trasformato in una rianimazione bocca a bocca troppo piccante.

«Cristo, Margot, mi sa che mi hai fatto scoppiare i polmoni», le aveva detto Trevor ridendo.

«No, non scoppiare», aveva ribattuto lei, «li ho solo gonfiati un po'. Però è meglio non mollarti perché corri il rischio di svolazzare per tutta la stanza se apri la bocca all'improvviso».

Si risistemarono sul divano, dimenticandosi delle risate nei loro occhi e del bacio sulle labbra. Margot si allungò verso di lui e gli prese la mano ma Trevor non cercò di baciarla di nuovo. Ci sarebbe stato tempo per quello, pensò Margot. La nostra amicizia ritroverà quel bacio, presto.

Ma dopo quella sera gli inviti a mangiare roba del takeaway e a guardare film erano cessati. Margot era molto occupata col lavoro ma andavano ancora a pranzo insieme. In realtà non si era accorta della distanza creatasi tra loro finché, dopo aver registrato appieno il significato della parola "premenopausa", non lo aveva chiamato. Aveva lasciato nella sua segreteria telefonica qualche lacrima e una richiesta di compagnia. Aveva avuto una risposta due giorni dopo tramite una mail. «*Mi dispiace che vedi tutto nero*», aveva scritto. Ma in quel momento il nero non era più il suo colore. Era ormai rossa di rabbia e così la loro amicizia si era polverizzata. Magari il matrimonio l'avrebbe riaccesa.

Margot appoggiò la sua cena sulla ventiquattrore e osservò l'invito color avorio. Si mise a pensare al matrimonio. In tutta la vita aveva ricevuto soltanto una proposta di matrimonio, da un ragazzo che si chiamava Bobby Albert.

Bobby Albert era biondo, forte e probabilmente stupido anche se, giovane e inesperta, Margot non si era resa conto della sua stupidità. Aveva progettato di perdere la sua verginità con lui, magari anche nel retro del furgone del padre di Bobby. Purché ci fosse stata una coperta pulita sulla quale stendersi. Lo desiderava. Non voleva farlo, però, in un campo di granturco.

Sarebbe difficile per chiunque incontrare Margot Hillsboro oggi e vederla come un tipo da scopami-nel-retro-del-furgone, ma all'epoca era una ragazza di paese che si chiamava Allie Hillcock e il retro del furgoncino andava benissimo.

Trentaquattro anni prima, prima di cambiare nome, Margot voleva disperatamente fare l'amore con Bobby Albert. Non vedeva l'ora di sganciare le fibbie del suo completino da ragazza pon pon per sentire il tocco delle sue mani sul suo corpo. Stavano puntando dritti verso il furgoncino quando Bobby era stato colto da un desiderio impellente e tutti i progetti di Margot di far l'amore in un modo che avesse potuto custodire per sempre nel suo album dei ricordi erano sfumati nel granturco. Si stavano baciando e lei lo tirava verso il furgone ma Bobby non avrebbe potuto fare un passo in più senza fare sesso. Così Margot aveva perso la sua verginità con Bobby Albert in un campo di granturco.

Non era neppure il campo di granturco che c'è in primavera avanzata. Era un campo di granturco di inizio autunno e tutti gli steli erano stati tagliati. Non c'erano pannocchie. Non c'era alcun riparo e chiunque avrebbe potuto guardare e vedere le gambette secche e aperte di Margot oppure il sedere bianco di Bobby Albert che spingeva su e giù. Dopo esser venuto, Bobby Albert aveva chiesto a Margot Hillsboro, nata Allie Hillcock, di sposarlo.

Allie Hillcock aveva risposto di no. Aveva distrutto le sue fantasie di deflorazione, un particolare trascurabile col senno di poi, ma all'epoca molto importante ai suoi occhi. Aveva l'impressione di essere stata violata.

«Come se l'avesse stuprata?», le aveva chiesto il suo secondo psicoterapista.

«No. Avevamo deciso insieme di fare sesso. Nel furgone. Ha violato la mia idea di come doveva essere il sesso. Era la mia prima volta e mi ha fatto sentire volgare e insignificante. Una ragazza da quattro soldi, sesso d'occasione. Non valeva abbastanza da fare quei pochi passi in più fino al furgone. Ero distrutta, all'epoca. Non riuscivo più a sopportare di essere quella che ero e così sono cambiata».

«E pensa di essere cambiata in meglio?», le aveva domandato il terzo psicoterapista.

«Penso di sì», aveva risposto, «ma ancora non capisco perché mai tutti vogliano sposarsi».

Margot aveva incontrato qualche volta il figlio di Trevor quando stava a Yale e poi di nuovo quando si era data da fare per procurargli un buon internato. Margot pensava fosse un bel ragazzo, della stessa stoffa di Trevor, a parte il fatto che il ragazzo traboccava ancora di...

Gioventù. Trevor non si prende cura di se stesso come faccio io. Ecco perché il ragazzo, con la sua gioventù, è notevolmente più bello del padre, pensò Margot.

«Diamo un'occhiata a quello che ha scelto per noi il signor Ping per cena», si rivolse ad alta voce alla busta del takeaway. Mangiò asparagi e melanzane mentre dava una scorsa a un catalogo Bergdorf in cerca del vestito perfetto.

Assaporò le verdure con estrema lentezza ma la cena finì presto. Aveva ancora voglia di mangiare o di bere qualcosa, aveva voglia di ritornare in palestra, di marcire davanti alla tv, ma Margot era troppo compassata per lasciare che accadesse una di queste cose. Mangiare ancora l'avrebbe fatta ingrassare. Tornare in palestra? Sarebbe dimagrita troppo. La tv rincretiniva. Era troppo tardi per uscire a fare shopping? In un grande magazzino oppure in una boutique. Margot era calma e padrona di sé.

Il desiderio insaziabile e irraggiungibile di cambiar pelle aveva fatto sì che le cerniere dei suoi armadi a muro saltassero nel senso più letterale della parola. Nell'appartamento di Margot gli armadi stracolmi contenevano un completo per ogni occasione. Possedeva dei favolosi abiti da sera che in effetti indossava alle feste aziendali. Quando c'era una serata di beneficenza in abito di gala, si poteva contare su Margot che acquistava i biglietti per un tavolo intero e invitava i colleghi a unirsi a lei, in parte perché era generosa per davvero e in parte perché voleva una scusa per comprarsi un vestito nuovo. Aveva tailleur, sia eleganti sia sportivi. I suoi maglioncini di cachemire, ammassati in buste di plastica chiuse con cerniere lampo, erano ormai nascosti dalla biancheria. In mezzo a tutte queste meraviglie Margot possedeva soltanto un unico paio di jeans e un unico paio di scarpe col tacco basso.

Quando le ante degli armadi non erano più riuscite a tenere a freno quell'enorme bestia rappresentata dal suo guardaroba, Margot aveva fatto una selezione, lavato la roba e l'aveva regalata, cosa che l'aveva resa popolare fra quelli dell'associazione di volontariato. Di recente Margot aveva scoperto le buste sottovuoto, buste in cui l'aria veniva risucchiata dagli spazi tra i vestiti che ci infilava dentro. Le buste avevano ridotto i problemi di immagazzinamento del guardaroba e Margot le aveva acclamate come un miracolo della scienza moderna.

Margot stava davanti al suo magnifico armadio. Lanciò un'occhiata all'orologio. Non era troppo tardi per uscire a far compere, ma persino quel piacevole calmante stava diventando insopportabile.

C'era sempre la ventiquattrore, ma Margot aveva smesso di usare il lavoro come un tranquillante. Dopo che il padrone di casa le aveva negato il permesso di costruire la porta interna non le piaceva più sfogliare le riviste di mobili e aveva rinunciato al narcotico rappresentato da un nuovo arredamento per la casa. Aveva voglia di lavorare su qualcosa che fosse suo, qualcosa che le appartenesse. Ma malgrado tutti i soldi e le soddisfazioni, non possedeva niente di concreto. Margot si mise seduta a tavolino a guardare la finestra, in attesa di un segno che le dicesse che era pronta per cominciare a creare la sua futura vita. La preparazione, per Margot, era tutto.

Una volta un fidanzato in procinto di lasciarla le aveva gridato in faccia: «La tua è una personalità anale, trattieni anche la merda». Tanto valeva dirle di che colore fossero i suoi occhi.

«Sì! Lo so!», aveva risposto lei, infuriata. «E se non sei capace di sopportarlo, vattene al diavolo!».

La preparazione era un'ottima cosa e se lui non riusciva a capire perché, Margot non glielo avrebbe certo insegnato. I baci l'avevano preparata per le pomiciate, che l'avevano condotta al sesso così come le superiori l'avevano preparata per l'università, preparazione che le aveva donato l'abilità per avere successo alla facoltà di legge. A cinquant'anni Margot era pronta per cominciare a creare qualcosa che l'avrebbe aiutata ad attraversare i sessanta e i settant'anni fino ad arrivare alla fine. Non sarebbe stato nel suo stile arrivare a settant'anni e dire: «Oh, perbacco! Guarda un po' dove sono. E ora?». Come tutto il resto della sua vita, i settant'anni sarebbero arrivati fluttuando lievemente sulle onde generate dai suoi cinquant'anni.

Attraversò la stanza per andare al computer e lo accese.

Essendo avvocato le parole erano il suo pane quotidiano. Le parole avevano rischiarato la sua strada quando era ragazza, poi quando era stata una studentessa e infine quando era diventata avvocato. Era più che ragionevole supporre che le parole avrebbero rischiarato la strada di Margot, quando sarebbe diventata un'anziana e gentile signora. Margot cominciò a scrivere.

«*A ~~50~~ ~~49~~ ~~50~~ 55 anni Trevor era ancora ~~uno stallone~~ ~~un fico~~ un uomo sexy e arrapante e quando si chinò e le diede un bacio…*». Margot si fermò, momentaneamente preoccupata per il nome. In seguito avrebbe utilizzato il copia e incolla per cambiarlo.

«*…quando Trevor si chinò e le diede un bacio, la terra si mosse, ma quello era solo il principio. Baciandola l'aveva invitata esplicitamente a ricambiare il bacio. E l'avrebbe baciato. Oh, che progetti aveva per baciare quell'uomo! La sua ossessione per i cibi sani e l'aerobica la ripagarono quando, persino a cinquant'anni, poté lasciar cadere il vestito a terra con le luci ancora accese senza preoccuparsi di quale fosse il suo lato migliore per avvicinarsi al letto. Il davanti era la parte migliore e così attraversò la stanza, spinse da parte le coperte e prese il suo pene rigido e forte in…*».

Pene? No, pensò Margot, pene è un termine troppo scientifico. Qual era un'altra parola adatta per pene? Era pur sempre una che pianifica tutto, perciò Margot aprì una schermata nel suo programma di elaborazione testi e cominciò a fare una lista di sinonimi per "pene". La lista suonava così:

Pene, pacco, pistolino, pisello, pube, salame, coso, terza gamba, verga, vergogne, membro, martello, pistola, fava, piffero, pertica, minchia, parti basse, arnese, fallo, cazzo, tubo, asta, pingone, batacchio, pirla, cacchio, cavolo, cazzone, salsiccia, banana.

Cancellò "banana" perché avrebbe potuto adoperarlo solo per riferirsi a un certo fine settimana che aveva trascorso in Brasile con un uomo molto particolare. Dopodiché lasciò che il computer mettesse la lista in ordine alfabetico e la salvò in un file di facile accesso per usarla in seguito. Soddisfatta dall'opera, fece una lista simile per "testicoli", "seno" e "vagina". Un'ora dopo, con le sue liste di sinonimi al completo, Margot si sentì pronta per continuare a scrivere.

«*Trevor era sdraiato sul divano e mentre con la mano intratteneva il suo arnese, Margot lasciò che la bocca trovasse il suo...*».

Margot smise nuovamente di scrivere. Andava bene chiamarlo Trevor ma le venivano le vertigini a scrivere di un personaggio di nome Margot. Magari Ellen. Alma. Jennifer. Atlanta. Margot cancellò tutto quello che aveva scritto e ricominciò.

«*Atlanta entrò nella stanza e a Trevor si fermò il cuore. ~~Camminò~~ ~~Si avviò con passo spedito~~ Attraversò di corsa la stanza e gli si gettò addosso e poi cominciò a tirar via le coperte finché non riuscì a raggiungere la sua...*».

Sono una fottutissima vedova nera, pensò. Sembra quasi che voglia prima farmelo e poi mangiarmelo. Sola in casa, Margot rideva a crepapelle mentre scriveva.

«*...finché non riuscì a raggiungere la sua... pelle e allora Atlanta cominciò ad accarezzargli il torace con un dito. Mentre si avvicinava alla vita avvertì la sua tensione, tra le altre cose eccitanti, e Atlanta cominciò a...*».

Un momento. E che dire del nome *Atlanta Jane*, pensò Margot. Ohhh! Mi piace. Lo trasformerò in un western quando alla fine aggiungerò la parte del racconto alla parte dove si parla di sesso. Dovrebbe andar bene. Più che bene. Chi conosco nell'editoria che mi deve un favore?

Margot cancellò gli ultimi paragrafi. Pensò a cosa poteva significare essere una donna che si chiama Atlanta Jane e a quel punto ricominciò.

«*Atlanta Jane scivolò con grazia attraverso la stanza. Trevor non riusciva a distogliere gli occhi dai suoi bei seni pieni. Quando si avvicinò, le sue mani seguirono i suoi occhi. La toccò dappertutto, facendole scorrere le mani lungo la schiena e sulle collinette muscolose delle natiche*».

Collinette muscolose? Sì, perché no, pensò mentre il grigio mondo scivolava via, rimpiazzato da qualunque colore decidesse di aggiungere alla sua storia.

«*Con le mani sul suo ~~sedere~~ ~~culo~~ ~~posteriore~~ sedere, Trevor attirò Atlanta Jane nel calore del suo corpo. Si rotolò con lei sul letto e fece scivolare giù le spalline della leggerissima sottoveste di seta fino a lasciarla nuda. Cominciò a baciare quei capezzoli volti all'insù mentre lei gli accarezzava le spalle e lo spingeva verso il basso*».

Squillò il telefono. Margot era persa nella sua creazione ma la sua mano, dopo tanti anni di lavoro, portò automaticamente il telefono all'orecchio.

«Margot Hillsboro», esordì al posto di pronto.

«Margot? Sono Aimee. Non riuscirai *mai* a credere chi ho appena visto in un bar del centro tutta presa a passare la lingua sulla faccia di Trevor!».

9. L'ULTIMA RIUNIONE PIACEVOLE

«*Come una sensazione di sollievo dal dolore, un'emozione si diffuse nel suo corpo e poi nel mio*».

A quella prima frase Brooke alzò lo sguardo dalla rivista. Le mani di Lux tremavano un po' mentre leggeva.

«*Le porte della palestra. Avevamo sentito che si aprivano ma era troppo tardi per preoccuparsene. Carlos che gemeva e batteva il pugno sul muro mi stava facendo impazzire, lì sotto di lui, finché non fu tutto finito. Mi abbracciò e mi diede un bacio sul collo, che era una cosa tenera da fare e per niente tipica di Carlos. Mentre stavo cominciando ad abbassarmi la gonna vidi il signor Andrews, che insegnava scienze, in piedi accanto a me e a Carlos e mi disse qualcosa tipo che non avrebbe fatto la spia su di noi se anche lui poteva farsi una scopata. Ed era una cosa così stupida da dire, non si può nemmeno immaginare quant'era stupida. Il signor Andrews era un imbecille perché noi non eravamo dei bambini. Non appena detta una cosa del genere non avrebbe potuto denunciarci a nessuno, era chiaro come il sole. Lui avrebbe riferito di averci visto e noi avremmo riferito quello che ci aveva detto. Cioè, quello che stavamo facendo noi era contrario al regolamento, ma quello che aveva detto lui era peggio. Gli dissi che non avrei scopato il suo brutto culo neanche se fosse venuto con una garanzia scritta che io e tutti i miei amici avremmo superato gli esami. Un paio di settimane dopo Carlos e i suoi amici gli saltarono addosso e lo pestarono a sangue. Fuori dalla scuola, ovviamente. E allora smise di insegnare. Fine* ».

Lux chiuse di scatto il taccuino e se lo strinse al petto.

«È stupido, vero?», domandò.

«No che non lo è», rispose subito Margot.

«Non è affatto stupido. Mi piace la parte in cui Carlos lo pesta», disse Brooke. «Vuol dire che la cavalleria non è morta».

«Che significa?», chiese Lux.

«Che Carlos ha difeso il tuo onore».

«Ah, no», spiegò Lux con un tono come per dire sei scema. «A Carlos piace pestare la gente che non andrà a denunciarlo alla polizia».

Lux rimase sorpresa di sentire le risate che seguirono a quella sua semplice affermazione su Carlos, quel suo ex ragazzo folle. Stare con Carlos era stata una vera scocciatura e se pensavano che pestare la gente fosse divertente, allora erano solo un branco di puttane psicopatiche, ricche e ben protette. Eppure Lux aveva bisogno di quelle donne perciò cercò di rimanere impassibile.

«Va be'. Allora, che c'è di tanto divertente?», domandò.

«Proprio niente, è orribile. Ma quello che hai detto è così strano... che ci è venuto da ridere», rispose Brooke.

Margot non disse nulla mentre rimetteva i suoi fogli accuratamente battuti a macchina nella borsetta. L'avventura western erotica di Atlanta Jane sembrava stupida e insignificante in confronto alla vita vissuta da Lux. E anche se aveva dato istruzioni al computer di cambiare il nome del compagno di giochi di Atlanta, sexy e coi capelli grigi, da Trevor a Peter, facendogli indossare calzoni di pelle scamosciata, fornendogli un fallo di dimensioni mostruose e il tatuaggio di un lupo, tuttavia era ancora una fantasia su Trevor. Non lo sapeva nessuno, ma Margot non ce la faceva a leggere una storia erotica su Trevor davanti alla donna che lo spompinava per davvero.

«Come fai a essere sicura che fosse Trevor?». La sera prima aveva sottoposto Aimee a un interrogatorio.

«Assomigliava a Trevor».

«Magari gli assomigliava pure, ma sei sicura al cento per cento che fosse lui?»

«Accidenti, sei dura, eh?». Aimee si mise a ridere.

«E la ragazza?»

«Quella che gli leccava la faccia?»

«Quella che presumibilmente gli leccava la faccia. Hai detto che era Lux, ma in realtà hai visto solo le calze e la gonna».

«E le scarpe».

«Sì, va bene, e le scarpe».

«Scarpe blu e calze viola».

«Potrebbe essere una moda. Eri al Village, dopotutto».

«Erano Lux e Trevor. Ne sono sicura».

«Ma non hai le prove».

«Accidenti, Margot, questa faccenda tra il vecchietto e l'ochetta ti secca per davvero».

«Perché agli uomini piacciono quelle giovani?», Margot aveva posto la domanda ad Aimee ma prima che lei potesse rispondere aveva continuato parlando dell'elasticità del suo vecchio sedere da cinquantenne e dei suoi seni sodi mai usati per allattare. C'era stato qua e là qualche ritocchino di chirurgia plastica, aveva confessato Margot, ma questo rendeva persino migliore l'intero pacchetto.

«E come se non bastasse, sono una che a letto va alla grande!», aveva aggiunto. «E dopo aver fatto sesso, riesco a intavolare una conversazione eccellente! E poi posso pagare la mia parte in qualsiasi posto si vada!».

Per tutto quel tempo, Margot aveva pensato di essere vicinissima al letto di Trevor quando in realtà il posto era già occupato.

«Non capisco perché ti arrabbi tanto», aveva detto Aimee tra le risate. «Non ha una moglie o roba simile?»

«No, no, hanno divorziato cinque anni fa, due figli. Non è stato piacevole, ma ormai è fatta», le aveva raccontato Margot.

«Allora, che facciamo?»
«A che proposito?»
«Con Lux e Trevor».
«Be'... niente. Cioè, che possiamo farci?».
La migliore vendetta che la fantasia di Margot potesse evocare consisteva nel prendere da una parte Trevor e intavolare con lui una conversazione sincera sul pericolo delle molestie sessuali, reali o percepite, che avrebbero potuto far seguito a una storia d'amore nata in ufficio e poi finita. Non sputare nel piatto dove mangi, lascia perdere le ragazze che portano il caffè e così via. Mentre era al telefono con Aimee scrisse una breve mail a Trevor.
«Che faccio, la invio?», domandò ad Aimee.
«Come amica glielo devi».
Aimee sembrava sicurissima che un intervento così invadente fosse una buona idea ma appena riagganciò il telefono la mail, che diceva «*vieni a pranzo con me, così parliamo delle conseguenze dell'interazione coi subalterni*», parve a Margot simile all'uva aspra di un vigneto trascurato. Margot avrebbe voluto recuperarla. Eppure, una mail del genere avrebbe sicuramente stuzzicato il suo interesse. E Margot desiderava pranzare ancora con Trevor, anche se il pasto doveva iniziare con una scusa.
«Senti, Trev, non ho alcuna prova che si tratti di Lux. Non ho nemmeno la prova che si tratti di te», aveva in mente di cominciare il discorso così, «ma un uomo nella tua posizione deve proteggersi da queste ragazzette mezze matte. E quale migliore protezione di un'avvocatessa in gamba, matura, forte e nuda come me?».
Si sarebbe messo a ridere. Anche lei avrebbe riso e il ghiaccio che si era formato sul loro rapporto si sarebbe sciolto. Trevor non avrebbe mai scelto una ragazza come Lux al posto di una come lei. Anche se questa Lux, questa Lux che le stava davanti proprio in quel momento, un poco tremante mentre leggeva la

sua storia scritta a mano, in un certo senso era bella, se si guardava al di là di quegli strati di roba scadente. Di sicuro era interessante, e intraprendente, e forse persino sveglia.

«Be', ehm, che ne pensate della mia... cioè di questa roba?», domandò Lux.

«Non è una roba», disse Brooke. «È una storia. Una storia vera e propria».

«Davvero?»

«È stato veramente un bell'inizio», le disse Margot.

«Davvero?». Lux era raggiante. Il volto addirittura le brillava per via del sangue caldo che le era affluito alle guance.

«Già», disse Margot guardando il foglietto che Lux teneva in mano. Era tutto stropicciato e scarabocchiato e la punteggiatura era un ornamento facoltativo sparso un po' qua e un po' là. E tuttavia era una storia interessante.

«Chi è questo Carlos?», chiese Brooke.

«Un ex fidanzato».

«Trevor lo sa?», chiese Aimee con un tono disinvolto.

Dapprima Lux fece una risatina, poi assunse un'aria preoccupata. Alla reazione di Lux, Margot si sentì mancare. Non si trattava della folle immaginazione di Aimee né della sua vista cattiva o di qualunque altra ragionevole scusa che aveva ripetuto a se stessa. La ragazza con le calze e le scarpe di Lux era proprio Lux. Trevor si era trovato un'altra.

«Come fai a sapere di Trevor? Siamo così, cioè, così discreti e stronzate del genere».

«Giovedì sera vi ho visti al bar Six sulla Grove».

«Ah».

«Non sembravi particolarmente discreta mentre gli leccavi la faccia», le fece notare Aimee.

«Be', cioè, discreti in posti così, come l'ufficio. Cioè, ha inventato tutte queste fottutissime regole su come comportarsi l'uno con l'altro. Niente sguardi nei corridoi. Niente mail personali, se non in codice. Sono una specie di spia del sesso. Però è divertente in un certo senso, sapete».

«Lux, avrà almeno trent'anni più di te», la interruppe Aimee.

«Nemmeno per sogno. Solo venti. Io ho ventitré anni e lui quarantatré. Me l'ha detto lui, quarantacinque o roba del genere».

«Ha un figlio grande che si sposerà il prossimo mese. Il figlio più piccolo di Trevor ha almeno venticinque anni».

«Ah, sì? Oh, be', che scoperta, è più vecchio di me. E allora?»

«Parecchio più vecchio», continuava a insistere Aimee. «Margot, quanti anni ha Trevor?»

«Ne compie cinquantaquattro ad agosto», rispose Margot, tranquilla.

«Wow! Se li porta bene», esclamò Brooke che avrebbe voluto che smettesse di essere il Club degli stupidi pettegolezzi del martedì in modo da poter leggere la nuova puntata della sua ultima ossessione creativa intitolata *Enrique suona alla porta sul retro.* «Scusate un attimo, tocca a me leggere?», domandò alle altre.

«Procedi», rispose Margot. «Io non ho preparato niente».

Brooke tirò fuori il racconto dall'astuccio e cominciò a sentirsi fremere tutta al pensiero di Enrique e delle delizie sessuali che il suo pene di medie dimensioni stava per consegnare alla sua cliente preferita.

«Se lui ha cinquantaquattro anni e tu venti», Aimee non poteva fare a meno di mettere in mostra la sua bravura in matematica, «significa che quando tu ne avrai quaranta lui ne avrà settantaquattro. Sarà vecchio e pieno di rughe, vecchissimo».

«Sì, e allora?», ribatté Lux.

«Sto solo dicendo che è troppo vecchio per te», rispose Aimee. Interpretava il ruolo della donna preoccupata e pronta a dare il suo aiuto pronunciando frasi "premurose".

Ma che cazzo gliene frega chi mi scopo, si chiedeva Lux. Alle superiori Lux aveva fatto a pugni con la sua migliore amica, Jonella, per attirare l'attenzione di quello stesso Carlos che un anno dopo sarebbe diventato il padre del bambino di Jonella. Aveva rotto il naso a Jonella senza intaccare la loro amicizia e da allora Lux se ne andava in giro per il mondo senza preoccuparsi di offendere i sentimenti delle amiche. I nasi rotti e i sentimenti offesi potevano guarire. È meglio dire quello che si pensa.

«Che c'è, Aimee? Te lo vuoi scopare tu, Trevor?», domandò Lux.

Questo è molto meglio di Enrique, pensò Brooke mentre quasi soffocava dalle risate. Brooke si divertì a vedere Aimee addirittura indietreggiare di fronte all'attacco di Lux, con un'aria stupefatta e offesa.

«NO! Sto solo dicendo che c'è un prezzo più alto da pagare se ti metti a rimorchiare un vecchio. Voglio dire, i suoi soldi e il suo stile di vita possono sembrare meravigliosi a una ragazza come te, può sembrare che valga la pena far finta di non vedere le rughe e la pelle molliccia ma alla fin fine dovresti stare attenta ed evitare di impegnarti con un vecchio».

Una ragazza come me, pensò Lux. Di tutto quello che aveva detto Aimee, questa era l'unica frase che l'aveva colpita con tutta la sua durezza e che la faceva sanguinare. Il resto erano stronzate.

«Trevor è un amante fantastico», ribatté Lux.

«Chissà perché mi riesce difficile crederci», replicò Aimee.

«Uhm, forse perché sei arida e spregevole? Ho ascoltato i tuoi racconti, ragazza. Storie di sesso che parlano di piedi? Perché non c'è un uomo nelle tue storie? Lo sai, capita sempre così. La ragazza rimane incinta, la ragazza viene piantata. Non vivi mica tanto lontana da dove abito io», le disse Lux.

Le parole furono pronunciate con forza, e i muscoli sul collo di Aimee si incordarono e le causarono degli spasmi dolorosi.

«La grossa differenza tra me e te, Lux, è che io non lo faccio per i soldi».

Quando Lux alzò la mano la gravidanza di Aimee, insieme alla distanza che c'era tra di loro, le impedì di mollarle un ceffone sulla faccia. Perciò Lux si allungò, scivolò sul tavolo e raggiunse Aimee afferrandole una ciocca dei suoi capelli ricci. E poi tirò.

«Ah! Ahhhhhhhhhhhhhhhhhhhhhhhhhhh», strillò Aimee.

Nei suoi vent'anni di vita Lux aveva avuto spesso i motivi, l'opportunità o la necessità di vendere se stessa. Era una questione di profondo orgoglio personale se aveva preso dei soldi solo una volta e per qualcosa che all'epoca le era sembrato un validissimo motivo (il vestito per il ballo studentesco). Dire che quell'esperienza le aveva lasciato una sensazione di desolazione non rende l'idea dell'enorme vuoto che aveva urlato attraverso il suo vecchio corpo da sedicenne. Non l'aveva fatto mai più.

E ora c'era questa Aimee con il suo piccolo e impeccabile mondo che accusava Lux di andare a letto con Trevor per denaro. Lux si rendeva conto che stava prendendo qualcosa da lui ma non si trattava di soldi.

Aimee non sapeva in che tipo di storia si era imbattuta, ma era chiaro che era andata un tantino troppo vicino a una brutta ferita non ancora rimarginata. Nessuno poteva dare della puttana a Lux, perché aveva fatto sacrifici e sforzi enormi per impedire a se stessa di diventare tale.

Il ricciolo di Aimee era attorcigliato stretto intorno alle dita sottili di Lux. L'intenzione della ragazza era di dare uno strattone e poi mollarlo. Doveva essere solo un avvertimento, non uno scontro vero e proprio, ma non aveva fatto i conti con la consistenza di quei riccioli neri a cavaturaccioli. Anche quando Lux fece l'atto di ritirare quel pugno rabbioso, i capelli di Aimee rimasero stretti attorno alle sue dita. Lux cominciò a scuotere la mano cercando di liberarsi da quei riccioli. Più tirava e più Aimee strillava.

«Ok, ok», disse Margot cercando di calmarle. Balzò in piedi, afferrò la mano di Lux e cercò di tenerla ferma. Non si era resa conto di quanto fosse minuta Lux finché non le passò un braccio attorno al corpo. Margot riusciva a sentirle battere il cuore al di sotto delle costole ben definite che assomigliavano più a quelle di una tigre in gabbia che a quelle di un uccellino preso in trappola. Margot tentò di tenerla ferma mentre Brooke faceva del suo meglio per districare velocemente i folti riccioli di Aimee. L'ultima ciocchetta di capelli era ancora incastrata in un anellino d'argento da quattro soldi che Lux portava alla mano destra.

«Ok, ok, ci siamo quasi», disse Brooke mentre sbrogliava i capelli dall'anellino. Lux tremava di rabbia.

«Ora puoi lasciarmi andare», disse a Margot. Anche se sapeva che finora Margot non le aveva fatto nulla di male, non riuscì a trattenersi dal pronunciare quelle parole con durezza. Avrebbe voluto scusarsi quando Margot aveva fatto un balzo all'indietro, imbarazzata per aver tenuto stretto il corpo di Lux un po' più a lungo del necessario. Ma mentre stava ancora riflettendo sulle parole da mettere insieme per scusarsi, Brooke finì di districare l'ultima ciocca. Lux si lanciò verso la porta.

«Puttana», esclamò mentre afferrava il taccuino dal tavolo e apriva la porta. «Stupida, stupida puttana!».

Con un tonfo, Lux era sparita. Aimee era furibonda.

«Avete visto che mi ha fatto?», domandò.

Margot tirò fuori un fazzolettino di carta anche se Aimee non stava piangendo.

«Psicopatica! Imbecille! Maledetta pazza! Mi ha tirato i capelli! Mi è venuta una chiazza in testa, Brooke?»

«No, no», rispose Brooke con calma. «Credo che la cosa peggiore sia stato lo shock».

«Non credo che avesse intenzione di tirare così forte», aggiunse Margot.

«Ma perché? Perché mi ha fatto questo?»

«Be', tesoro, non avresti dovuta chiamarla a quel modo», rispose Brooke.

«Sì, credo ti sia spinta troppo in là», bofonchiò Margot, d'accordo con Brooke.

«CHE? Chiamata come? Come l'avrei chiamata?»

«Prostituta».

«Mai!».

«L'hai accusata di farlo per soldi», disse Margot.

«Non è vero!».

«E invece sì».

«E se anche l'avessi fatto? Di sicuro ho colpito il suo punto debole! Sgualdrina. Fottutissima puttanella psicopatica e sfacciata».

Tra i suoi incarichi in qualità di supervisore del reparto Elaborazione testi presso lo studio legale Warwick & Warwick s.r.l., Brooke si occupava di far sì che a ogni punto su ogni pezzo di carta prodotto dall'azienda durante il suo orario di lavoro seguisse la corretta spaziatura. Lo faceva per avere soldi da spendere e per non allontanarsi troppo dalla vita vera. A volte, durante il fine settimana, si metteva una minigonna elasticizzata con delle scarpe lucide col tacco alto e se ne andava in giro per la città a recitare la parte della puttanella psicopatica e sfacciata. Non aveva mai recitato la parte della prostituta.

«Be'», continuò Brooke, «mi pare di capire che la parola "puttana" sia una specie di limite che non si può attraversare con Lux pretendendo di mantenere intatta la pettinatura».

«Mi ha aggredito».

«Ti ha tirato i capelli», disse Brooke.

«Voglio che sia licenziata».

«E quando l'amministratore chiederà "cosa stavate facendo, signore, nella sala conferenze", cosa risponderai?», le domandò Margot. «Ah, perbacco! Giusto. Stavamo leggendo delle storielle sconce durante la pausa pranzo. Ci scombussola sempre un po'».

Nel silenzio che seguì, Aimee rifletté sul fatto che doveva essere terribile vivere nella paura della possibilità di diventare una puttana.

«Una volta ero più simpatica», disse.

«Sei ancora simpatica», cercò di rincuorarla Brooke.

«Una volta ero gentile, aperta e generosa. Che mi è successo?», domandò Aimee nella speranza che le sue amiche l'aiutassero a inventare una scusa per il suo pessimo comportamento. Avrebbe accettato qualsiasi suggerimento, tranne la verità. Suo marito l'aveva mollata mentre era incinta. Il dolore l'aveva fatta diventare fredda e crudele. Le sue amiche non le offrirono nessuna bugia per addolcire il momento. A dire il vero, allontanarono lo sguardo da lei e si concentrarono sui propri pensieri.

«Lo sai», disse Brooke, pur sapendo che avrebbe fatto arrabbiare Aimee, «se Lux potesse convertire la sua rabbia in parole invece che in gesti, si trasformerebbe in qualcosa di stupefacente».

Detto ciò, Brooke e Margot trascorsero quel che rimaneva della pausa pranzo consolando Aimee e concordando con lei sul fatto che Lux era una pazza e che quello che aveva fatto era assolutamente inammissibile, del tutto sbagliato e inaccettabile.

«Grazie», disse Aimee. «Mi dispiace. Non avrei mai dovuto permetterle di entrare nel club».

Supponeva fossero dalla sua parte, ma nella sala calò il silenzio dato che Brooke e Margot non riuscivano a mostrarsi completamente d'accordo con la sua valutazione della situazione.

«Brooke, che fai? Vieni? Ti accompagno in ufficio», si offrì Aimee.

«No, rimango qui ancora un po'», rispose Brooke. La scena della rabbia di Lux l'aveva commossa e desiderava qualche minuto di tranquillità per immaginare un abbozzo di quello che un giorno avrebbe potuto trasformarsi in un dipinto. Non voleva dimenticare il modo in cui i suoi capelli rossi erano scivolati all'indietro e la bocca le si era indurita per la rabbia. Sulla porta, Margot salutò in modo estremamente educato, a metà tra un'amica e una collega.

«Fissiamo un'altra riunione?», domandò Aimee. «Martedì prossimo alla stessa ora?»

«Uhm, mandami una mail», mormorò Brooke china sul suo album da disegno.

«Chiamami, lo segnerò sull'agenda», disse Margot mentre scompariva in corridoio, i tacchi alti che ticchettavano sull'elegante pavimento di marmo.

Aimee si alzò e s'incamminò lungo il corridoio. Chissà se si sarebbero riviste la settimana prossima. Margot sembrava aver preso l'intera faccenda come un oltraggio personale. Brooke sarebbe rimasta per sempre sua amica. Si erano ritrovate nude insieme troppe volte perché la loro amicizia finisse, ma ad Aimee dispiaceva perdere Margot. Era convinta che il loro rapporto sarebbe scaduto in una di quelle amicizie tra colleghe dove non c'è né vera lealtà né, tanto meno, affetto. Si sarebbero scambiate un sorriso e avrebbero scherzato per far passare il tempo in ufficio, e basta.

Aimee tornò in ufficio. Si sentiva come se avesse permesso al suo dolore di rovinare una cosa veramente bella.

10. BAMBINI

Margot afferrò i suoi messaggi e tornò in ufficio in preda alla tristezza perché il Club erotico del martedì stava andando a rotoli in maniera così spettacolare. Ecco perché le donne non possono essere amiche, disse tra sé e sé sedendosi alla scrivania. Diventiamo vendicative. Diventiamo meschine. Tiriamo i capelli, sia in senso letterario che in senso figurato. Non abbiamo limiti. Ecco perché non ho mai avuto delle amiche. Sono terrificanti. Non ho bisogno di loro. Si accorse che in quell'enorme pila di messaggi ce n'era uno del fratello minore, Amos. Che strano, pensò Margot.

«Mosy?», disse quando le rispose al telefono. Riusciva a sentire il trattore in sottofondo e immaginava che fosse nel bel mezzo della mietitura di qualcosa. «È tutto a posto?»

«No», rispose lui con lo stesso tono monocorde che usava per esprimere gioia, dispiacere e tutto quello che c'era in mezzo. «Ho un problema e tra un po' ce l'avrai anche tu».

Amos, come tutti i fratelli più piccoli di Margot, era sorprendentemente affascinante finché non apriva bocca. Non si trattava solo del tono di voce monocorde. La sua ossessione per la salute delle sue mucche, per il raccolto e per la seconda venuta di Cristo riusciva a offuscare l'azzurro dei suoi occhi e i muscoli dell'addome piatto come un asse da stiro. Eppure, era un brav'uomo e finché se ne stava lontano da casa sua Margot gli voleva un bene dell'anima.

«Oh, mio Dio! Papà sta bene?», domandò Margot in preda al panico.

«Sta bene. Si tratta di me», salmodiò Amos.

«Oh, Mosy! Che è successo? Stai male? Non puoi star male. Tu non ti ammali mai».

«Oh, Allie, sto per morire!».

Quando suo fratello disse «Oh, Allie» si stava riferendo a Margot. I suoi fratelli non avevano mai accettato il fatto che avesse cambiato nome e «Allie» aveva il potere di riportarla a casa, in quattro e quattr'otto. Quelle medesime sillabe la facevano mettere sulla difensiva perché non voleva essere risucchiata in quel mondo dal quale era scappata. La monotona dichiarazione del fratello su una catastrofe incombente le fece desiderare di non aver risposto alla sua telefonata urgente.

«Non crederai mai a quello che è successo. Adele mi ha lasciato», le rivelò.

«Oh, poverino», esclamò Margot, mentre pensava all'allegra e graziosa ragazzetta tutta sesso che Amos aveva sposato superando i confini della fattoria del fratello. «E in più proprio a metà estate».

«E ha preso i bambini con sé».

«Oh, caro».

«E ha preso il treno».

«Povero Mosy».

«Per New York», disse il fratello, lasciando che quell'ultima informazione restasse sospesa in aria finché Margot non afferrò appieno il senso degli improvvisi progetti di viaggio di sua cognata.

«CAZZO!», esclamò.

«Signorina Scostumata! NON voglio assolutamente che parli a quel modo quando ci sono i bambini».

«I bambini!».

«Esatto».

«Sta venendo qui con i bambini?».

Altre cose furono dette, e per la maggior parte si trattava di sconcezze da parte di Margot. Tuttavia, non si poteva negare che sua cognata, proprio come supponevano, stesse venendo dritta dritta a New York coi figlioli al seguito.

«Quando arriverà?»

«Tra quattro ore».

«CAZZO!», esclamò Margot ancora una volta mentre riagganciava la cornetta. Nel fine settimana c'erano i saldi da Henri Bendel e una svendita di modelli solo su invito presso un'accademia della moda. Si era data un sacco da fare per accaparrarsi quell'invito. E aveva anche un biglietto per il balletto. Uscì di corsa dall'ufficio, interrompendo l'attività del suo assistente.

«Lo so che quando hai cominciato a lavorare qui ti ho promesso che non ci sarebbero state questioni personali ma ho un favore personale da chiederti, una cosa semplice da eseguire, e apprezzerei tantissimo se tu la facessi per me», disse Margot al suo assistente.

«Tutto quello che vuoi, Margot», le rispose il segretario alzando lo sguardo dal romanzo che stava leggendo. Per un attimo Margot si domandò se era il caso di approfittare di quel giovanotto simpatico, un attore, per far divertire la sua famiglia durante il fine settimana. Chissà se se ne sarebbe approfittata se lui fosse stato una donna e lei un uomo. Quanto meno poteva chiedergli di andare a prendere i suoi parenti alla stazione, dato che stavano arrivando all'improvviso e nel bel mezzo della giornata lavorativa.

«Dovresti...», Margot cominciò, poi fece una pausa e riprese dicendo: «...vedere se riesci a trovarmi altri quattro biglietti per il balletto. Questi altri posti dovrebbero essere vicini, ma assolutamente lontani dal posto che ho già».

«Certo. Nessun problema».

«Immagino di aver finito per oggi. Qualche commissione e poi alla stazione, ma non esitare a chiamarmi sul cellulare per qualsiasi problema. Va bene?»

«Capito», rispose e dopo aver infilato un segnalibro nel romanzo cominciò a darsi da fare per i biglietti.

Margot fece una corsa all'alimentari e riempì il frigorifero vuoto di tutti quei tipi di alimenti che pensava piacessero a sua cognata e ai bambini, ad esempio la maionese e le sottilette. Poi prese un taxi fino alla stazione, e riuscì ad arrivare prima della comparsa del treno. Si mise in attesa sulla banchina, cercando di ricordare i nomi dei suoi nipoti, tre faccette intercambiabili con un identico fiumiciattolo di moccio giallo e verde che colava tra il naso e il labbro superiore. Ai tempi del matrimonio sua cognata Adele era stata una bella vergine vivace. Poi durante i primi quattro anni di vita coniugale aveva messo al mondo tre bambini. Adesso doveva essere diventata enorme, pensò Margot, con dei seni grandi come cocomeri. Margot cercò con gli occhi una donna grossa come una casa, con al seguito tre mocciosi.

«Zia Allie?», le chiese il ragazzino che stava proprio davanti a lei.

«Oh!». Margot restò a bocca aperta di fronte a quel visetto angelico che era la copia perfetta del fratello colto al massimo dello splendore. Si guardò attorno in cerca di Adele, ma tutto ciò che vide furono i ragazzini. Per un attimo Margot fu presa dal panico, credendo che Adele avesse lasciato andare i bambini da soli.

«Si fa chiamare Margot adesso», disse il più alto dei ragazzini con una voce femminile stanca e acuta. Margot dovette guardare due volte prima di ammettere che quella cosetta triste e magrolina in blu jeans che stava dietro a quei tre ragazzini sani e pieni di vitalità era sua cognata Adele, un tempo così attraente. Margot ebbe l'impressione che la linfa vitale di Adele fosse stata risucchiata dai suoi figli.

«Come stai, Margot?», esordì Adele, fiacca. «Mi dispiace tantissimo approfittare così di te. È solo che stamattina mi sono alzata prima del solito e mentre preparavo la colazione ho cominciato a sfogliare una rivista e un attimo dopo io stavo, io stavo, stavo...».

Non riuscì a dirlo, ma era chiaro che un secondo dopo stava per strada, diretta verso la stazione con i bambini. Dato che Margot era probabilmente l'unica persona che Adele conosceva all'altro capo del binario, Margot era diventata la sua meta.

«Venite. Andiamo a prendere un taxi. Mi racconterai tutto quando saremo a casa».

Nel taxi, lungo la strada per tornare a casa, tutti e tre i ragazzi tennero il naso incollato al vetro, osservando intimoriti la città, e di tanto in tanto lanciavano delle occhiate alla zia Margot, come se non riuscissero a credere che qualcuno che conoscevano vivesse lì. Puliti e senza mocci, erano decisamente incantevoli.

«Sono ben educati», si meravigliò Margot quando i suoi tre nipoti si accovacciarono davanti alla sua enorme tv.

«Be', la televisione è accesa. E sono scossi per via del viaggio», le disse Adele. «È stato un po' terrificante per loro».

«E che mi dici di te?».

Il silenzio di Adele le parve un buon punto d'appoggio a cui aggrapparsi.

«Allora, Adele, perché sei venuta qui?».

Quella mattina Adele si era alzata presto. Aveva preparato un'ottima colazione, caffè, latte, pane tostato, pancetta e uova per tutti coloro che erano sotto la sua responsabilità. Mentre gli altri mangiavano, aveva cominciato a sfogliare una rivista femminile dalla quale si evinceva, almeno per quanto la riguardava, che ogni altra donna sul pianeta vivesse per raggiungere l'orgasmo perfetto. Al confronto, Adele se ne era improvvisamente convinta, la sua vita era sterco di vacca, incastrata com'era in un ciclo continuo di bucati, cucina e pulizie. Nel mondo di Adele, le donne si buttavano a letto esauste, a volte senza neppure spogliarsi, o essersi ripulite la camicetta dai danni fatti da tre ragazzini e da un marito sconsiderato. Da qualche altra parte nel mondo, invece, le donne classificavano gli orgasmi dando loro un voto da uno a dieci e soffrivano pur di indossare sandali col tacco alto tempestati di brillantini. E così quella mattina, invece di prendere la macchina, Adele aveva deciso di fuggire dalla sua vita, prendendo con sé soltanto quelle poche cose di cui aveva assolutamente bisogno per vivere. Quelle poche cose si chiamavano Harry, Eric e Amos Jr.

«Non lo so, Margot», disse Adele debolmente. «Di solito sto bene, almeno finché sto lontana dalle riviste femminili. Hai presente, quelle patinate dove tutti hanno più di quanto tu riuscirai mai a ottenere. Amos dice che sono emissari del diavolo e adesso penso che forse ha ragione».

«Oh, cara», esclamò Margot mentre apriva una scatola di biscotti e li sistemava in un piatto. Adele allungò una mano per prenderne uno, ma prima che la sua mano potesse raggiungere il piatto i tre ragazzini sciamarono in cucina e mangiarono tutti i biscotti. In un batter d'occhio erano di nuovo accovacciati davanti alla tv.

«Stanno crescendo», le disse Adele, la donna che si stava rimpicciolendo.

D'un tratto Margot si mise a pensare in termini di annunci di giornale. Il servizio che meglio si addiceva a sua cognata suonava così: «*Cosa fare quando vi si ammoscia il clitoride*».

«Spero che permetterai a me e ai bambini di portarti a pranzo fuori », le disse con dolcezza, «e poi ce ne torneremo a casa».

Margot ripensò ai suoi progetti per il fine settimana, ai piacevolissimi saldi e ai negozi dove sarebbe potuta andare se in quel momento avesse accettato la decisione di Adele, rimettendola sulla strada di casa.

«In realtà, oggi pomeriggio avevo in programma di andare a far compere», cominciò a dire Margot, «al negozio di giocattoli. E non riesco a immaginare cosa potrei comprare senza avere con me dei bambini che mi mostrino le cose giuste».

Adele sembrò sollevata. Ed esausta. E minuta e per niente sexy.

«Sto pensando a un pranzo e un sonnellino per te, mentre i miei nipoti e io facciamo una passeggiata».

«Oh, non credo ce la farai a tenerli a bada da sola», disse Adele, sempre più stanca, «soprattutto in un negozio di giocattoli».

«Ma certo che posso», rispose Margot lanciando un'occhiata ai tre angioletti sul divano. «Ora ci penso io a sistemare tutto per farti fare un riposino e poi qualche trattamento rinvigorente mentre i ragazzi e io mettiamo a soqquadro la città».

Margot aveva usato l'espressione «mettere a soqquadro la città» in senso metaforico, ma con tre ragazzini in un enorme negozio di giocattoli aveva la sensazione che stesse accadendo letteralmente. Adele aveva ragione. Aveva bisogno di rinforzi. Non poteva chiamare una delle sue colleghe di lavoro. Sarebbe stata un'imposizione del tutto fuori luogo. Doveva chiamare un'amica e, dato che Margot ne aveva solo due, scegliere il numero da comporre non fu una decisione difficile.

«Aimee», si lamentò Margot al minuscolo cellulare, con la speranza che le briciole e le macchie di cioccolato che ora ricoprivano il microfono non interferissero con la ricezione. Spiegò la situazione, le assicurò che si sarebbe trattato di un buon esercizio per il futuro e poi, cercando di non implorarla, aggiunse: «Puoi venirmi ad aiutare ora?»

«Certo che sì», rispose Aimee, sinceramente felice che Margot avesse chiamato lei. Mise giù il telefono, dimenticò i suoi problemi e compose il numero dell'interno di Brooke.

«Margot sta facendo festa con tre ragazzi a Times Square», disse a Brooke, con un tono che sperava suonasse divertente e assolutamente privo d'urgenza. «Ha bisogno del nostro aiuto».

«Margot è in un bar a Times Square?», domandò Brooke.

«No. In un negozio di giocattoli».

«E che cavolo ci fa in un negozio di giocattoli?»

«Andiamo a scoprirlo».

«Uhmmmmmmmmm, ok», rispose Brooke, disposta a tutto per un'avventura in cui erano coinvolti tre ragazzi. Aimee aspettò a spiegare la vera natura del problema di Margot finché non furono sulla metropolitana quando Brooke non avrebbe più potuto tirarsi indietro.

«E che diamine», esclamò Brooke e poi aggiunse, stringendo calorosamente la mano di Aimee: «Andiamo a salvare Margot».

Il più piccolo stava piagnucolando per un gioco elettronico che costava più di un televisore di media grandezza. Margot non era tanto spaventata dal prezzo del gioco quanto dalla loro insistenza, per cui se il più piccolo fosse riusciva a farla franca anche gli altri due lo avrebbero voluto. Margot era sul punto di cedere e sborsare settecento dollari in più di quanto avesse avuto intenzione di spendere quel giorno quando il maggiore si lasciò sfuggire che papà non avrebbe approvato e non sarebbe stato contento se fossero tornati a casa anche con uno soltanto di quei giocattoli.

Quando arrivarono, Aimee e Brooke videro i tre ragazzini accalcati attorno a Margot, mentre esponevano le proprie pressanti necessità. Si fermarono a pochi passi per osservare il disastro in corso.

«Ma... ma... è così divertente!», si lagnò nuovamente il più piccolo. «Sono sicuro che a papà piacerà quando lo vede!».

«Devo fare la pipì, davvero!», disse quello un po' più grande per la quarta o forse la decima volta.

«Che significa che non hai nessuna merendina nella borsetta?», domandò il maggiore ad alta voce, evidentemente offeso dall'idea.

«Non penso che sia una buona idea separarci», disse Margot. «Se uno di noi deve fare pipì allora dobbiamo andare tutti al bagno delle donne».

«Io NON ci vengo nel bagno delle donne», la avvertì il maggiore.

«Be', voi ragazzi non potete rimanere nel negozio da soli e se io entrassi nel bagno degli uomini mi arresterebbero perciò credo proprio che andremo tutti insieme al bagno delle donne», replicò Margot.

«Preferisco sedermi in cortile a mangiare merda piuttosto che entrare nel bagno delle donne», le urlò il maggiore.

«Scostumato! Scostumato!», cominciarono a strillare gli altri due additando il fratello maggiore come Donald Sutherland nella scena finale di *Terrore dallo spazio profondo*.

«Allora è questa la maternità», disse Aimee a Brooke.

«Non ti spaventare, tesoro», rispose Brooke. «Qui è come infilarsi in un film dell'orrore durante la scena più cruenta».

«Sono pronta per la sfida. Andiamo a salvare Margot prima che si faccia del male».

Con un ampio sorriso, Aimee e Brooke si avvicinarono a Margot e ai suoi deliziosi demonietti.

«Su, su, perché non lasci che ti ci porti io al bagno?», disse Aimee in un tono di voce dolce, inginocchiandosi.

«Uno sconosciuto! Uno sconosciuto!», strillò il piccolo aggrappandosi alla gamba di Margot e facendola quasi inciampare.

«No, no, Eric, questa è la mia amica Aimee. Lei ti ci può portare al bagno. Va bene», lo rassicurò Margot.

«Non voglio andare al bagno con lei», disse quello un po' più grande. «Io voglio andarci con LEI!».

Margot e Aimee si girarono verso il punto indicato dal ragazzo. Brooke, sorpresa, sorrise allegramente.

«Ok, chi deve fare pipì?», si offrì Brooke.

Tutti e tre i ragazzini alzarono la mano.

«Credevo che non ci volessi andare nel bagno delle donne», disse Margot al più grande dei suoi nipoti.

«Be', non con te, zia Allie», rispose mentre sorrideva a Brooke.

«Chi è zia Allie?», domandò Aimee.

«Io. Ti spiego dopo», rivelò Margot con un sospiro.

«Allora», disse Brooke come se si trattasse della meta più eccitante che ci fosse in città, «andiamo al bagno!».

Un po' impacciati, si mossero tutti insieme attraverso il negozio di giocattoli. Anche se erano tutti d'accordo sulla meta e ne avevano tutti bisogno con una certa urgenza, ci vollero comunque venti minuti per arrivare al bagno delle donne. Durante il percorso, presero in mano e posarono tre orsetti, un mazzo di carte del fumetto manga *Yu-gi-oh* («Incomprensibili», dichiarò Margot), una busta di palline che si accendevano quando rimbalzavano e una stampella che uno dei ragazzini utilizzò per far finta di essere Capitan Uncino finché per sbaglio non agganciò la bocca del fratello maggiore.

«Smettetela! Smettetela!», li redarguì Aimee quando cominciarono a fare a botte davanti al bagno delle donne. Aveva perso quel tono di voce dolce e argentino del suo primo saluto e ora parlava con il tono tipico di un insegnante infastidito oppure di un allenatore di hockey o magari di un poliziotto in servizio. Rimase piacevolmente sorpresa quando i ragazzini eseguirono l'ordine che aveva impartito borbottando. Non tentarono più di uccidersi l'un l'altro e aspettarono in silenzio gli ordini successivi. Fico, pensò Aimee.

«Ora, chi deve fare pipì?», chiese Margot.

Nessuno rispose.

«Tu non la dovevi fare, Eric?», domandò Margot a uno dei nipoti.

«Sono io Eric», disse il più piccolo.

«Scusa tanto», disse Margot. «Harry, avevi detto che ti scappava».

«Sì, è vero, ma ora non mi scappa più».

«Te la sei fatta addosso?», domandò Margot, la voce colma di profondo terrore.

«NON sono mica un bambino!», rispose Harry, profondamente offeso.

«Allora ti scappa ancora», gli disse Margot. «La pipì non è che scompare».

«No, non la devo fare più».

«Sì, invece», spiegò Margot. «L'urina si trova ancora nel tuo corpo. Devi espellerla».

«Magari dopo», rispose il ragazzo.

«Dopo non ce la farai più a trattenerla e non ci sarà un bagno nelle vicinanze. Dopo tutta la fatica che abbiamo fatto per attraversare il negozio e venire al bagno, è meglio che vai a farla adesso», gli disse Margot, ma lui puntò i piedi, testardo, rifiutandosi di entrare in bagno. Margot sollevò lo sguardo verso le amiche implorando aiuto.

«Niente pipì», disse Aimee a Harry, «niente giocattolo».

Harry entrò subito nel bagno delle donne, seguito dai suoi fratelli. Le altre donne in bagno rimasero impassibili all'arrivo dei tre ragazzini e della loro scorta femminile. Dopotutto si trattava di un negozio di giocattoli, pieno di genitori dallo sguardo stanco che cercavano disperatamente di non perdersi i corpi e le anime dei loro figlioli saturi di pubblicità. Margot si avvicinò al lavandino. Le arrivava alle ginocchia. Si chinò e si lavò le mani, sorpresa nel vedere quanto fossero sporche. Eppure sentiva che era stata evitata una crisi.

«Mi serve aiuto», le disse Eric.

«Per fare che, tesoro?», domandò Margot guardandolo dall'alto.

«Per fare pipì», rispose Eric, come se fosse una cosa ovvia, e Margot una stupida.

«Ah», replicò Margot, preoccupata, «ed esattamente, la faccenda cosa comporta?»

«Non riesco a cominciare», disse Eric e Margot percepì il sudore freddo che cominciava a scorrerle addosso.

«E... e in che modo pensi che io possa... facilitarti le cose?», balbettò.

«Vuoi dire che neanche tu sai come si fa?», domandò Eric, con una vocetta ansiosa.

«Be', io... ehm, di solito mi siedo e poi succede», rispose Margot preoccupata che il ragazzino avesse qualche strana disfunzione alle vie urinarie di cui nessuno si era preoccupato di parlarle.

«Ma prima di quello. Non riesco a fare la cosa prima di quello!», piagnucolò Eric.

Margot si lambiccò il cervello per cercare di capire cosa precedesse l'atto di fare pipì. E poi: ecco Aimee che viene in soccorso.

«Probabilmente non riesce a slacciarsi i pantaloni», intervenne Aimee ed Eric annuì col capo. «Vieni, ti aiuto io».

«Sei una madre nata, Aims», disse Brooke mentre Aimee aiutava Eric a sbottonarsi.

A missione compiuta, le vesciche svuotate, i ragazzi uscirono in fila dal bagno delle donne. Margot avvertì una profonda sensazione di trionfo. Tutti avevano fatto pipì. Tutti si erano lavati le mani. Aveva condotto con successo i suoi nipoti dentro e fuori dal bagno in un negozio di giocattoli anche se, senza l'aiuto delle sue amiche, l'intera faccenda avrebbe potuto trasformarsi in un disastro.

«Ora», esordì Aimee quando si ritrovarono di nuovo nello spazio pulsante e seducente del negozio, «avete quindici minuti per scegliere un giocattolo. Se in quindici minuti non avete scelto un giocattolo, ne sceglieremo noi uno per voi. Capito?».

«E c'è un limite di massimo cento dollari per qualsiasi cosa scegliate», aggiunse Margot.

«Ai vostri posti!», disse Brooke, «Pronti? Via!».

«Io seguo il piccolo», gridò Aimee quando all'improvviso i ragazzi si sparpagliarono in direzioni diverse.

«Io quello un po' più grande», disse Margot e corse via dietro a Harry.

In un intervallo di tempo che si avvicinava ragionevolmente ai quindici minuti tutti e tre i bambini avevano scelto i loro giocattoli e Margot si stava avviando alla cassa, pronta a sborsare trecentocinquanta dollari. Eric, il più piccolo, aveva superato il limite dei cento dollari ma gli altri due non se n'erano ancora accorti. Il fatto che ora fossero in procinto di uscire dal negozio valeva sicuramente quei cinquanta dollari in più.

«Mi passerà la voglia di andare per negozi», dichiarò Margot a Brooke mentre firmava la ricevuta della carta di credito.

«Che programmi hai per stasera?», le chiese Aimee.

«Li porto a vedere un balletto», rispose Margot.

«Sei matta?». Brooke si mise quasi a gridare.

«No. Perché? Non credete che lo apprezzeranno?»

«Be', forse la madre riesce a tenerli più sotto controllo», disse Aimee.

«Be', in realtà ho in mente di farle fare un massaggio e una maschera al viso mentre io porto i bambini a... Oh, Cristo! Avete ragione», disse Margot. «Sono spacciata».

«Verrò io con te», si offrì Aimee voltandosi poi verso Brooke.

«Ma sì, perché no? Vengo anch'io».

Adele stava dormendo quando arrivarono a casa. Con l'aiuto delle amiche Margot riuscì a far lavare i nipoti, a pettinarli e a vestirli per la cena.

«Come fa a fare tutto da sola?», mormorò Margot prima di svegliare Adele per informarla che entro un'ora sarebbe arrivata un'auto che l'avrebbe portata, da sola, dall'altra parte della città per una serata in un salone di bellezza con terme annesse.

«Veramente?», le chiese Adele con le lacrime agli occhi.

«Veramente», le confermò Margot. «E poi domani frughiamo nel mio armadio e vediamo di trovare qualcosa che ti stia bene».

«Dio ti benedica, Allie», disse Adele. «Come si sono comportati i ragazzi?»

«Egregiamente», rispose Margot, «appena sono riuscita a far venire altri due adulti ad aiutarmi, ho avuto tutto sotto controllo».

Mentre Adele se ne andava per riscoprire se stessa e il suo corpo, Margot guidò la comitiva di amiche e nipoti verso l'ascensore. Li condusse in un ristorante italiano a pochi passi da casa. Era un locale dove andava spesso per un pasto semplice e veloce. I camerieri tennero in gran conto i ragazzi e suggerirono dei piatti di cui non avevano mai sentito parlare. Alla fine, dopo svariati capricci, per Harry e per il maggiore, Amos, prepararono appositamente della pasta in bianco col burro. Eric, il più piccolo, si lasciò prendere dall'entusiasmo quando Brooke lesse sul menu "linguine al nero di seppia" e volle ordinarli per forza, anche dopo aver appreso che si trattava di spaghetti neri e un po' più spessi. Quando arrivarono le linguine Eric le finì tutte e dichiarò che era stato il pasto più squisito che avesse mai mangiato. Durante il balletto Harry e Amos si addormentarono subito mentre Eric, eccitato dal ballo e dalla possibilità di vedere delle ragazze mezze svestite, rimase seduto sul bordo della poltroncina con gli occhi spalancati.

«È stato veramente fico. Grazie tanto, zia Margot», disse con un sospiro di soddisfazione mentre lottava contro il sonno durante il viaggio di ritorno a casa. «E grazie anche a voi, amiche di zia Margot».

«Ok», sussurrò Aimee alla testolina addormentata di Eric, «mi sono innamorata. Lo posso fare. È stata dura ma, davvero, lo posso fare tutti i giorni. Non vedo l'ora di farlo ogni giorno. E tu che ne dici, Brooke?»

«Mi sono divertita», rispose Brooke, con un po' di malinconia. «Se avessi giocato le mie carte con Bill in maniera diversa avrei avuto almeno due figli, credo, forse tre. Immagino che avrei potuto farlo anche da sola, ma è troppo difficile, anche se si hanno un mucchio di soldi. Be', non sta per succedere a me, quindi non ho intenzione di preoccuparmene».

«Io ho passato una splendida giornata», mormorò Margot alle amiche. «Sono felice di averlo fatto ma sono anche felice che sia finita e non lo rifarei nemmeno per un milione di dollari. Domani andrò al lavoro, un posto dove nessuno mi chiede aiuto per stare sul vasino. E sabato mi farò una maschera, un massaggio, la manicure e la ceretta alle gambe. Poi andrò a far compere. Qualunque cosa possa essermi persa, a me i nipotini che di tanto in tanto vengono a trovarmi bastano e avanzano».

Margot, Aimee e Brooke proseguirono in silenzio finché Margot non disse a bassissima voce: «Grazie per l'aiuto». Brooke e Aimee sorrisero di rimando, felici per la compagnia e l'avventura.

Arrivate a casa di Margot, si resero conto che i ragazzi addormentati erano troppo grossi e pesanti per essere trasportati da tre donne coi tacchi alti. Tra borbottii e brontolii i ragazzi si svegliarono e si avviarono verso l'ascensore. Piombarono in casa dove una fatina dall'aria vagamente familiare li salutò calorosamente.

I ragazzi, assonnati, non si presero il disturbo di notare che la loro madre aveva riguadagnato temporaneamente lo splendore da ragazza pon pon/reginetta del ballo che aveva avuto un tempo. Adele strofinò le loro faccette con un panno umido, diede uno spazzolino al maggiore e pulì bene i denti degli altri due. Margot, Aimee e Brooke rimasero stupefatte nel vedere la piccola Adele che sollevava a uno a uno i ragazzini addormentati e li trasportava dal bagno al divano, dove tolse loro camicia e pantaloni per infilarli nei loro pigiami. Dopodiché sistemò quei corpi magrolini per la notte.

«Oh, ciao mamma», mormorò uno dei tre prima di riaddormentarsi.

«Come sono stati?», domandò Adele.

«Dolci come il miele», rispose Brooke e Adele si fece raggiante.

«Finisce tutto così in fretta», disse Adele e Margot, pensando che Adele si stesse riferendo al piacere di quel pomeriggio trascorso da sola, rispose: «Be', Adele, torna quando vuoi».

In realtà Adele intendeva dire che i suoi bellissimi ragazzi stavano crescendo troppo in fretta ma non voleva ferire i sentimenti della povera zia Allie, sola e senza figli, specialmente dopo che era stata così gentile con lei e con i suoi bambini. Perciò, Adele fece un sorriso a sua cognata.

«Grazie, Allie. Magari lo farò», disse.

11. TACCHI ALTI

Quella mattina, di buon'ora, Brooke si fermò a casa dei genitori per prendere il vestito che Bill Simpson le aveva comprato affinché lo indossasse al ballo di beneficenza per la lotta alla distrofia muscolare. Era un'orribile accozzaglia di pizzo color avorio con il collo alto e una scollatura profonda sulla schiena. Ultimamente tutti gli abiti da sera erano o avorio o rosa pallido o bianchi.

«Credo che voglia sposarti», disse sua madre mentre rimirava l'orrendo vestito appeso alla stampella.

«Vuole qualcuno che diventi sua moglie», disse Brooke. «Non sono certa che si tratti di me».

«Come fai a dirlo?», le chiese sua madre.

«Be', mamma, la scorsa notte ero a letto con lui, nuda, e mi sono strusciata, sbattuta, e ho succhiato ma non è successo niente. Sei contenta di avermelo domandato?», disse Brooke.

«Voi ragazze date troppa importanza al S-E-S-S-O», le rispose sua madre. «Probabilmente aveva bevuto troppo».

«Può darsi», riconobbe Brooke, anche se un tempo il sesso con Bill, ubriaco o sobrio, era una cosa stupefacente. Era alto, grosso, focoso ed era in perfetta sintonia con il suo corpo. Negli ultimi anni, però, uno sporadico problema di eiaculazione precoce si era trasformato lentamente da disinteresse a impotenza. La passione tra di loro era scivolata via come la piattaforma continentale – quella atlantica, non quella pacifica. Come la spiaggia che si estendeva dietro la casa dei genitori in Florida, per un lungo periodo Brooke si era abbandonata insieme a Bill al caldo oceano del sesso. Poi, all'improvviso era finito tutto e lei si era ritrovata in mare aperto.

Eppure lui la amava ancora. La chiamava quasi tutti i giorni. Le mandava ancora vestiti orrendi da indossare ai balli di beneficenza.

«Forse ha un blocco nell'apparato», insinuò la madre. «Papà è andato da un urologo di prim'ordine e...».

«Se sento solo un altro particolare sui problemi urologici di papà mi butterò a terra e il sangue comincerà a sgorgarmi dalle orecchie», la avvertì Brooke.

«Benissimo, allora ti darò solo il nome e il numero di telefono del medico. Te lo scrivo anche con la sinistra, così non riconoscerai la grafia. Così, se ti va, potrai far finta di avere avuto l'informazione da qualcun altro».

Sua madre aprì l'agenda in cerca del nome di quell'ultimo urologo che aveva fatto un così buon lavoro per loro.

«Perciò pensi che il Viagra sia un regalo appropriato per un uomo che ha già tutto?», le chiese Brooke.

«Meglio dell'ennesimo maglione di cachemire», rispose la madre con noncuranza.

Mentre la madre scarabocchiava il nome del medico, Brooke tirò fuori il vestito dalla busta e lo adagiò sul divano.

«Be', perlomeno dovresti provarlo», le disse la madre allungandole il pezzetto di carta. Brooke fissò il numero di telefono del medico e si domandò come fare ad affrontare l'argomento con Bill senza offenderlo.

Brooke seguì la madre su per le scale, fino in camera da letto. Brooke non aveva mai considerato strano il fatto che i suoi genitori avessero camere da letto separate. L'aveva sempre giudicato un problema di arredamento. La stanza da letto della madre, con la carta da parati che riprendeva il motivo floreale del copriletto, avrebbe sicuramente indotto suo padre a lasciare la sua virilità sulla porta. La stanza da letto di suo padre era marrone scuro con gli arredamenti in pelle. La mattina di Natale, oppure quando si sentivano male durante la notte, Brooke e sua sorella si dirigevano verso la camera del padre, sapendo che probabilmente avrebbero trovato sia mamma che papà addormentati sotto la trapunta marrone. Tuttavia, sua madre sentiva di aver bisogno di quella stanza separata per stare per conto suo nei giorni o nelle notti in cui la presenza del marito in casa e nella sua vita si faceva troppo opprimente.

Brooke chiuse la porta caso mai una delle cameriere fosse nei paraggi, poi tolse il vestito dalla stampella e se lo fece scivolare addosso. I geni di Brooke le avevano donato un corpo elegantissimo. Era alta, magra e diritta come può esserlo una ragazza senza per questo assomigliare a un ragazzo. L'ultimo acquisto di Bill le ricadde morbidamente addosso e le cinse il corpo, facendola sembrare ancora più piatta e mettendo in risalto la sua schiena muscolosa. Brooke fece un giretto esitante intorno al letto di sua madre poi si lasciò cadere sulla cassapanca ai piedi del letto.

«Perlomeno ci lascia sempre lo scontrino». La madre di Brooke si alzò a fatica dal posticino comodo che si era trovata sui cuscini del letto. E aggiunse: «Il tuo caro ragazzo non ha un minimo di gusto». La risatina sbarazzina di sua madre cominciò a crescere fino a trasformarsi in una risata grassa, che non si addiceva a una signora. La risata crebbe e Brooke si accorse che la madre aveva cominciato a piangere.

«Povera Eleanor», mormorò piagnucolando.

«Povera Eleanor? Pensavo non ti piacesse la madre di Bill».

«Infatti. Quello che volevo dire in realtà quando ho detto "povera Eleanor" è che sono incazzatissima perché il suo perfetto figliolo ha rovinato la vita di mia figlia».

Detto ciò, la madre di Brooke si scolò il suo gin tonic, balzò via dal letto e andò giù in biblioteca per un'altra capatina al mobile bar del marito.

«Mi dispiace, tesoro», disse quando Brooke entrò nella stanza. «Non è affar mio il modo in cui ti rovini la vita».

«Mamma», cominciò Brooke, ma sua madre si rifiutò di girarsi e guardarla negli occhi. Sua madre era incantata dalla luce che si rifletteva sulle smerigliature del vetro perciò Brooke attraversò l'enorme stanza fino a fermarsi proprio davanti a lei, bloccando i raggi di sole che entravano dalla finestra. Sua madre continuò a evitare il suo sguardo buttando giù una lunghissima e fresca sorsata del suo drink.

«Senti un po', mamma», disse Brooke in tono forte e autoritario, «Bill Simpson non mi ha rovinato la vita. I tatuaggi sì».

Il gin tonic zampillò dal naso della madre.

«Ti voglio bene, Brooke», disse tra le risate. «Dio, quanto ti voglio bene. E ho sempre voluto il meglio per te, il meglio. Mi dispiace così tanto che la tua vita sia uno schifo».

Brooke rimase lì per un po', la bocca aperta e le palpebre che battevano. Sua madre assomigliava a un gatto beccato a far pipì sul tappeto buono.

«La mia vita non è uno schifo», disse infine.

«Be', non volevo dire proprio schifo. Lo sai, tesoro, che dovrei stare lontano dal gin. Mi fa diventare troppo sincera. Voglio dire, non sincera ma, be', lo sai che voglio dire», sua madre indietreggiò un po'. «È solo che mi dispiace così tanto per tutte le cose che non hanno funzionato nella tua vita. La faccenda della pittura e quella del matrimonio. Sei così sola. Sono triste perché dopo tutto non hai niente in mano».

«Io sono felicissima, mamma».

«Non tentare di prendermi in giro», rispose sua madre con dolcezza. «Perché non vai a stare nell'appartamento della nonna sulla Quinta Strada? Vivi in quell'orribile monolocale che ti ostini a chiamare appartamento. Non hai neanche la tv via cavo!».

«La tv via cavo!», esclamò Brooke. «Mamma, io non ho nemmeno la tv. E poi da quand'è che sei diventata così... così... americana?».

Era una strana scelta, per un aggettivo. La madre di Brooke reagì allungando il collo in avanti e alzando le mani in aria. Il suo albero genealogico la portava dritta ai Padri pellegrini. Un tantino più americana e sarebbe stata una nativa.

«Forse "americana" non è la parola giusta», disse Brooke. «Quand'è che sei diventata così avida?».

Ancora una volta alzò le mani, stavolta indicando la sua casa di tre acri con più finestre della Casa Bianca.

«Non era nemmeno questo quello che volevo dire esattamente», concordò Brooke. «Non sei tu la donna che mi ha detto "il Prozac è per le donne che non si possono permettere di viaggiare"? Non sto dicendo che ho ottenuto tutto quello che volevo. Certo, la mia vita sarebbe stata diversa se avessi sposato Bill la prima volta che me l'ha chiesto. A quest'ora avremmo avuto dei bambini e avrei avuto bisogno di più spazio e quindi probabilmente mi sarei trasferita di nuovo sulla Quinta Strada. Vorrei che i miei dipinti fossero recensiti sui giornali e sulle riviste. Vorrei che la gente si fermasse a guardarmi così sarebbe come se stessi creando qualcosa per un pubblico. Mi dispiace non avere figli e mi dispiace non essere famosa, ma tutto il resto va alla grande. La mia vita è una bella vita. Mi fa star male, mamma, che tu insista nel compiangermi per la perdita di cose che non ho mai desiderato veramente».

«Faccio questo?»

«Oh, sì. Ok, non ho sposato Bill a vent'anni. È stata la scelta giusta per me. Non ero pronta per la monogamia, tutto qua».

«Tesoro, non sto parlando di monogamia», disse sua madre. «Sto parlando di matrimonio. Una promessa d'amore e di sostegno da parte di un uomo. Nemmeno io sono una donna particolarmente monogama, mia cara».

«Mamma, io non ho bisogno di quel genere di sostegno. Ho un fondo fiduciario. Adoro dipingere».

«Ma non vuoi tutto questo?». La madre di Brooke fece un ampio gesto col bicchiere per indicare tutto quello che c'era sotto il tetto di casa sua.

«Stai scherzando? Lo voglio almeno una volta al mese, ecco perché vengo a trovarti così spesso. E quando morirete sarebbe estremamente carino da parte tua e di papà se lasciaste a me la parte più grossa, dato che pensi che la mia vita, così com'è, sia uno schifo. Fino ad allora, nulla di tutto ciò metterà piede nel mio comodo appartamentino da single. Fino ad allora viaggerò, mi divertirò, farò l'amore, mangerò, dipingerò, giocherò, lavorerò, poco, e passerò dei bei momenti. Perciò, smettila di piangere per me».

«Sei felice?»

«Tu non lo saresti?».

La madre di Brooke si fece fuori un altro gin tonic. La risposta più sincera era no. Lei sarebbe stata terribilmente infelice al posto di Brooke. Era passato tantissimo tempo dall'epoca in cui era effettivamente innamorata di suo marito e tuttavia non riusciva a immaginare di divorziare da lui. Amava la sua casa, i suoi figli e la sua posizione sociale. Viveva nel terrore che una delle sue amichette potesse fargli girare la testa, allontanarlo dalla sicurezza del loro rapporto e indurlo a chiedere il divorzio. Anche se la maggior parte dei soldi erano suoi, era convinta che sarebbe crollato tutto se lui l'avesse lasciata. Credeva che, nonostante la sua agendina fitta di indirizzi, senza sua marito si sarebbe ritrovata da sola in questo vasto mondo. Non riusciva a immaginare dove sua figlia potesse trovare la forza per affrontare la vita senza un contratto ufficiale con un uomo.

In piedi sul tappeto, osservava la figlia. L'amarezza di quel «la tua vita è uno schifo» stava cominciando a dissolversi e Brooke sembrava tranquilla.

«Per quanto mi riguarda è tutto a posto, mamma», disse Brooke.

La madre era sicura che Brooke stesse mentendo nel tentativo di impedirle di preoccuparsi troppo. Probabilmente Bill ha una relazione, pensò. C'erano tutti gli indizi. Be', se Brooke ancora non ne vuole parlare non la forzerò. Dopodiché trovò un sorriso passabile da portare in superficie e lo regalò a Brooke.

«Allora, per amor di Dio, riportiamo quell'orrendo vestito al negozio per matrone dove l'ha trovato Bill e andiamo in città a scovare qualcosa di adeguato da indossare».

«Ha proprio un gusto orribile, vero?».

Il cattivo gusto di Bill aveva sul cartellino un prezzo superiore ai cinquemila dollari. Contanti alla mano, Brooke e sua madre si fecero portare in città dall'autista. Brooke gli diede istruzioni e si fecero lasciare a un incrocio in un incantevole quartiere pieno di deliziose boutique. Cominciarono a girare per le strade entrando nei negozi per accarezzare i tessuti mentre anoressici commessi alla moda, che lavoravano per una piccola percentuale sulle vendite, le adulavano ignobilmente.

Entravano e uscivano da quei negozietti che offrivano magliette come se fossero inestimabili manufatti da museo. Stavano cercando un vestito da sera che si potesse prendere dalla stampella e indossare sulla pista da ballo senza dover fare modifiche. Sarebbe stato impossibile per la maggior parte delle donne, ma Brooke possedeva quel corpo poco femminile per il quale tutti quegli stilisti poco mascolini creavano i loro modelli.

Era bella qualsiasi cosa indossasse, ma un modello di Lavin color rubino, con una scollatura audace e pronto da indossare, la faceva sembrare una donna e una dea allo stesso tempo. La commessa le assicurò che lo avrebbe stirato, incartato e inviato a casa di Bill. Brooke e sua madre, simili due a esploratori, proseguirono sull'altro lato della strada in cerca delle scarpe perfette e della borsetta da abbinare.

«Troppo scintillanti», dichiarò la madre quando Brooke scovò un paio di stupende scarpe col tacco color rubino. «E poi con quel vestito sta meglio una scarpa di raso col cinturino».

Le scarpe che piacevano a Brooke, più il modello di Lavin, l'avrebbero lasciata con soltanto venti dollari mentre la borsetta ne costava seicentoventicinque.

«Tu compra le scarpe di raso e io comprerò la borsetta», si offrì la madre, un po' imbronciata al pensiero che Brooke potesse comunque comprare le scarpe scintillanti. La stessa scena si era ripetuta centinaia di volte durante l'adolescenza di Brooke, con la madre che si serviva del potere della carta di credito contro il desiderio della figlia di apparire diversa da tutte le altre debuttanti in guanti bianchi. Brooke aveva perso la battaglia talmente tante volte che un altro paio di scarpe col cinturino, al posto delle scarpe scintillanti che desiderava, non avrebbero fatto alcuna differenza. Eppure, un piccolo accenno di delusione si agitava sulla sua bocca. Prima che potesse rassegnarsi alle scarpe col cinturino, la madre di Brooke sentì un'enorme ondata di pietà e di senso di colpa.

«Ma che sto dicendo», disse all'improvviso. «Tu vuoi le scarpe coi tacchi. E poi ora vanno di moda i lustrini. E la borsetta mi piace. E tu dovresti avere quello che desideri. Dai, paghiamo al volo, così abbiamo ancora tempo per un caffè. Telefono all'autista così ci viene a prendere davanti al bar e poi quando abbiamo fatto ti lascerò a casa di Bill».

Le scarpe perfette, col tacco e color rubino, e la borsetta abbinata ricoperta di paillette furono pagate, incartate e infilate in una busta. Brooke e sua madre spettegolarono sui vicini mentre se ne stavano sedute a un tavolinetto a bere dei caffè da dieci dollari e a dividersi una focaccia ai mirtilli da sei dollari.

«Chiamami e raccontami cosa indossavano gli altri», le disse la madre mentre Brooke scendeva dalla macchina. Le gridò «Divertiti» mentre l'auto si allontanava. Brooke scese dal marciapiede ed entrò coi suoi pacchetti nell'atrio freddo e scuro della casa di Bill sulla Quinta Strada.

12. DUE MONDI DISTANTI

Le ragazze se n'erano andate. Il tetto era stato aggiustato. I vecchi preservativi usati che un tempo erano sparpagliati nel prato dietro casa erano affondati nel terreno durante la sistemazione del giardino. Con la speranza che i nuovi proprietari non avessero cani. Lux aveva incaricato Carlos di dipingere l'interno, raccontandogli che il proprietario della casa era un amico di un amico e che gli serviva un buon imbianchino per un lavoretto in nero. Lo aveva pagato bene e si era sentita soddisfatta. Poi mise in vendita la casa.

L'agente immobiliare stabilì un prezzo di partenza assurdo, troppo alto. Lux lo abbassò di ventimila dollari e la casa fu venduta per sessantamila dollari in più del prezzo da lei stabilito dopo sole sedici ore trascorse sul mercato. Lux diede un'occhiata in giro e comprò un appartamento a Manhattan di tre camere, cucina e bagno, bisognoso di una ristrutturazione seria.

«Sì, ehi», esordì Carlos al telefono, col bambino che piangeva in sottofondo, «sono io. Se, cioè, se a quei tipi del lavoro gli serve... cioè, se gli serve ancora qualcuno per prendere la roba e metterla a posto, chiama me, ok? Al nero, ok?»

«Sì, be', ci sarebbe altra gente», disse Lux mentre sfregava il dito sull'intonaco scheggiato della cucina di Trevor. «Hanno una casa a Manhattan che ha bisogno di qualche lavoretto e vogliono che... cioè... che me ne occupi io. Imbiancatura e tutto».

«E che fai, vernici tutta la casa di viola?».

Il suo agente immobiliare le aveva consigliato di tinteggiare le pareti color "lino irlandese", che era un'espressione bizzarra per dire beige.

«Vuoi il lavoro o che?», gli domandò Lux in tono frettoloso, preoccupata che Trevor potesse uscire dalla doccia mentre era ancora al telefono col suo ex ragazzo a parlare di proprietà immobiliari e vernici.

«Sì, sì. Dove e quando?».

La cucina era un disastro. Lux ordinò dei mobiletti nuovi e Carlos li appese. Riuscì a recuperare il vecchio lavello e si ripromise di dargli una bella ripulita e sistemarlo nel mobile nuovo. Carlos ci sapeva fare col gesso e in una sola giornata tappò tutti i buchi sul soffitto e sulle pareti. Arrotolarono la moquette e scoprirono scarafaggi e un pavimento di legno duro. Carlos aveva un amico che lavorava per un tizio che aveva una levigatrice e l'amico non era contrario a prendere in prestito la levigatrice e il lucido e venire una domenica a pulire i pavimenti in cambio di un po' di contanti. Carlos lavorava come un mulo insieme a Lux che lo raggiungeva nel fine settimana per aiutarlo.

«No, no, senti, la scorsa settimana è stata male mia madre», aveva detto a Trevor. «Questa settimana si è ammalata una mia amica di scuola e io le tengo il bambino, così lei si può riposare, capito?».

Ci vollero sei settimane prima che l'influenza smettesse di girare tra tutti i vecchi amici e i familiari di Lux. Durante l'ultimo fine settimana si unì a loro anche Jonella e li aiutò a dare una ripulita.

«Io l'avrei verniciato di viola», disse Jonella mentre riprendevano fiato.

«Sì, anch'io», concordò Lux mentre osservava i muscoli della schiena di Carlos che si contraevano e si rilassavano sotto la maglietta.

«Togliti la maglietta», gli ordinò Jonella.

«Non fa così caldo», replicò Carlos.

«E invece sì, noi abbiamo molto caldo», disse Jonella ridendo.

Carlos fece una risata simile al grugnito di un gorilla e lanciò la maglietta sudata sulla testa di Lux.

«Ora i calzoni», disse Jonella.

«No».

«E dai, piccolo».

«Avevo del lavoro da fare».

«E allora?»

«Non mi sono messo le mutande».

«Oh», esclamò Jonella.

«Allora lo spettacolo è finito?», domandò Lux.

«Già, non vuole che la vernice gli coli sul pisello».

«Lo capisco».

«'fanculo tutte e due, brutte troie che non volete altro che infilarvi nei miei calzoni».

Cominciò a passare il rullo sulle pareti ricoprendo la sporcizia e le macchie in modo che il futuro inquilino potesse farci le sue, di macchie.

«Come va a lavoro?»», le domandò Jonella mentre strofinava il lavello.

«Uno schifo», rispose Lux intenta a pulire il frigo. «E com'è fare la madre?»

«Uno schifo», riferì Jonella, «ma il bambino è bello. Carlos è tornato a vivere con sua madre il che mi sta bene perché, DIO, è una testa di cazzo, o no?»

«Oh sì, Carlos è una testa di cazzo».

Scoppiarono a ridere e Jonella diede a Lux una pacca amichevole sulla spalla che le avrebbe fatto venire un livido.

«Quand'è che ne fai uno?»

«Un bambino?»

«Sì».

«Noo, io no».

«Io ne farò un altro».

«Sei incinta un'altra volta?»

«Noo, sto solo facendo progetti».

«Con Carlos».

«Carlos la testa di cazzo? Assolutamente no».

«E allora con chi?»

«Con uno che non conosco ancora».

«E che dirà Carlos?», le chiese Lux e a mo' di promemoria sollevò il mignolino tutto ammaccato che dopo quattro anni era storto e sembrava ancora rotto.

«Carlos vuole bene al bambino ma non vuole altri figli per via dei soldi. Perciò quando rimarrò incinta gli farò credere che è suo finché non se la farà sotto e quando scoprirà che non è vero farà una festa del cazzo, si butterà in ginocchio e mi bacerà le chiappe».

A Lux il piano sembrava ragionevole. Eppure aveva paura per la sua amica.

«E se le cose non vanno così e s'incazza?»

«Non succederà».

Carlos non era alto, ma era molto forte e resistente. Non aveva granché da perdere. Si sentiva a suo agio sia in galera sia nel Queens. Non esisteva alcun ragionamento, nessun tipo di restrizione che potesse trattenerlo una volta che si era messo in testa di fare qualcosa. Alle superiori Lux era stata la sua ragazza e Jonella la seconda della lista. Teneva in riga il suo harem a forza di pugni e ceffoni ma soltanto una volta aveva rotto le ossa a qualcuno, gli ossicini del mignolo di Lux. Glielo aveva storto finché non si era fratturato.

Subito dopo essersi diplomata anche Joseph, il fratello maggiore di Lux, era uscito di prigione. Dopo aver esaminato il ditino storto della sorellina, Joseph aveva invitato Carlos a casa e gli aveva detto che da quel momento Lux era libera di fare quello che voleva. C'erano state un sacco di urla, botte e sangue, la maggior parte del quale era fuoriuscito dalla testa di Carlos. Anche se lo scontro era andato avanti per un bel po' di tempo Carlos e Joseph erano comunque amici, e perciò la faccenda era finita in maniera abbastanza amichevole.

«Sì, be', allora vaffanculo», aveva gridato Carlos.

«Sì, vaffanculo anche a te», gli aveva risposto Joseph. «E non ti scordare che domani mi serve un passaggio».

«Sì, ok. Ci sarò».

«Meglio per te».

Rientrando in casa Joseph aveva sbattuto la porta dietro di sé. Lux era seduta al tavolo in cucina, le mani premute forte sulle orecchie. Era rimasta ad ascoltare i suoni dell'oceano rombante che risuonavano nella sua testa per via della pressione delle mani. Non voleva sentire il rumore dei colpi che Carlos dava al fratello o che Joseph dava al suo ragazzo. Joseph le sorrise vedendola seduta lì con l'aria di un topolino terrorizzato. Toccò col dito un nuovo livido che Lux aveva sulla guancia e disse: «Non ti toccherà più». Poi si mise a sedere sul divano per farsi una birra con la madre. Con Lux fuori gioco, Jonella ebbe Carlos tutto per sé.

«La prossima volta mi piacerebbe avere una bambina». Jonella stava riflettendo, un sorriso divertito all'angolo della bocca.

«Non hai manco un soldo», le ricordò Lux.

«E allora?».

Lux non disse nulla.

«I soldi prima o poi arrivano», continuò Jonella con un sorriso mentre pensava a quanto la gravidanza la facesse sentire bene e completa e al dolce profumo della pelle del piccolo. Non era stupida e non aveva intenzione di avere sei o anche otto figli come qualcuna delle ragazze che conosceva. Ma un altro figlio, o magari anche altri due non avrebbero fatto differenza a casa di sua madre.

«Ricche non ci diventeremo mai, perciò perché non posso avere quello che mi pare?», dichiarò Jonella.

Jonella esaminò attentamente la cucina. Le parti pulite da lei brillavano, a differenza delle altre. Jonella rifece il lavoro che Lux si era sforzata inutilmente di fare.

«Meglio per te se ti tieni quel tizio pieno di soldi. Non te lo sapresti mai tenere un lavoro nel mondo reale».

Lux si scusò e andò in soggiorno dove si mise ad arrotolare i teli di plastica e a togliere il nastro adesivo. Quando gli ultimi detriti furono rimossi, l'appartamento si trasformò di colpo in qualcosa di reale. Il futuro di Lux.

Jonella diede una spazzata al pavimento mentre le raccontava di un vecchio amico, di qualcosa che aveva fatto il bambino, di chi era ingrassato e di chi si era messo nei guai. Quando arrivarono alle camere da letto, le due amiche avevano finito gli argomenti. Le due ragazze si misero a guardare il loro ex ragazzo che imbiancava le pareti col rullo.

Carlos era un bravo imbianchino, e pulito. Non l'avrebbe mai fatto, nemmeno per tutto l'oro del mondo, se avesse saputo che l'appartamento apparteneva a Lux. Se l'avesse scoperto, probabilmente l'avrebbe scovata e le avrebbe rotto le altre dita. Era improbabile che scoprisse che Lux possedeva quell'immobile perché l'avvocato della zia "Chi? Ah sì, quella!", quello con un piede nella fossa, aveva costituito una società fittizia per evitare di pagare le tasse sul reddito. Il suo nuovo appartamento era intestato a una società che Lux aveva registrato col nome Trevor Holdings. L'unico modo in cui Carlos avrebbe potuto scoprire che era lei il vero proprietario della casa era dirglielo.

Carlos finì di dare l'ultima, impeccabile pennellata di vernice beige. Con molta cura appoggiò il rullo su un pezzo di giornale e fece un passo indietro per rimirare il suo lavoro. Soddisfatto, si sbottonò i calzoni, si girò verso le due ragazze e si spogliò nudo.

«Ok, ora sono pronto», disse.

Le ragazze se ne uscirono con delle risatine roche.

Sulle braccia e sul torace di Carlos c'erano delle brutte cicatrici rosse e un po' in rilievo, alcune dovute a incidenti, altre no. Su un bicipite c'era un tatuaggio, ben disegnato ed eseguito con dovizia di particolari, che raffigurava un uccello, un gallo morto che pendeva da un cappio. A Carlos, che non era del tutto privo di senso dell'umorismo, piaceva strofinare la mano sul tatuaggio e dire alla gente che lui aveva un gran bell'uccello. Il suo corpo era una roccia e una volta, in una giornata afosa, Lux l'aveva baciato mentre stava mangiando una pesca. Il ricordo di quel bacio non l'aveva più abbandonata: il gusto dolce della frutta fresca mischiato al sapore delle sue labbra e al suo sudore le tornò in mente mentre stava lì a ridere di loro, a sfidarle affinché andassero a prenderlo.

Jonella fece un balzo e Carlos l'acchiappò. Non avevano dubbi che il sesso fosse una bella cosa e che c'era da divertirsi. Lux si ritrasse.

«Che c'è, piccola?»

«È colpa tua, Carlos, non le piaci più».

«No, mi sa che è colpa tua, perché ti sei ingrassata, o magari non le piace più la fica».

Il ritmo si impossessò di loro e Lux rimase a guardare mentre Jonella e Carlos danzavano l'uno nell'altra.

«Ragazza, non dargli retta, non sei per niente grassa», disse Lux a mo' di incoraggiamento quando Jonella lasciò cadere la tuta da lavoro. Con le labbra che indugiavano sui capezzoli di Carlos mentre si faceva strada verso il pube, Jonella fece un cenno a Lux, le dita invitanti e il braccio simile a un cobra in trance incantato da un ritmo dolce.

Mi avvicinerò a lei da dietro e le struscerò il seno sulla schiena finché non andrà giù e a quel punto avrò le mani e la bocca di Carlos tutte per me fino a quando lei non gli sarà di nuovo addosso. Nella sua testa Lux stava creando una coreografia.

Davanti a lei Jonella aveva già spinto Carlos sul pavimento e si stava mettendo a cavalcioni su di lui. Il turno di Lux era vicino. Doveva sbrigarsi a saltare giù dal calorifero altrimenti l'avrebbe saltato. Quando Carlos l'avrà rigirata per prenderla da dietro, pensò Lux, allora mi farò sotto e gli metterò le tette in faccia. Lux si alzò in piedi e cominciarono i gemiti.

«Oh sì, piccola, sìì, sììì».

«Oh, sìììììì».

«Ohhhh sìììììì».

La nave stava salpando senza di lei eppure Lux non riusciva a muoversi di un passo. Lux, incerta tra due mondi, osservava la schiena dorata di Carlos diventare lucida per il sudore mentre la gioia faceva diventare bello il volto di Jonella. La testa le ricadde all'indietro e cominciò a muoversi di qua e di là mentre con la lingua leccava l'aria come se stesse cercando qualcosa da mettersi in bocca e da assaporare. Lux ripensò a quel dolce bacio alla pesca.

Lux vedeva il volto dell'amica cambiare e farsi pensieroso e poi beato e poi di nuovo pensieroso. Era come se fosse turbata da un pensiero terribilmente profondo e un momento dopo stesse conversando con Dio, e poi di nuovo una formula di matematica, e poi pura religione, poi di nuovo un problema di geometria complessa, tutto questo mentre la fronte si corrugava e si distendeva in cicli sempre più brevi e più intensi. Matematica/Dio. Matematica/Dio. Matematica/Dio. E mentre Carlos pompava sempre più forte: Dio, Dio, Dio, Dio.

Lux sapeva che Carlos, per desiderio di controllo e non per generosità, avrebbe fatto in modo che Jonella venisse per prima. Le cose che ne facevano un amante straordinario erano le stesse cose che ne facevano un compagno terribile. Carlos provava un piacere immenso nel controllare le donne.

«No, no, no, noooo».

All'inizio Jonella rifiutava sempre il piacere. Carlos adorava questa cosa. Cercò di sfuggirgli ma Carlos le stava addosso, toccandole i seni con i pollici, succhiandole i capezzoli. Ci fu un po' di confusione tra rifiuto e accettazione.

«No, no, sì, sì, sììì, no! Oh no!».

Per un attimo Carlos alzò lo sguardo e vide Lux aggrappata al calorifero, la bocca leggermente aperta e una mano sul seno. Le fece l'occhiolino.

Lux sapeva che una volta finito, una volta rimessa a fuoco la stanza, le avrebbero fatto delle domande sul perché fosse rimasta a guardarli e l'avrebbero presa in giro. Carlos avrebbe pensato che era rimasta lì ad aspettarlo, che aveva aspettato per averlo tutto per sé come una volta. Stava tutto nell'occhiolino che le aveva fatto. Le aveva fatto capire che si stava risparmiando per lei.

Lux scivolò giù dal calorifero. Fece scattare la serratura dell'appartamento e corse fino alla metro. Arrivò a casa di Trevor col respiro affannato. Lo trovò seduto sul divano in accappatoio e mandò immediatamente all'aria i suoi piani di andare a vedere un film con un vecchio amico.

13. NUDA SUL WATER DEL RABBINO

Margot sapeva che il vestito per il matrimonio doveva essere perfetto. E turchese. Margot stava benissimo in turchese. Alla fine trovò un abito attillato e provocante tagliato di sbieco per ottenere un drappeggio stupefacente. Le bretelline sottili e il tessuto aderente richiedevano una biancheria intima perfetta, simile a una vera e propria guaina ma che la commessa chiamava mutandine di sostegno.

«È molto contenitiva», le disse la commessa di Macy. Margot giudicò che la ragazza avesse sui ventitrè anni e pesasse circa cento chili.

«Ne indosso una proprio in questo momento», annunciò con orgoglio la commessa. «Mi toglie almeno cinque chili dai fianchi».

«Ah», riuscì finalmente a dire Margot riempiendo lo spazio lasciato vuoto dopo una simile affermazione, «buon per lei».

Margot acquistò la guaina nonostante l'incapacità della commessa. La sera del matrimonio cercò di infilarsela subito dopo la doccia ma scoprì che il tessuto elasticizzato non le sarebbe mai scivolato addosso se la sua pelle fosse stata anche solo leggermente umida. Benissimo. C'erano altre cose da fare.

Margot si truccò e si mise le scarpe. Si stava sistemando i capelli quando squillò il telefono.

«Che ti sei messa?», le chiese Brooke.

«Al momento solo le scarpe», rispose Margot.

«Uhm, avrai freddo stasera con l'aria condizionata».

Scoppiarono a ridere.

«Sai cosa si metterà Lux?», chiese Margot.

«Non ci ho più parlato dall'accapigliamento della volta scorsa», disse Brooke. «Qualunque cosa sia, sono sicura che sarà sorprendente».

Ci furono altre risate mentre immaginavano per Lux possibili combinazioni di fucsia e viola con pendagli e ciondoletti di bigiotteria da quattro soldi. Margot, completamente nuda sul divano in attesa che le si asciugasse lo smalto, descrisse, per il divertimento di Brooke, una scenetta che ritraeva Lux mentre si stava preparando per il matrimonio del figlio di Trevor, il phon in una mano e una bomboletta di lacca ultrafissante nell'altra.

Margot aveva intenzione di stare il più possibile vicino a Lux. Aveva intenzione di conversare in maniera chiara e brillante e di mettersi in mostra mentre il vestito turchese, audace ma raffinato, prometteva un corpo voluttuoso. Trevor non si sarebbe accorto della guaina.

Il trucco completato, i capelli pettinati, le unghie fatte, le scarpe ai piedi... non c'era nient'altro da fare se non mettersi la guaina.

«Devo andare, Brooke», disse. «Ci vediamo alla cerimonia».

Era il momento delle mutandine di sostegno. In mano sembravano minuscole. Come i completini estivi di una bambina, solo che il corpetto era attaccato alle mutande. Margot si tolse le scarpe e se la infilò. Il tessuto si tese sui fianchi e poi si fermò. Mentre Margot saltellava per la stanza strattonando e implorando, il vestito turchese, che aveva gettato sul letto, scivolò sul pavimento. Margot tirò, Margot imprecò e ancora la guaina, dura come la gomma e che sarebbe potuta tornare utile il prossimo Halloween come costume da sadomaso oppure in estate se Margot fosse andata a fare immersioni, non ne voleva sapere di scorrerle sulla pelle.

Margot saltellò fino in bagno per cercare qualcosa che la facesse scorrere. L'olio per il corpo avrebbe avuto un buon profumo però poteva macchiare la seta del vestito. La crema per le mani? Margot prese in considerazione il suo splendido assortimento di prodotti. Creme, gel, essenze, saponette: nessuno andava bene. Poi la vide. Una bottiglietta poco costosa della soluzione perfetta! Finalmente una spolverata di talco per bambini fece sì che la guaina scorresse verso l'alto, oltre i fianchi e fino al seno.

«Grazie a Dio!», ansimò Margot.

Ma non riusciva a inspirare.

«Oh mio...», esclamò Margot, riconsiderando la sua nuova biancheria intima. La snelliva, ma era terribilmente scomoda. Eppure, evitando di respirare, Margot si sentiva stupenda e ben modellata. Chinandosi per riprendere il vestito scivolato a terra, si rese conto che quella sera non avrebbe potuto in alcun modo mettersi seduta. Il tessuto si piegava e si modellava facilmente ma il resto del suo corpo (organi interni e simili) non aveva spazio per muoversi se si piegava. La sua postura sarebbe stata perfetta per tutta la sera, la schiena dritta come un fuso, lo stomaco in dentro e il petto in fuori, perché Margot correva il rischio di svenire o di danneggiarsi un rene se avesse tentato la difficilissima manovra di mettersi seduta.

Ma d'altronde chi ha bisogno di mettersi seduto a una festa? Ballerò tutta la sera, si disse. Sarebbe stata favolosa, se solo fosse riuscita a trovare il modo di chinarsi abbastanza per recuperare il vestito turchese da terra. Alla fine, con un passo di danza moderna che avrebbe potuto essere descritto come "verme che striscia sulla moquette", Margot si infilò nel vestito turchese. Riuscì a rimettersi in piedi con una manovra simile al limbo caraibico, dopodiché uscì alla conquista del mondo.

«Devo andare a Long Island. Preferirei passare per la Roosevelt e poi per il ponte Triborough», disse Margot al tassista, lieta del suo grugnito di disgusto da macho del terzo mondo di fronte al suo tono autoritario e al suo aspetto provocante. Fece come gli aveva ordinato e svoltò in direzione della Roosevelt.

«Che sta facendo, signora?», le chiese il tassista non vedendo più la sua testa nello specchietto retrovisore.

«Niente», rispose Margot, completamente allungata sul sedile posteriore in modo da poter continuare a respirare.

La notte era calda e Margot aveva portato con sé soltanto uno scialle leggerissimo e una pochette ornata di turchesi veri. Se avesse fatto freddo si sarebbe fatta prestare la giacca da Trevor. Il taxi si fermò all'indirizzo riportato sull'invito.

«Ha intenzione di uscire?», domandò il tassista.

«Certo che sì. Mi dia solo un minuto».

Margot attese finché l'auto davanti a loro non scaricò gli ospiti e ripartì.

«Mi dovrebbe aprire la portiera, per favore».

Il tassista guardò nello specchietto retrovisore e non vide nessuno. Vecchia pazza mezza nuda, pensò mentre scendeva dall'auto e le apriva la portiera. Margot si lasciò scivolare fuori dal taxi come un cadavere sul tavolo dell'obitorio. Diede al tassista una mancia sostanziosa perché anche se aveva strabuzzato gli occhi non si era messo a ridere.

Prima della cerimonia furono serviti antipasti e aperitivi. Margot, mentre dava un'occhiata in giro in cerca di Lux, si imbatté in Brooke e Aimee proprio mentre Brooke stava vuotando una bottiglia di vodka nel suo bicchiere.

«È favolosa!», annunciò ad alta voce. Era chiaro che non si trattava del primo. La vodka era gelata e sistemata in un blocco di ghiaccio a forma di secchiello. Il secchiello aveva dei perni girevoli su ciascun lato grazie ai quali anche l'ospite più ubriaco poteva continuare a versarsi da bere con una lieve pressione delle dita sul collo della bottiglia. Tutto intorno al ghiaccio, dei pinguini fatti con uova sode e olive saltellavano su una montagna di burro Crisco e scivolavano in un oceano di caviale.

«Che si è messa Lux?», volle sapere Margot.

«Non l'ho ancora vista», disse Aimee.

Ballando un valzer, l'ex moglie di Trevor si avvicinò a loro.

«Ehilà, Candice[1]!». Margot le fece un cenno con la mano e in cambio ebbe un'occhiataccia.

«E *quello* cos'era?»

«C'era tanta di quell'energia maligna da friggerle le palle degli occhi», disse Brooke, ridendo.

«Margot, mi sa che quella donna ti odia».

Bene, pensò Margot, lasciamo che mi odi. Spero ne avrà motivo.

«Un sacco di gente del lavoro», commentò Brooke mentre si mettevano in fila per entrare nella sala della cerimonia.

«Oddio, quella lì è Lux?», chiese Margot all'improvviso.

«È la segretaria del rabbino», disse Brooke.

«Non sapevo che Trevor fosse ebreo», intervenne Aimee.

«Infatti non lo è», spiegò Margot. «La sposa è ebrea».

«Sta iniziando la cerimonia», disse Brooke servendosi un altro po' di vodka ghiacciata dalla riserva personale del pinguino.

«Bene, allora entriamo», disse Aimee.

«Aspettate, solo un altro assaggio di caviale», implorò Brooke.

«Ne hai uno po' sulla bocca e… oddio, Brooke, datti un'occhiata ai denti», le disse Aimee mentre rovistava nella borsetta in cerca di uno specchietto.

Brooke si ripulì la faccia e con l'ultimo sorso di vodka ghiacciata si sciacquò la bocca.

«Dove la fanno, la cerimonia?», domandò.

«Qui dentro», rispose Margot.

Entrando nel tempio ornato di festoni si misero a parlare a bassa voce.

«E il ricevimento?», sussurrò Aimee.

[1] Famosa attrice, modella e wrestler professionista americana.

«Sempre qui», rispose Margot. «Laggiù c'è un'altra sala».

Margot indicò la parte posteriore della sinagoga, verso una parete simile a un'enorme porta a soffietto.

«La sala del bar mitzvah. La parete viene aperta. C'è un palco in piena regola per l'orchestra. Completo di palle rotanti da discoteca e tutto», disse Margot.

«Che religione fica! Ti permette di tenere una palla rotante da discoteca a portata di mano per le occasioni importanti», disse Brooke.

In silenzio presero posto nella parte riservata agli invitati dello sposo. La sinagoga era stata decorata con lunghe ghirlande di rose colorate artificialmente e nastri che rendevano impossibile prender posto sulle panche passando all'interno della navata. Si doveva fare il giro dall'esterno oppure farsi strangolare dai fiori.

«Fa tanto principessa ebrea di Long Island», mormorò Aimee a Brooke che se ne uscì con uno «Sst!» e una risatina.

Brooke, Aimee e Margot avanzarono verso il centro e trovarono dei posti vicino alle ghirlande di fiori. La musica partì e nella sala calò il silenzio. Entrò una damigella con un grosso cesto di fiori, squadrò gli ospiti con sospetto e lasciò cadere dal cesto un singolo petalo ogni tre metri. Poi lungo la navata passarono una zia e uno zio e di seguito una signora anziana leggermente disorientata, deliziosa in un vestito color lavanda, che si fermò a metà del percorso come se avesse improvvisamente dimenticato dove stava andando. La catena di rose che andava da una panca all'altra le offriva un'unica meta, verso il rabbino che le sorrideva, in attesa di sposare qualcuno.

«Ma io non sono ebrea», disse l'anziana signora a Margot che si trovava all'estremità della panca.

«No, cara, è Teddy che sposa una ragazza ebrea. Questo qui è il matrimonio di Teddy», replicò Margot.

«Teddy?»

«Il figlio di Trevor».

La signora guardò Margot con aria assente e cercò di afferrarle la mano. Mentre Margot tribolava per cercare di passare dall'altra parte della ghirlanda di rose, all'improvviso apparve Trevor e accompagnò la madre lungo la navata. Grazie, le accennò col capo voltandosi appena e gli occhi di Margot si riempirono di lacrime.

«Wow!», sussurrò Brooke. «Prima che mi riduca così, fatemi fuori».

«Sst!», le ordinarono all'unisono Aimee e Margot.

Trevor riuscì ad ancorare la madre a qualcosa e a tornare indietro in tempo per accompagnare suo figlio lungo la navata. Lo sguardo emozionato e agitato di Teddy era niente al confronto degli sguardi afflitti sulle facce dei suoi genitori. Tutti quei membri della famiglia riuniti nello stesso posto trasformavano il lieto evento in un'occasione di tensione.

Teddy, aveva confidato Trevor a Margot, non si sarebbe mai sistemato. Di sicuro non si sarebbe mai sposato. Viveva con una graffitista quando il matrimonio dei genitori era andato in malora. All'improvviso si era iscritto a un master in gestione aziendale e poi si era fidanzato con quella ragazza di Long Island, una vera tradizionalista.

«Non mi piace», aveva detto Trevor a Margot quando gli aveva chiesto del matrimonio. «È troppo ordinaria per lui».

Trevor si mostrava coraggioso e Margot avrebbe voluto allungare una mano e toccargli la manica dello smoking mentre le passava accanto ma quelle enormi rose rosa impedivano qualsiasi contatto. Quando furono tutti riuniti, le luci si abbassarono e si udirono le note della marcia nuziale. Poi all'improvviso le luci si spensero. Un attimo dopo un faro molto forte puntò sulla parte posteriore della sinagoga, mostrando la sposa in piedi, da sola, vestita di un bianco accecante. La madre di Trevor boccheggiò.

«Cristo santo!», mormorò Brooke. «È Barbie Sposa».

Ancora confuse per l'effetto del faro e l'apparizione quasi magica della sposa, né Margot né Aimee biasimarono lo scatto di Brooke. Se la sposa aveva sentito, non lo dava a vedere con quel sorriso radioso, appena sbiancato per l'occasione.

Il vestito della sposa, un abito aderente tagliato di sbieco con delle bretelline sottili e di un bianco accecante, arrivava fino a terra. Tuttavia la sposa aveva insistito nel voler fare una ceretta totale alle gambe e all'inguine che l'aveva lasciata completamente liscia a partire dai minuscoli peletti sugli alluci fino ai peli ricci e folti che le crescevano nello spazio tra la vagina e la cosce. Sarebbe dovuta andare al salone di bellezza il giorno prima, ma Teddy l'aveva trascinata a una mostra d'arte in città. Aveva fissato di nuovo un appuntamento per la ceretta totale alle 8:00 di quel mattino, ma non si era svegliata in tempo. Annullando l'incontro col rabbino, la sposa era riuscita ad andare al salone di bellezza all'ultimo minuto per il trattamento completo di ceretta a strappo.

Era stato uno sbaglio. Era rimasta sconvolta alla vista dei puntini rossi e gonfi che le ricoprivano le gambe, dalle dita dei piedi alla vagina, ovunque un pelo fosse stato strappato. Avrebbe voluto essere più sexy del diavolo quella sera ma aveva finito per assomigliare a un polletto spennato. Con l'avvicinarsi della cerimonia i segni erano scomparsi ma una lieve sensazione di bruciore le aveva impedito di indossare le calze. Pertanto, sotto quell'abito aderente tagliato di sbieco con delle bretelline sottili e di un bianco abbagliante, la sposa portava soltanto un semplice tanga bianco.

Margot se ne accorse per prima, ma fu Aimee a dirlo.

«Dio mio, Margot, ha lo stesso vestito che hai tu», commentò Aimee dopo la cerimonia, mentre entravano nella sala del bar mitzvah per la cena e le danze.

«Chi?», chiese Margot come se non se ne fosse accorta.

«La sposa».

«Ma neanche per sogno. Il suo è…».

«Bianco», intervenne Brooke.

«Che posso dire? Ha un gusto squisito».

Brooke, Margot e Aimee erano state sistemate al tavolo undici, insieme ad altri colleghi dell'ufficio. Sul tavolo non c'era nessun segnaposto color avorio col nome di Lux scritto a mano.

«Mi sa che mi faccio un giro prima di mettermi seduta», disse Margot alle sue amiche quando si accomodarono al tavolo.

La sala, che probabilmente di giorno non era così bella, era elegante nell'oscurità. Come aveva previsto Margot, al centro della sala c'era una palla da discoteca che ruotando lentamente diffondeva bagliori di luce preziosa sulle facce sorridenti degli invitati. Margot era in piedi. Sarebbe rimasta in piedi tutta la sera. Stava facendo finta di ascoltare il gruppo musicale quando Trevor apparve alle sue spalle e l'abbracciò.

«Grazie».

«Oh!», esclamò, stupita per il suo calore. «Grazie per cosa?»

«Per mia madre».

«Ah, sì. Naturalmente. Avrei fatto di più, ma…».

«…i fiori».

«Già», disse.

«Delle rose resistentissime».

«Spropositatamente resistenti. Tutto a posto?»

«Ah, certo. La mia ex moglie ce l'ha con me come quando eravamo sposati. Chissà perché ci siamo presi la briga di divorziare».

«Balla con me», disse Margot senza preoccuparsi del fatto che quell'affermazione non c'entrava niente nel discorso.

«Oh sì, prego», rispose Trevor prendendola tra le braccia.

Le mise le braccia attorno alla vita. Mentre scivolavano sulla pista da ballo Margot nascose una mano sotto il bavero dello smoking. Margot aveva portato tacchi alti per quasi tutta la vita e quindi era in grado di volteggiare con grazia con quelle scarpe a punta che la facevano diventare alta quasi quanto lui. Sotto le sue mani Trevor sentiva un corpo caldo e forte e non immaginava che in parte fosse modellato da un tessuto elastico e gommoso. Per un attimo attraversarono la pista da ballo come un'unica tigre che incede maestosa nella giungla. La sera delle nozze il padre dello sposo ha poche incombenze, ma ballando Trevor e Margot si imbatterono in una di queste.

«Posso?», chiese la sposa. Per un attimo Margot la guardò con aria assente, cercando di nascondere la sua indignazione nell'essere cacciata dal paradiso da una bisbetica ventitreenne con un abito aderente tagliato di sbieco. Poi con condiscendenza Margot fece un passo indietro e osservò Trevor allontanarsi con la ragazza che indossava un vestito praticamente identico al suo. Margot sorrise. Si sentiva rilassata mentre progettava la sua fuga.

Brooke e Aimee le fecero un cenno per farla tornare al tavolo ma lei non poteva raggiungerle e cominciare a bere perché non poteva mettersi seduta. Guardando Trevor che ballava, il sorriso le si irrigidì un poco e uscì dalla sala. Si guardò attorno, in cerca del bagno.

Il bagno delle signore era pieno di cugine e damigelle d'onore. Nessuna era lì a fare pipì, stavano solo gironzolando davanti allo specchio, intente a spettegolare sui ragazzi e ad arricciarsi i capelli. Una ragazza stava fumando e faceva sfoggio di un nuovo piercing al sopracciglio. Margot pensò di farsi strada tra la folla della toilette delle signore e nascondersi in uno dei bagni, ma anche lì avrebbe dovuto mettersi seduta. Stasera non avrebbe avuto nessuna consolazione dal bagno.

Margot attraversò con aria furtiva la sinagoga, dispensando lo stesso sorriso gelido ad amici e sconosciuti. Si mise a guardare la vetrina del negozio di articoli da regalo, ora chiuso, facendo finta di essere interessata alle tazze, ai candelabri e ai libri sulla

Hanukkah. I candelabri li prenderei, sono carini, pensò Margot facendo mentalmente delle compere. E mi piacciono anche quelle candele attorcigliate. Tutto il resto era un po' troppo stile XV secolo per interessarle veramente. Poi il suo sguardo cadde su una porta dietro al negozio che sembrava portare a un altro bagno. Margot cercò di aprirla e ci riuscì.

Una toletta completa di specchio costituiva il punto focale della stanza. Lo specchio era incorniciato da una serie di luci, come quelli che si trovano nei camerini dei teatri. I vestiti della sposa erano sparpagliati per tutta la stanza e Margot si accorse che la ragazza portava dei jeans Gap attillati taglia quaranta, come lei. Margot si guardò allo specchio, chiedendosi quale fosse la differenza tra ventitrè e cinquant'anni.

Nessuna. Più soldi, più potere, più pace. Che cosa ho perso? Margot fece una lista.

La superficialità.
La povertà.
L'inesperienza.
L'abilità di fare rapidamente la scelta sbagliata.
Un campo da gioco completamente sgombro e pieno di opzioni errate, vicoli ciechi e angosce che oscurano la giusta strada.
L'incapacità di focalizzare.
La possibilità di sprecare quindici anni per poi scoprire di aver sposato l'uomo sbagliato.

Non vale la pena continuare questa lista, pensò Margot. Ho almeno venticinque anni in più di questa donna che Teddy ha sposato. In questi anni ho guadagnato tanto e di sicuro ho anche perso qualcosa. Margot si guardò nello specchio illuminato. Dovette abbassarsi e chinarsi per vedersi la faccia, poi si convinse che c'era pochissima differenza tra il bianco sfavillante della sposa e il turchese profondamente maturo della sua ospite. Spostò la sedia e cercò di mettersi seduta ma la morsa del tessuto elastico era più forte della sua volontà. Non riusciva proprio a piegarlo.

Sull'altro lato della stanza c'era una porta leggermente socchiusa dalla quale si intravedeva qualcosa che riluceva. Uno specchio più grande, pensò Margot speranzosa, a figura intera e ben illuminato. Nell'aprire la porta accese le luci e scoprì un bagnetto privato con una porta che dava su un'altra stanza. Margot entrò in bagno e fece capolino nella stanza. Lo studio privato del rabbino. E questo dev'essere il bagno privato del rabbino, pensò Margot. Be', un bagno semiprivato dato che era evidente che durante i matrimoni lo divideva con le spose.

Chiaramente l'arredamento era stato pensato apposta per le spose dato che la minuscola stanza aveva una carta da parati rosa e un'intera parete era occupata da uno specchio enorme. Margot si mise davanti allo specchio a guardare la sua figura intera. Ritenne di avere un aspetto favoloso e giovanile. Eppure si sentiva insicura. Ultimamente Margot era diventata sempre più ipermetrope e non si era portata gli occhiali. Fece un passo indietro per mettere a fuoco l'immagine. E poi un altro passo indietro la portò a toccare il water con le ginocchia. Salì sul water per avere l'effetto completo ed esaminare a fondo la sua bellezza in cerca di segni di disfacimento.

«Il corpo è perfetto», affermò Margot. Il volto senza rughe, dopo un lifting eccellente. Il chirurgo plastico le aveva raccomandato di prendere qualche chilo perché a cinquant'anni doveva scegliere tra un bel sederino e un volto più pieno ma dall'aspetto più giovane. Il dermatologo le aveva suggerito la stessa cosa, dicendole che le creme che poteva raccomandarle o prescriverle avevano bisogno di essere potenziate da un'alimentazione migliore, anche soltanto più abbondante. Ma dopo anni e anni di dieta, Margot trovava il cibo difficile da mandar giù. Quando il medico di base le aveva fatto una predica sulla fragilità delle ossa e sulla potenziale depressione da menopausa, Margot si era decisa a metter su un chiletto o due. L'effetto sul suo volto era stato notevole.

E allora cos'è tutta questa storia sulla carne fresca, domandò allo specchio. Perché Trevor vuole Lux quando potrebbe avere me? La differenza fisica si misura in millimetri, pensò Margot immaginando le esili braccia della sposa che spuntavano dalle bretelline sottili. Quelle braccia avevano una piccolissima quantità di adipe in più sulla pelle e un po' meno nel muscolo. Le lentiggini della sposa sono di qualche millimetro più piccole delle mie e poco più scure. Ok, lei ha le lentiggini tipiche delle ragazze e io comincio ad avere dappertutto le macchie dell'età. Aveva i capelli più lunghi (sai che roba) e più lucenti. Margot riusciva a nascondere bene il grigio della sua chioma, ma non poteva farci niente se i suoi capelli, un tempo lucidi, erano diventati spessi e ispidi. Ma erano solo capelli. Tutto il resto era completamente camuffato. E la sposa ventitreenne aveva la pancetta che le sporgeva in fuori, mentre l'addome di Margot era piatto come un tamburo.

D'un tratto Margot si tolse di dosso l'abito turchese, aderente e tagliato di sbieco, e lo fece cadere a terra, vicino alla porta del bagno. Rimase lì sul water del rabbino con la sua guaina da sadomaso e cominciò a tremare leggermente. All'improvviso si sentiva finta, come impagliata. Se quella sera fosse rientrata a casa con un uomo avrebbero dovuto prendere due taxi diversi così non l'avrebbe vista distesa sul sedile come un pesce morto perché non era in grado di piegarsi abbastanza da mettersi seduta. E poi avrebbe dovuto concederle almeno mezz'ora di vantaggio in modo da potersi togliere la guaina prima del suo arrivo. O così, oppure i preliminari al rapporto sessuale si sarebbero trasformati in un tiro alla fune, una fune elasticizzata.

Margot cominciò ad agitarsi e a tremare e a cercare di tirarsi via la guaina dal seno. Il seno destro schizzò fuori come una bolla che viene a galla sulla superficie di un lago. Mentre lottava per liberare la mammella sinistra iniziò a scivolare dal water, impossibilitata a tenersi in equilibrio sul coperchio tondeggiante della tazza con quelle scarpe a punta. Mentre finiva a gambe all'aria, il seno sinistro fece capolino mettendo in mostra le costole arrossate dal tessuto elasticizzato. Margot lanciò un grido quando il sedere, senza adipe a proteggerlo, batté violentemente sul water.

«Tutto bene lì dentro?», gridò la voce allegra di una ragazza dalla stanza della sposa.

«Benissimo!», rispose Margot mentre chiudeva a chiave tutte e due le porte che davano nella stanza. A ogni modo era meglio starsene seduta. Riuscì a sfilarsi il resto di quella tortura. Sulla vita riuscì ad arrotolarla con facilità e, anche se sul sedere fece un po' più di resistenza, furono i piedi a restare aggrappati alla guaina con tenacia. Finalmente venne via, al rovescio, intrappolando entrambe le scarpe.

Seduta comodamente e in grado di respirare per la prima volta in tutta la serata, Margot sorrise. Raccolse il vestito da terra e se lo infilò, lieta che le avesse scompigliato i capelli. Basta lacca, si ripromise Margot. Lasciamoli liberi e al vento. Margot si rimise il rossetto e le scarpe. Era pronta per andare di là, mettersi seduta e divertirsi. Fece un passo indietro verso il water per vedere l'effetto finale della sua trasformazione e cominciò a piangere.

14. SESSO AL TELEFONO

«"*Che hai addosso?", le chiede David.*

"Niente", risponde Grace sebbene indossi un paio di jeans e una maglietta.

Sul divano Grace allunga una mano verso il davanti dei jeans.

"Allora? Che mi stai facendo adesso?", vuole sapere Grace.

"Ti sto tirando verso di me e con la mano ti accarezzo l'interno della coscia. Ti piace?", domanda David.

"Mi fa morire. Dimmi qualcosa sui miei seni", dice Grace».

«Credevo che il gruppo avesse deciso di lasciar perdere la letteratura erotica e di concentrarsi sulla tecnologia», intervenne Aimee.

«Si tratta di tecnologia», rispose Brooke, alzando gli occhi dal suo racconto.

«In che senso?»

«Stanno facendo sesso al telefono».

«Ah, ho capito. Non c'ero arrivata, Brooke. Lo devi mettere in chiaro nel primo paragrafo altrimenti ci si confonde», disse Margot.

«Ci si confonde? Davvero? Su cosa?»

«Be', mi chiedevo perché mai non la toccasse», rispose Margot.

«Non sono stata abbastanza chiara?», chiese Brooke.

«Non per me. Aimee, tu avevi capito che si trattava di sesso al telefono?»

«No. All'inizio no», confermò Aimee, anche se non era quello il punto essenziale.

«Cioè», continuò Margot, «ho pensato che ci fosse qualcosa tra loro, una barriera, ed era questo il motivo per cui lui si stava toccando il pene mentre lei guardava fuori dalla finestra».

«In realtà», disse Aimee, «quel pezzo mi piace».

«Lui che si tiene il pene in mano e lei che guarda fuori dalla finestra non vi fa venire in mente il sesso al telefono?», chiese Brooke.

«No. A me no», rispose Margot.

«Pensavo che quando lui dice "che hai addosso", che è una frase tipica del sesso al telefono, la situazione fosse chiara», disse Brooke.

«Oh sì, quella è una frase tipica», continuò Margot, ripensandoci. «Ma vedi, sia io che Aimee non l'abbiamo capita per cui forse non è sufficiente come indizio. Penso che ce lo godremmo di più, il racconto, se questa cosa del sesso al telefono fosse chiara fin dall'inizio. Anche se mi piace l'idea di un desiderio infuocato che lotta contro delle restrizioni fisiche, il fatto che riescono a eccitarsi con quello che hanno per le mani, scusate il gioco di parole».

«Penso di poter essere più chiara».

«Sono convinta che devi farlo».

«Pensate sul serio che ci si possa eccitare al telefono?», domandò Aimee chiedendosi se c'era una qualche possibilità di coprire i chilometri che separavano il suo ventre da Tokyo. Il sesso li aveva tenuti insieme quand'erano poveri, magari poteva esercitare ancora la sua magia nonostante il loro improvviso benessere.

«Sì. Cioè, non è il massimo. Avevo proposto il sesso telefonico a un ragazzo che avevo a Parigi e lui mi ha risposto "*ma sex n'est pas si long*", il che tradotto alla bell'e meglio vuol dire "non ho il pene così lungo", cioè, per attraversare l'Atlantico. All'epoca è stato divertentissimo. Perché state tutte zitte?».

Lux non si fermò sulla soglia in segno di umiltà, aspettando di essere invitata. Aprì la porta della sala conferenze, entrò e si mise seduta.

«Scusate il ritardo».

Non avevano più parlato con lei dall'episodio dell'accapigliamento. Il martedì precedente si era data malata (e in effetti ultimamente aveva un'aria stanca e spossata). Secondo Brooke, che era rimasta a bere e ballare fino a tardi, finché lo avevano permesso le regole della sinagoga, non si era fatta viva nemmeno al matrimonio. Aimee si era stancata e verso le 11:00 se l'era svignata. Margot era sparita prima di cena.

Lux si mise seduta al tavolo delle conferenze e tirò fuori il taccuino e una matita.

«È un piacere vederti», disse Brooke.

Aimee la guardò di traverso. Aveva detto che non voleva più Lux nel gruppo. Credeva che fosse troppo pericoloso. Lux era troppo pericolosa. Lux non sapeva come comportarsi. E quindi avevano deciso di non invitarla più. Avrebbero continuato a vedersi, ma senza dire a Lux quando e dove. Eppure, eccola là che prendeva posto a capotavola. Brooke sembrava contentissima.

«Uhm», rispose Lux, «grazie. Io... ehm... non ho avuto la possibilità di scrivere niente perché ho avuto delle cose da fare e Brooke mi ha detto che siete passate alla tecnologia così ci dovrò pensare un po', però io... cioè, vorrei ascoltare se per voi è ok».

«Perché non sei venuta al matrimonio?», le chiese Brooke.

«Quale matrimonio?», replicò Lux, guardandole con aria assente.

«Sabato sera. Il matrimonio di Teddy», insistette Brooke.

«Non conosco nessuno di nome Teddy».

«Il figlio di Trevor, Teddy», disse Margot con un tono di voce un po' troppo alto, come se Lux dovesse saperlo per forza. E un attimo dopo Lux capì. Trevor aveva un figlio di nome Teddy e Teddy si era sposato lo scorso fine settimana e in quella stanza tutte, a eccezione di Lux, erano state invitate.

«Ah sì, giusto, Teddy», disse con un'insolita sicurezza. «Perché avrei dovuto essere invitata al matrimonio di Teddy?».

Be', ti scopi suo padre, no?, fu il pensiero che Margot non condivise col resto del gruppo.

«Non te la prendere a male», disse Aimee.

«Perché dovrei prendermela a male?»

«Voglio dire, è così che vanno le cose», Aimee continuò a parlare anche se non aveva niente da aggiungere.

«Quali cose?»

«Gli uomini sono fatti così», rispose Aimee con voce piatta, anche se le sue parole erano dense di significato. Lux si domandò se Aimee stesse mettendo in pratica quella cosa chiamata "ironia" di cui aveva letto da qualche parte. L'ironia era una faccenda complicata e Lux stava ancora lottando per venirne a capo.

«Ok, allora a chi tocca leggere oggi?», disse con la stessa voce piatta ma priva di ironia. Voleva soltanto andare avanti.

«A Brooke», le disse Margot. «Una cosa su Grace e David e sul fatto che stanno per fare sesso».

«Credevo che fossimo passate alla tecnologia», disse Lux.

«Sesso al telefono», risposero Margot e Brooke all'unisono.

«Ok, è che non mi sento ancora pronta a rinunciare al soggetto precedente», disse Brooke mettendosi sulla difensiva.

«Per me va bene», disse Lux.

«Sei a malapena un essere umano».

Aimee pronunciò la frase e, sebbene alle altre donne sembrasse non avere niente a che fare col resto, in realtà faceva parte del flusso di pensieri di Aimee che andava da a) non appartiene a questo posto, fino a b) non si è scusata nemmeno una volta per quello che mi ha fatto, e infine c) Trevor se la scopa ma non la invita al matrimonio del figlio e a lei nemmeno *im-*

porta. Questi tre pensieri l'avevano condotta a quell'osservazione sulla natura umana di Lux, apparentemente astratta.

Lux sospirò. Guardò fuori dalla finestra chiedendosi se quel gruppo letterario che le era sembrato così promettente stesse per sciogliersi oppure stesse per trasformarsi in una stupida perdita di tempo, proprio come tutto il resto. La furiosa osservazione di Aimee investì Lux che non aveva dubbi sul fatto di essere, in effetti, un essere umano. Capì subito che Aimee la odiava (ma chi se ne frega), che voleva che se ne andasse (l'avrebbe fatto quando fosse stata pronta) e che non c'era pericolo di violenza fisica. Il che significava, per Lux, che poteva fare come voleva. Perciò Lux rimase immobile sulla sedia a fissare Aimee con aria assente, in attesa che dicesse qualcosa di interessante, qualcosa che avesse un significato.

«Sei un'idiota!», esordì Aimee. «Come puoi permettergli di usarti in questo modo? Come fai ad avere così poco riguardo per te stessa, per il tuo corpo? Ti sta usando solo per il sesso».

«Credi?», rispose Lux mettendosi a ridere. Ovvio che Trevor la volesse per il sesso. Tutti gli uomini che aveva conosciuto la volevano per il sesso. Che pensava facessero insieme lei e Trevor? Che lavassero i vetri? E d'un tratto ebbe una rivelazione, ma su un soggetto completamente diverso. Era questo che intendevano per "ironia"?

«No, credo che sia innamorato di te», rispose Aimee usando un'ironia troppo sottile per Lux. «Già. Credo che si senta solo dopo il divorzio e che tutto ciò che vuole è risposarsi e che tu sei perfetta come seconda moglie perché sei giovane, bella e piena di vita. Tu puoi dargli quella famiglia che desidera tanto ora che i figli sono cresciuti e sono volati via dal nido. Ti ama perché sei speciale, Lux, e tutto quello che Trevor vuole è farti sua».

A quell'idea il sangue le si gelò nelle vene. Per quanto ne sapeva appartenere a qualcuno significava esserne schiavi e Lux stava cercando di fare tutto il possibile per appartenere solo a se stessa. Proprio il giorno prima Trevor l'aveva tormentata chiedendole dov'era stata per tutto il fine settimana, offrendosi di aiutarla a prendersi cura della sua amica malata, e immaginaria. Voleva sapere perché era così stanca quando era tornata la domenica sera, con chi era stata, che aveva fatto.

«Aimee», esclamò Brooke per evitare che la sua vecchia amica facesse troppa pressione su Lux.

«Sì, ora basta. È ora di smettere. Magari ci si incontra la prossima settimana», disse Margot.

«Mi dispiace», considerò Aimee. «Cerco solo di essere onesta. Così questa povera ragazza non spreca il suo tempo».

Margot, che voleva lasciare la stanza il prima possibile, cominciò a raccogliere le sue cose. Non le andava di incontrare lo sguardo di nessuno e perciò tenne gli occhi incollati al tavolo. Fu così che riuscì a dare un'occhiata al taccuino di Lux. Vi lesse una lista di parole scritte con la grafia infantile e piena di scarabocchi di Lux:

Luigi XIV *– Un re francese*

Patté – Una cosa che si mangia? O che si beve???

Gettare la prudenza alle ortiche – Fregarsene

Guepiere – Una parola difficile per dire bustino

Libidinosa – (Sexy? Sconcia?)

Ah!, pensò Margot, ci sta usando per arricchire il suo vocabolario. Non troverà mai il significato di quelle parole finché non impara a scriverle. Qualcuno dovrebbe aiutarla con l'ortografia.

Aimee superò Margot e uscì per prima, lasciando Brooke e Lux da sole in sala conferenze. Brooke rivolse un sorriso a Lux.

«Scusa», disse Brooke. «Si rassegnerà. Ci parlo io».

«Lascia perdere. Non importa».

«Sì, invece».

«Cosa? Che a qualche tizia non piaccio? Io vado per la mia strada».

Brooke guardò Lux e decise di fare il possibile per diventare sua amica. Non perché pensava di poterla aiutare, ma perché Lux era un casino interessante. Dato che Brooke visualizzava il mondo intero in termini di grafici che potevano condurre a dei dipinti, immaginava il corpo nudo di Lux nell'angolo in basso a destra di una grande tela, la pelle luminosa sullo sfondo dei lunghi nastri rossi delle storie che sgorgavano liberamente e in grande quantità dalla sua testolina e che nel dipinto si trasformavano in tutt'altro, da un divano rosso sul quale era sdraiata a delle rose in un vaso di cristallo su un tavolo.

«A te... ehm», cominciò Lux, «ti va di leggere le tue cose a me?»

«Noo», sospirò Brooke. «Si è persa l'atmosfera».

«Già».

«Mi dispiace per Aimee», disse Brooke.

«Già, che diamine. Gli ho rovinato il club, la sua riunione artistica privata e lei s'è incazzata. Comunque sia, io ho bisogno di sentire le parole».

«Le nostre parole?»

«Le storie».

«Allora perché non ti leggi un libro?», le domandò Brooke.

«Perché nei libri non ci sono errori. Sono tutti così ripuliti, ma quando, cioè, quando stai leggendo ed è qualcosa che hai scritto tu e sei tutta eccitata e lo stai leggendo ad alta voce magari per la prima volta e i pezzi buoni sono davvero buoni e diciamo che ci prendi gusto, e poi c'è un pezzo noioso, qualcosa che non sapevi che era noioso e così mentre stai leggendo ti accorgi che non funziona proprio, e se ne accorgono tutti che non funziona e tu ti imbarazzi perché sta succedendo proprio in quel momento e tutti ti stanno ascoltando e wow, nella stanza c'è tutta quest'agitazione e allora...».

Lux smise di parlare in modo da poter riflettere un momento.

«Ho bisogno di quell'agitazione», continuò. «Mi piace. Ho

bisogno di questo tipo di contatto e di rapporti umani per vivere. E non mi frega niente se a voi ragazze non piaccio. Non avete mica intenzione di rompermi un dito o cose del genere».

Brooke si mise a ridere all'assurdità dell'idea di rompere le dita di Lux.

«No», confermò Brooke, «le tue dita sono al sicuro con noi».

«Già. Be'... grazie. Devo andare. Se la prossima settimana il club si riunisce io ci sarò e chi se ne fotte di Aimee. E l'ultima parte la intendo metaforica, non letteraria».

«In senso metaforico, non letterale. Sono avverbi, non aggettivi. Descrivono in che modo intendi, o meglio non intendi fottere Aimee. Rispettivamente».

Lux aprì il taccuino e aggiunse una nuova voce relativa agli avverbi alla lista di cose che non riusciva a capire appieno e che necessitavano di un'analisi ulteriore. Aggiunse anche la parola "rispettivamente".

«Grazie», disse richiudendo il taccuino. Brooke stava raccogliendo le sue cose e desiderava chiedere a Lux di posare per lei. Questo avrebbe voluto dire fare avanti e indietro da casa sua e rinunciare a parecchie serate e fine settimana per stare seduta nello studio. Brooke decise di cominciare con qualcosa di gentile per farla sentire a suo agio prima di invitarla nel suo studio.

«Senti, non ti preoccupare Lux», le disse sollecita. «Sei una ragazza speciale. Sono sicura che Trevor ti ama tantissimo e che ti vuole tutta per sé».

«Credi?», chiese Lux, con la paura che prendeva il posto dell'ironia.

Brooke stava cercando di essere gentile e quindi rispose con slancio. «Oh sì, cara, ne sono sicurissima».

Le donne raccolsero le loro cose e si avviarono insieme verso la porta. Nell'aprire la porta Lux tirò la maniglia con troppa forza e la porta sbatté violentemente contro il muro, lasciando nell'intonaco un buco profondo a forma di pomello.

15. LA FESTA

«È stato così dolce», disse Aimee a Brooke mentre usciva dal palazzo nel caldo della giornata estiva.

«Tesoro, non ci pensare», le disse Brooke, ma Aimee non riusciva a fare a meno di tornare con la mente a quella scena. Raggiunsero la strada e Brooke si fece scivolare gli occhiali da sole sul naso per sfuggire all'intensa e luminosa luce del sole. Aimee cercò i propri nella borsetta, per nascondere i suoi occhi umidi. Mentre passeggiavano, Aimee raccontò di nuovo la storia.

«Cioè, è svenuto veramente», disse. «Non subito ma dopo, nella sala d'attesa, in pratica ai miei piedi. Ha detto che era perché sul monitor aveva visto l'ago che si avvicinava al bambino e si è fatto prendere dal panico. Anche se sua moglie e il bambino erano perfettamente al sicuro».

«Alcuni mariti sono più… non lo so, Aimee. Ogni marito è diverso dagli altri. Probabilmente il marito di quella donna sviene spesso».

«Sì, ma non tutti i mariti rispondono al telefono nel mezzo di un'amniocentesi», disse Aimee mentre si metteva gli occhiali e si soffiava il naso.

«Non è possibile!», esclamò Brooke per poi fermarsi al centro del marciapiede e girarsi verso l'amica.

«Mentre stava entrando l'ago», le rivelò Aimee.

«E tu che hai fatto?»

«Be', ho cominciato a piangere. E lui mi ha chiesto se l'ago mi faceva male! Ci crederesti?»

«Ed era così?»
«Cosa?»
«Ti faceva male?»
«Be', un po'. Cioè, è un ago grande e grosso. Ma non tanto da farti piangere».
«E allora che hai fatto?»
«Gli ho detto di riattaccare quel maledetto telefono».
«E lui?»
«L'ha fatto. "Devo andare, Shelia cara", ha detto. "Ti richiamo più tardi"».
«Chi è Shelia cara?», chiese Brooke, sospettosa.
«Il suo agente. È una lesbicaccia. Alta. Capelli grigio acciaio tagliati con la macchinetta. Occhiali con montatura di corno. Quando parla abbaia. Non che abbia importanza chi fosse».
«Mi dispiace così tanto, Aimee».
«Ho telefonato a un avvocato per il divorzio», confessò Aimee.
«Puoi divorziare da uno perché sta troppo tempo al cellulare?», chiese Brooke. E poi aggiunse: «Che ha detto?»
«Mi ha dato un'idea su quello che posso aspettarmi per il mantenimento del bambino, gli alimenti».
«No, volevo dire che ha detto tuo marito», domandò Brooke.
«Ieri sera mio marito ha preso un aereo per l'Ecuador per andare a fotografare delle ragazze in bikini. Da lì andrà a Bucarest per la pubblicità di un'auto e poi di nuovo a Tokyo per altri gruppi rock».
«Gli hai detto che vuoi il divorzio?», domandò Brooke.
Brooke si fermò davanti a un piccolo e incantevole localino italiano sulla Cherry Lane. Aprì la porta e fece segno ad Aimee di entrare.
«Andiamo, la festa è sul retro», disse Brooke.
«Gli ho detto che ci stavo pensando. Che mi ero stufata e che durante la gravidanza lui doveva stare qui con me», rispose Aimee mentre si avviava verso la parte posteriore del locale, con

gli occhi spalancati in cerca di festoni colorati e cartoncini ritagliati a forma di cicogna. «Allora mi ha allungato un assegno da ventiseimila dollari».

«Sono un sacco di soldi», disse Brooke.

«È solo lo stipendio dell'ultimo mese che ha lavorato a Tokyo. Mi fa un discorsetto su quant'è costoso crescere un figlio. Dice come faccio a gettar via sette anni di felicità quando sta solo cercando di essere responsabile. Dice che gli manca pochissimo per essere famoso ed è per questo che deve impegnarsi giorno e notte. Sono contenta che si stia facendo strada. Cioè, ventiseimila dollari sono un mucchio di soldi per un mese solo. Eppure, il test durava in tutto venti minuti. L'avrebbe anche potuto spegnere, quel fottuto telefono».

Aimee si fermò quando vide Margot che la salutava da un separé nella parte posteriore del locale. Il tavolo era apparecchiato per tre. Non c'erano festoni colorati e nemmeno cartoncini ritagliati sul tavolo. Non che Aimee morisse dalla voglia di avere festoni e decorazioni; è solo che si aspettava qualcosa di più di un tavolo apparecchiato per tre.

«È tutto qui?», chiese a Brooke cercando di apparire felice nonostante ci fossero appena due invitati alla festa per l'imminente nascita del suo bambino.

«A-ha», borbottò Brooke mettendosi seduta.

«Ho già ordinato per voi», disse Margot. «Pasta per tutte».

Aimee rimase lì in piedi, chiedendosi dove fosse sua madre. Sua madre le dava affetto e sostegno continuo. Una volta aveva guidato di notte da North Jersey a Lower Manhattan perché ad Aimee avevano rubato la borsa con dentro le chiavi e l'indirizzo di casa e aveva paura a stare da sola. Sarebbe di certo sarebbe intervenuta alla festa. Brooke s'era dimenticata di invitarla? E dov'era la madre di Brooke? E gli amici dell'università che supponeva sarebbero arrivati in aereo dal Midwest? Questa era la festa per il suo bambino? E dov'erano i festeggiamenti?

«Dai, siediti», disse Brooke e, finalmente, Aimee prese posto a tavola, di fronte a Margot.

«Mia madre aveva detto che sarebbe venuta», mormorò Aimee mentre dava un'occhiata in giro, nella speranza di vedere un viso familiare.

«È bloccata nel traffico», disse Margot mentre faceva scivolare un pezzetto di carta sul tavolo per darlo ad Aimee.

«Questo qui è il mio regalo», disse.

Aimee aprì il sottile pezzetto di carta patinata che conteneva una pubblicità di un baby monitor, strappata da una rivista.

«È il migliore sulla piazza», le assicurò Margot. «Te l'ho fatto consegnare a casa. Meno peso da portare».

«Grazie», disse Aimee. Quando Brooke aveva detto "festa per il bambino" aveva immaginato di passare tutta la giornata al centro dell'attenzione, aprendo mucchi e mucchi di regali mirabilmente impacchettati. Le sarebbe piaciuto sentirsi in imbarazzo per la generosità e la cura che i suoi amici avevano messo nella scelta dei regali per il suo bambino. Desiderava persino mettersi uno stupido cappellino di cartone pieno di nastrini colorati.

«Stavo raccontando a Margot della foto che volevi scattare», disse Brooke, interrompendo il meritato momento di autocommiserazione di Aimee.

«Di che foto parli?», chiese Aimee.

«Ieri al telefono. Hai iniziato a dire che volevi scattare la foto di due amanti, ma poi ci hanno interrotto e non mi hai detto il resto».

«Ah, sì. Be'. Cioè, magari dopo la nascita del bambino, suppongo. Mi è venuta l'idea di scattare una foto a un uomo e una donna mentre si abbracciano, si baciano, si toccano, però voglio posizionare la macchina fotografica in un punto quasi in mezzo a loro, o come se lo fosse», disse Aimee, felice di distrarsi dal pensiero di quella festa.

«Be', e come potresti fare?», domandò Margot. «Metti la macchina fotografica tra i loro corpi e poi, non so, metti il timer? È così che Brooke pensava potessi fare».

«No, no. Costruirei una piattaforma di plexiglas».

«Ah! Wow, certo. Dovrebbe funzionare. E come la faresti?», domandò Brooke.

«Be', ehm, suppongo che se avessi un falegname a disposizione gli farei fare una piattaforma vera e propria, con il fondo trasparente. Ma se dovessi fare tutto da sola, allora basterebbero un paio di blocchi di calcestruzzo e tesa tra i due blocchi un pezzo di plastica resistente e trasparente. I modelli starebbero sulla plastica e io sotto di loro».

«Perciò dovrebbe essere alta almeno un metro, giusto Aimee?», domandò Brooke. «Così ci puoi infilare sotto quel pancione».

«Be', sì. Cioè, se dovessi farla adesso. Ma è solo un sogno», confessò Aimee.

«Dovrebbe essere di ottima qualità. Un tipo di plastica molto trasparente, impeccabile», disse Margot a Brooke.

«E che tipo di macchina fotografica useresti?»

«Gesù, a me piace la 35mm. È veloce. Però, cioè se parliamo dello scatto dei miei sogni, penso che mi piacerebbe provare una digitale. Una di quelle macchine fotografiche ad altissima definizione, per poter fare un ingrandimento gigantesco dell'immagine».

«Una Nikon?», domandò Brooke.

«Be', io sono una tipa da Nikon», rispose Aimee tra le risate, cercando di godersi appieno quel pomeriggio con le amiche.

«Scusate, devo andare in bagno», annunciò Margot all'improvviso.

Aimee osservò Margot dirigersi verso i bagni. La vide tirare fuori il cellulare e comporre un numero molto prima di arrivare alla porta del bagno.

«Che le succede?», chiese Aimee a Brooke.

«Ha una vescica grande quanto una nocciolina, immagino», rispose Brooke ridendo. «Io no, io la posso tenere tutto il giorno. Ho la vescica di un cammello, io».

«Anch'io ero un cammello e ora sono una nocciolina. So cosa significa», disse Aimee, solidale con quella fuga al bagno.

Il cameriere arrivò con le insalate e Margot tornò dalla toilette con un'aria molto compiaciuta.

«Non dovremmo aspettare mia madre?», domandò Aimee vedendo che le amiche si buttavano sul cibo.

«Con tua madre ci si vede a...», cominciò a dire Brooke.

«A casa tua», la interruppe Margot. «Ha chiamato mentre ero in bagno. C'è talmente tanto traffico che ha deciso di andare direttamente a casa tua».

«Oh», fece Aimee, «che peccato».

Aimee sbocconcellò l'insalata, però divorò la pasta e una fetta di torta. Durante il pranzo Margot ricevette molte altre telefonate al cellulare. Sebbene fosse abbastanza educata da alzarsi da tavola e rispondere in privato, Aimee avrebbe voluto che spegnesse quel maledetto aggeggio. Brooke cercò di rimediare alle mancanze di Margot con una conversazione brillante e pettegolezzi sui vecchi amici. Ancora le bruciava, però, che Toby, Ellen e Connie non si fossero fatti vivi alla festa. Anche la madre di Brooke avrebbe potuto salire in macchina e riuscire ad arrivare in tempo in città.

La festa per il bambino di Aimee finì in fretta e furia. Margot e Brooke si divisero il conto e poi la fecero uscire di corsa dal ristorante.

«Ci vediamo dopo», disse Margot prendendo un taxi al volo.

«Va bene, a dopo», disse Aimee alle luci posteriori rosse del taxi di Margot che si allontanava. Fu in quel momento che Aimee si rese conto che Margot indossava dei jeans e delle scarpe basse. Che strano, pensò Aimee mentre si voltava per andare verso casa. Margot non porta mai i jeans. Nel frattempo, Brooke si stava già sbracciando per chiamare un taxi.

«Ci vediamo, Brooke», disse Aimee. «Grazie per il pranzo».

«No, no», replicò Brooke. «Ha chiamato tua madre. È a Soho. Dice che ci vediamo là».

«Mia madre non conosce nessuno a Soho».

«Davvero? Be', invece ha appena chiamato da un locale sulla Wooster. Dice di raggiungerla là, ok?»

«Mia madre è sulla Wooster?», domandò Aimee.

«Già».

Aimee cercò di immaginare sua madre, una donna di provincia, con la gonna svasata e la messa in piega, ferma sulla Wooster a Soho a fissare tutti quegli strambi personaggi dell'alta società che passavano di lì.

«Non potresti dirle di venire a casa? Sono un po' stanca», disse Aimee. E non aggiunse "e sono anche molto delusa dall'idea che hai avuto per la festa e voglio solo andarmene a casa e mettermi a letto".

«Be', ti puoi sempre riposare in taxi», rispose Brooke. «Dobbiamo assolutamente raggiungere tua madre sulla Woostere».

«Va bene», disse Aimee mentre si teneva il pancione per entrare nel taxi. Si mise seduta e rimase immobile. Non si spostò sul sedile per fare entrare anche Brooke. Alla fine Brooke dovette girare attorno al taxi per salire dall'altro lato.

«Al 64 della Wooster», disse Brooke al tassista mentre chiudeva la portiera.

Trovarono la madre di Aimee ferma sul marciapiede, con una gonna svasata di cotone e delle scarpe comode. Un'enorme borsa nera da fotografo in spalla e un cellulare incollato all'orecchio.

«Qui è mamma uccello, l'aquila è atterrata». Aimee pensò di aver sentito sua madre pronunciare queste parole al cellulare prima di spegnerlo.

«Ciao, mamma», disse mentre tirava fuori il pancione dal taxi. «Perché non sei venuta a pranzo con noi?»

«Dovevo andare a prendere delle cose», cominciò a raccontare sua madre e poi, quando Brooke iniziò a fare dei segni alle spalle di Aimee per mimare il volante di un'auto, aggiunse: «e c'era un sacco di traffico sul ponte».

«Ah», fece Aimee, che non aveva visto la pessima interpretazione di Brooke. «Be', che ti va di fare?»

«Ho proprio bisogno di una tazza di caffè».

«Ok», disse Aimee, «ma veloce. Sono un po' stanca».

«Da questa parte», disse Brooke e fece avvicinare Aimee a un portone. Mentre Aimee chiacchierava con la madre, il dito di Brooke si posò sul citofono del terzo piano. Ma prima di poter suonare, un tipo muscoloso aprì il portone. Aveva con sé una cassetta portautensili da falegname e fece un cenno a Brooke mentre le faceva entrare nel palazzo.

«È tutto pronto», disse il falegname uscendo dal palazzo.

Brooke distolse lo sguardo e Aimee suppose o che il falegname fosse schizofrenico oppure che stesse parlando con un cellulare piccolo piccolo piccolo.

«Dove stiamo andando?», domandò.

«Al terzo piano», rispose la madre.

«Si tratta di un locale privato che hanno aperto da poco», spiegò Brooke mentre apriva il portone.

«Oh, interessante», disse Aimee. In un altro momento sarebbe stata più curiosa, più sospettosa riguardo a quello che stava progettando la sua amica, ma la gravidanza, la delusione per la festa e in generale la stanchezza le permettevano di concentrarsi su una cosa sola per volta. Al momento, Aimee stava guardando le scarpe di Brooke.

«Non credo di averti mai vista prima con delle scarpe da ginnastica, Brooke».

«Veramente?»

«Veramente».

«Le porto. A volte».

Aimee si lasciò spingere nel portone al numero 64 della Wooster. Non disse «Che diamine stiamo facendo?», oppure «Ma i locali privati sono legali?» mentre con l'ascensore salivano al terzo piano.

«Che marca sono?», chiese ancora in fissa con le scarpe di Brooke. «Treetorns?»

«Keds», rispose Brooke con un sorriso.

«Wow, delle Keds», ripeté Aimee, mostrando un eccessivo entusiasmo per le scarpe da ginnastica di Brooke. «Che carine».

«È tutto a posto, tesoro?», le domandò la madre mentre uscivano dall'ascensore.

«Sono solo un po' stanca», rispose Aimee. Aveva in mente di spiattellare tutta la storia a sua madre più tardi, quando sarebbero rimaste sole a casa sua. Le avrebbe raccontato del comportamento indifferente del marito durante l'amniocentesi, dell'anonima festa per il bambino, di come la felicità, simile a un fidanzato insensibile che non sa come contraccambiare a una telefonata, sembrasse evitarla ultimamente.

«Da questa parte», le guidò Brooke conducendole davanti alla porta dell'interno 3F. Aprì la porta ed entrò. Aimee e la madre la seguirono.

Tramestii, sussurri, tramestii e poi le luci si accesero di colpo.

«Sorpresa», gridò un coro di amici. Brooke e Margot e c'era Ellen, l'amica dell'università, e Toby, l'amico delle superiori. Circondata da una banda di ragazze sorridenti e con accanto la madre, per un attimo Aimee percepì l'amore che aveva tanto desiderato.

«Oh! Oh!», esclamò a bocca aperta. «Siete qui! Toby! Oh, mio dio, sei dimagrito tantissimo! Ellen! Come *stai*?».

Aimee abbracciò e baciò tutti, tranne i due che non conosceva, un uomo e una donna che stavano seduti su due sgabelli con degli accappatoi addosso. Stavano chiacchierando vicino alla finestra.

«Perché non siete venuti tutti al ristorante?», domandò Aimee. «Avremmo potuto pranzare tutti là».

«Qui non si tratta di un pranzo, Aimee», disse Brooke.

«Si tratta di lavoro», continuò Margot porgendole una macchina fotografica digitale.

«Queste qui sono un po' impolverate», la rimproverò sua madre mentre si toglieva dalla spalla la borsa da fotografo di Aimee.

«Ho preso la Nikon D70», disse Margot. «Non so se è buona, o se è quello che volevi, ma quando hai detto quella cosa sul fatto che ti sarebbe piaciuto provare una digitale ci hai colto un po' impreparate così ho dovuto prendere quello che avevano al negozio dove le noleggiano».

Aimee si rigirò la bellissima macchina fotografica tra le mani.

«Quand'è che ho detto che volevo provare una macchinetta digitale?», chiese Aimee, la voce poco più di un sussurro.

«Oggi a pranzo. Due amanti, stretti l'uno all'altra, inquadrati da un punto all'interno del groviglio dei corpi», snocciolò Brooke come se si trattasse delle voci di un menu e non una descrizione estetica. Fu in quel momento che Aimee si guardò attorno e si rese conto di non essere in un appartamento qualsiasi sulla Wooster. Si trattava di uno studio fotografico. Una delle pareti bianche sul lato più lontano della stanza finiva dissolvendosi lievemente nel pavimento bianco creando l'illusione di uno spazio infinito. Dappertutto c'erano pannelli e luci in attesa che li chiamasse all'azione. E i suoi amici erano là, tutti intorno a lei in jeans, maglietta e scarpe comode, felici di aiutarla a fare qualche foto.

«Abbiamo pensato che sarebbe stato più divertente di un pranzo e di un mucchietto di regali avvolti in fogli di carta dai colori pastello», disse Brooke ad Aimee che stava lì ferma a fissarli. E in quel momento sgorgarono le lacrime.

«Oh, mio Dio! Oh, mio Dio! Siete fantastici. Oh! È meraviglioso! Oh, wow!», esclamò Aimee senza fiato e continuò a piangere, col fondotinta che le colava sulla faccia. Dovette riabbracciare e baciare tutti e disse loro più e più volte quanto fossero meravigliosi prima di mettersi all'opera. La vista della piattaforma di plexiglas, costruita in base alle istruzioni di Aimee, suscitò altre lacrime e singhiozzi.

«Alle sette arriva un altro fotografo», la avvertì Margot, «perciò è meglio se eviti di piangere».

I modelli accanto alla finestra smisero di chiacchierare e si tolsero gli accappatoi mettendo in mostra due bellissimi corpi nudi.

«Ok, ok, allora cominciamo», disse Aimee e anche la sua mente cominciò a mettersi in moto in un modo... oh, in un modo così piacevole. «Voglio la piattaforma quassù e Toby, se potessi procurarmi un pannello per avere un po' di luce indiretta. Margot, mettiti vicino a me con la digitale. Comincerò con la mia. Ellen, ti dispiace caricarla?».

«Che dobbiamo fare?», le domandò il modello nudo.

«Mettetevi sulla piattaforma, cominceremo con qualche bacio», ordinò Aimee.

Stare sdraiata in una scatola di plastica sotto due sconosciuti nudi la fece sentire sudata, giovane e forte. Ritornò alle vecchie abitudini e prese a scattare e a gridare ordini e parole di incoraggiamento. Stava cercando un'immagine che descrivesse la passione. I modelli, che non si conoscevano prima di metter piede in quello studio, si avvinghiavano, si leccavano e poi si rannicchiavano. L'uomo aveva un anellino sul capezzolo e la donna aveva dei piercing in una varietà di altri posti. Poi diventarono bruschi nei movimenti e anche un po' freddi. Per un po' Aimee cercò di seguirli, ma non era quello che aveva immaginato.

«Come ti chiami?», domandò alla donna nuda e piena di piercing.

«Enid», rispose lei.

«Ok, Enid, ti presento Brock. È il tuo vero nome, Brock?»

«Uhm, no. È il mio nome d'arte», rispose l'uomo.

«Qual è il tuo vero nome?»

«Tom».

«Ok. Tom, ti presento Enid. Sii gentile con lei».

Quelle semplici istruzioni riuscirono a far rilassare i modelli. Con un occhio all'orologio, Aimee trovò gli istanti che cercava mentre le lancette si spostavano dalle 4:30 alle 7:00.

«È ora», disse Brooke. «Quelli che hanno prenotato dopo di noi stanno venendo su con l'ascensore».

Aimee sorrise. Circondò Brooke con le braccia e la strinse a sé.

«Grazie», le disse. «È stato fantastico».

«Ok, gente», annunciò Brooke agli altri. «Abbiamo finito. Andiamo da Aimee a guardare gli scatti di oggi».

Margot, con l'aiuto della madre di Aimee, collegò la Nikon digitale direttamente all'enorme tv di Aimee. Le immagini create da Aimee scorrevano una dietro l'altra, mostrando una donna rigida che diventava via via sempre più sciolta.

«Questa», gridò Aimee, indicando l'immagine sullo schermo. «Questa è quella che voglio. Che numero è? Qualcuno mi può segnare il numero, per favore?».

«Mi piace il modo in cui allunga il corpo quasi a trovare il punto in cui lui la sta toccando», disse Toby.

«E l'ombra di lui che incombe su di lei è eccezionale», commentò Brooke.

Solo la madre di Aimee sembrava turbata da quella giornata. Si era staccata dalla combriccola di amici della figlia vestiti di nero, si era preparata un piatto di roba da mangiare e gironzolava passando in rassegna il mucchio di regali per il bambino avvolti in fogli di carta dai colori pastello.

«Tutto bene, signora?», le domandò Brooke.

«Sì, benissimo».

«Ha l'aria sconvolta».

«Be', è solo che... Ecco. È che non riesco a capire perché una donna dovrebbe desiderare questo», rispose la madre di Aimee.

«Intende dire scattare delle foto invece di una festa per il bambino che nascerà?», chiese Brooke.

«No, mi riferisco al fatto di farsi bucare la vagina per metterci un anellino», rispose la madre di Aimee facendo un cenno in direzione di Enid, che se ne stava seduta in un angolino tranquillo dell'appartamento di Aimee intenta a chiacchierare amichevolmente con Tom.

«Be'», esordì Brooke, dopodiché fece una pausa come se stesse prendendo in considerazione l'intera gamma di spinte psicologiche che potrebbero indurre una donna a forarsi le labbra della vagina. «Mi sa che un orecchino a clip le avrebbe fatto più male».

La madre di Aimee scoppiò a ridere.

«E inoltre, lo sa, gli orecchini a clip sono così pacchiani», aggiunse Brooke, provocando nella madre di Aimee un altro attacco di riso.

«Pensi che Aimee sia felice di questa festa?», le chiese la donna.

«Andiamo a scoprirlo», rispose Brooke, accompagnando la madre di Aimee all'altro capo della stanza e unendosi agli altri che stavano sul divano a chiacchierare.

«Sei soddisfatta dei tuoi scatti?», domandò Brooke ad Aimee.

«Oh, sì. Ce n'è uno in particolare che voglio sviluppare in formato gigante», rispose Aimee. «Grazie per questa giornata. È stata perfetta».

«Vieni a prendere qualcosa da mangiare», le disse Brooke.

«Mi sento come se non avessi mandato giù niente per tutto il giorno», disse Aimee.

Aimee rimase seduta sul divano con i suoi amici, mangiò e aprì i regali. Fecero tutti ohhh! e ahhh! davanti ai vestitini e ai giocattoli e poi a uno a uno lasciarono l'appartamento. Toby doveva prendere il treno ed Ellen era solo di passaggio in città, stava andando in Europa. Alla fine, dopo aver baciato sua madre e abbracciato Brooke e Margot, Aimee rimase sola in quella grande casa con il pancione, i regali e le stupende fotografie che aveva scattato quel giorno. Era stato, disse Aimee alla madre quando quella sera si sentirono per telefono, il più bel giorno della sua vita.

16. INSETTI E TOPI

La matita di Lux si fermò di colpo sul taccuino. «*Se non avessi così tanta paura dei topi e degli insetti, di notte andrei a correre nei boschi col cane. Potrei spezzare le ossa e rompere le catene che immobilizzano le mie braccia sui fianchi e...*».

E...? La matita cominciò a tamburellare sulla parola "e". Non sapeva cos'altro scrivere dopo "e". La parola sembrava rimasta lì in sospeso. A volte scriveva "ma" invece di "e". Eppure la frase successiva non riusciva a materializzarsi né in testa né sul foglio. Le immagini la assillavano da settimane e ormai credeva che una volta trovato il resto delle parole avrebbe saputo cosa fare della sua vita, almeno per un po'.

Dalla camera da letto, Trevor, ancora in accappatoio, entrò in cucina con i segni del cuscino su metà della faccia. Ciabattò in giro con aria assonnata, si versò un bicchiere di succo d'arancia e mentre lo beveva si mise a fissare Lux.

«Dove sei stata ultimamente, amore?».

Lux continuò a fissare il taccuino. Andava tutto benissimo finché non si arrivava al "dove cazzo sei stata, troia?". Trevor si esprimeva in maniera più dolce, usava un tenero vezzeggiativo e una parola in più ("ultimamente") che sottintendeva una vaga richiesta di informazioni. Ma tutto ciò, secondo Lux, non migliorava affatto la situazione. In base alla sua esperienza, ogni conversazione che cominciava con "dove cazzo sei stata" finiva con un livido sul braccio o un morso sul sedere.

«Te l'ho già detto, sono andata ad aiutare Jonella col bambino perché è stata male».

«Sì, ma…».

«È andata così», ribatté Lux con una tale fermezza che Trevor capì che stava nascondendo qualcosa.

«Capisco ma… ehm… è tutto ok?»

«Sì», rispose Lux.

«Sì, cosa?»

«Sì, Trevor, è tutto ok, perché cazzo non mi hai invitato al matrimonio di tuo figlio?».

Trevor si bloccò come se il senso di colpa lo avesse colpito in pieno viso. Non l'ho invitata al matrimonio e ora la mia coniglietta è arrabbiata con me, pensò fraintendendo quello che gli stava dicendo Lux. Trevor era convinto che Lux fosse arrabbiata con lui perchè non era stata invitata alla festa. Non era vero. A Lux non gliene fregava nulla del matrimonio di Teddy. Lux aveva paura e stava facendo del suo meglio per evitare di essere picchiata o, ancora peggio, morsa.

"Eludere" era una delle parole presenti nella lista di concetti e frasi che la ragazza desiderava imparare e utilizzare. Una volta capito come si scriveva e trovato un dizionario, aveva appreso che significava: 1) respingere un attacco o parare un colpo; 2) evitare di rispondere subito a una domanda. Ogni scontro che aveva avuto, persino le battaglie che aveva vinto, erano finiti con un altro livido sul suo corpo perché non conosceva la parola "eludere" e quindi non sapeva di potersi difendere anche con la fuga. Il concetto le piaceva e ci stava lavorando per perfezionarlo. La sua domanda su dove fosse andato a finire il suo invito al matrimonio era una tattica difensiva mascherata da attacco. Era troppo complicato perchè Trevor lo capisse. E nessuno pretendeva che lo capisse.

«Il matrimonio. Sì. Accidenti, Lux, mi dispiace. C'è stato un terribile sbaglio. È per questo che sei arrabbiata? Gli inviti erano partiti da un sacco di giorni ed è stata mia moglie a compilare la lista degli invitati e... oh, coniglietta mia, è stata una serata spaventosa. Ti saresti annoiata tantissimo. Persino io mi sono annoiato tantissimo. Però avrei dovuto invitarti lo stesso».

«Non sarei venuta, Trevor. Non ho nessuna voglia di incontrare la tua ex moglie o i tuoi figli o chiunque altro faccia parte della tua vita. Capito? Non ho voglia di incontrarli».

«Ah, capisco».

Non capiva. Tutto ciò che capiva era che Lux si stava allontanando da lui. Suppose che avesse iniziato a rendersi conto dei suoi difetti. Era ovvio che si era accorta di quanti anni avesse in realtà e della meschinità della sua posizione sociale.

La sera prima era comparsa alla sua porta sudata e con l'aria stanca. Aveva le mani screpolate e arrossate, come se avesse nuotato per troppo tempo o lavato qualcosa con dei saponi aggressivi. Le aveva spalmato della crema sulle palme delle mani e sulle dita prima di portarla fuori a cena. Davanti a un panino e a una birra gli aveva fatto un sacco di domande, prima sull'interesse composto, poi su Mozart, poi su come funzionava il mercato azionario. Cosa voleva dire la parola "rispettivamente" e come si scriveva. Trevor conosceva tutte le risposte e si compiaceva nel farle sapere quant'era intelligente. Poi erano tornati a casa e avevano fatto l'amore sul letto. Si era addormentato felice.

Alle 9:00, Lux era saltata giù dal letto e aveva telefonato diverse volte a Carlos. Avevano parlato di vernice e dell'ubicazione delle chiavi. Trevor aveva cominciato a struggersi, sapendo che Carlos era un suo ex ragazzo, un ex ragazzo più giovane. Si era rigirato nel letto e aveva cercato di dimenticare. Aveva chiuso gli occhi e l'aveva cercata nel letto ma lei se n'era già andata via. Di nuovo in piedi, pronta per la giornata.

Quando finalmente si era trascinato fuori dal letto, Trevor aveva trovato la sua coniglietta seduta al tavolo della sala da pranzo, tutta presa dal suo taccuino, intenta a rileggere la medesima pagina. Del tutto a suo agio in mutande e maglietta come può esserlo solo una ragazza, se ne stava seduta a scribacchiare qualcosa con la matita, mezza nuda e senza prestargli la benché minima attenzione. E ora questa litigata per via del matrimonio. Trevor rimpianse di non averla invitata.

Posò il bicchiere di succo d'arancia e con tre falcate attraversò l'appartamento. Si inginocchiò per terra vicino a Lux e le afferrò la mano stringendo un po' troppo forte. Lux lo respinse.

«Di che parlavi con Carlos prima?»

«Niente di che».

«Perché l'hai dovuto chiamare così presto?»

«Sta... ehm, sta facendo dei lavori di pittura per... mia madre. Avrei dovuto aprirgli casa... casa di mia madre perciò aveva bisogno di sapere dov'erano le chiavi».

«Perché oggi non ce ne andiamo a fare spese?», disse Trevor, servendosi del proprio metodo elusivo, piuttosto goffo, come reazione alla risposta esitante di Lux.

«No, non c'ho voglia», rispose lei, senza nemmeno guardarlo. «Ho un sacco di cose da fare. E devo pure andare là per essere sicura che Carlos non faccia casini».

Lux tornò al suo taccuino, lesse di nuovo i due pensieri che aveva scritto in precedenza, cercando di costringere se stessa a trovare la terza frase che sicuramente l'avrebbe resa libera. Trevor si alzò in piedi, lentamente perché il pavimento era duro sotto le ginocchia. Doveva averla, doveva tenersela. Voleva assolutamente ricordarle com'era bello il loro rapporto. Le sollevò i capelli, ancora umidi per la doccia, e le baciò il collo.

«Trev...».

«Cosa?»

«Non farlo».

«Perché no?»

«Perché no».

Fece scorrere le dita sulla sua mano e le tolse la matita dalle dita. La fece alzare in piedi, la fece girare per averla di fronte a sé e la baciò sulla bocca. Fece scivolare la mano sotto l'elastico delle mutandine mentre le leccava il collo e il seno, e poi l'ombelico. Le tolse il minuscolo tanga di pizzo.

La possibilità di trovare la terza frase perfetta svanì. Lux gli fissò la nuca, rendendosi conto di essere soltanto carne da macello. Non aveva ancora abbastanza parole per esprimere cosa stava provando in quel momento e allora muggì come una mucca.

«*Muuu*», esclamò ancora, come se quel suono avesse un significato.

Trevor si mise a ridere, chiedendosi se fosse matta o che. Prese il suo muggito come un invito ad andare avanti, perché era quello che voleva fare lui.

Senza le giuste parole non avrebbe potuto né dominare né condividere le sensazioni che infuriavano nella sua mente. Senza le giuste parole le sensazioni non si sarebbero nemmeno trasformate in pensieri sui quali poter meditare, pensieri da esaminare da un qualsiasi altro punto di vista che non fosse la disperazione. Brooke aveva detto che Trevor l'amava e la voleva tutta per sé. Ma anche Carlos una volta l'aveva avuta per sé e c'era voluto il pestaggio di suo fratello per riacquistare la libertà. Non voleva essere posseduta da Trevor, non voleva essere posseduta mai più da nessun altro. Lux non capiva che la parola "possesso" poteva essere usata sia in relazione a una proprietà che per indicare un amore straordinario, per cui partiva dal presupposto che fossero la medesima cosa quando si riferiva alla sua visione dell'amore. Quello era un posto oscuro e pericoloso, qualcosa che doveva essere evitato a tutti i costi. Rimase tranquilla, in attesa che l'amore di Trevor finisse.

Trevor era il re del cunnilingus. Era sicuro che fosse quello il motivo per cui la moglie era rimasta con lui diversi anni in più di quanto avesse voluto. Lo detestava però avrebbe voluto la tutela legale della sua lingua. Nessun giudice gli avrebbe ordinato di metterla a disposizione della sua ex moglie un fine settimana sì e uno no e quindi aveva tenuto duro il più a lungo possibile. Disperato e in preda al panico aveva fatto l'amore con lei nella speranza che apprezzasse la sua lingua abbastanza da tollerare tutti i suoi difetti. Ora stava accadendo un'altra volta e Trevor impegnava tutto se stesso nello sforzo, inutile, di legare Lux a sé.

Se ne stava lì prima. Non proprio dell'umore giusto. Aveva altre cose in testa. A volte Carlos riusciva a farla venire, anche quando lei non voleva essere mandata su di giri come un motore che parte sgommando. Se ne stava lì, in attesa. Forse anche Trevor aveva quel tocco magico. Forse alla fine sarebbe stata contenta della sua insistenza, ma per ora era soltanto arrabbiata. I pensieri e le sensazioni erano bloccati nel suo petto come fossero cibo che va giù per il condotto sbagliato. Se ne stava lì lasciando che le mettesse la lingua nella vagina, in attesa che facesse qualcosa di interessante.

Fa il manichino, pensò Trevor. Quand'è che ha intenzione di farmi una carezza, anche leggera? Fece scorrere la lingua sulle labbra della vagina e quando arrivò al clitoride ebbe l'impressione di sentire una scintilla d'interesse accendersi in Lux. Gli posò le mani sulla testa e Trevor lo prese come un invito ad andare oltre e a darci dentro. Quando finalmente cominciò a mugolare Trevor la spinse all'indietro e la penetrò in fretta. Lux tremava e gemeva ma quando la guardò negli occhi l'immagine che vi era riflessa era quella di un ladro, un seccatore, un bruto e Trevor si ammosciò all'istante.

Be', pensò Lux, mamma me lo dice che a volte capita con gli uomini più vecchi.

«Scusa», disse Lux con cautela. Aveva visto quella scena in un paio di film, la scena in cui all'uomo non gli si alza e allora la ragazza viene ammazzata. Trevor non sembrava il tipo, ma anche Diane Keaton era rimasta sorpresa quando Goodbar aveva cominciato a picchiarla. Anche Carlos era dolcissimo quando non faceva lo stronzo. Con gli uomini non si può mai dire. Lux gli scivolò via di sotto.

«È stato fantastico, veramente», disse cercando di sembrare allegra e soddisfatta. Trevor si lasciò cadere con difficoltà su una delle sedie della cucina. Il suo corpo nudo parve ingrigire e perdere vivacità mentre sprofondava nell'azzurro intenso della plastica del sedile. Lux fece una rapida doccia e poi afferrò le chiavi di casa.

«Ti chiamo dopo, Trevor», lo rassicurò e si precipitò verso la porta, diretta da Carlos per discutere di vernici.

17. IL SIGNORE DEGLI ANELLI

«Stai bene?», sussurrò Margot ad Aimee nell'oscurità.

«Benissimo, sì, proprio bene», rispose Aimee mentre riprendeva ancora una volta il suo posto nel cinema. Adesso vomitava ogni quattro ore circa, molto al di sopra del record del mese precedente, uno o due volte al giorno. Di solito alla nausea seguiva la sete e un desiderio irrazionale di proteine che le aveva chiarito molte cose su tutti quei film di vampiri. Fissava i panini coi wurstel con una bramosia degna di una novella sposa di Dracula. Finì di masticare il trancio di zenzero zuccherato che le avevano consigliato al negozio di cibi macrobiotici per calmare lo stomaco e poi attaccò con le fette di roast beef che aveva portato di nascosto all'interno del cinema.

«Questa è la parte migliore», mormorò a Margot mentre Merry e Pipino provocavano un'esplosione con dei fuochi d'artificio rubati e Frodo, temendo che il drago fosse venuto nella contea per farsi consegnare il suo amato zio, cercava di proteggere il vecchio hobbit meglio che poteva.

«Ma non abbiamo visto gli stessi personaggi tornare lì dopo un lungo viaggio? E quel piccoletto coi capelli bianchi...».

«Un hobbit».

«Un che?»

«Bilbo è un hobbit».

«Giusto. Lo sapevo», disse Margot. «Quel tale, l'hobbit Bilbo, non è appena salpato con tutti quegli elfi e Frodo e quel tipo, Gandalf? Perché è tornato?»

«Perché», sussurrò Aimee, «quella era la terza parte. Questa è la prima».

La testa di Brooke ciondolò eccessivamente in avanti e la donna si svegliò con un sussulto di spavento.

«Eh? Oh. Ehi, ricordatevi che sull'isola voglio far festa con tutti», disse e poi si riaddormentò incastrata tra Aimee e Margot come il Ghiro tra il Cappellaio Matto e la Lepre Marzolina. Margot scoppiò a ridere e chiuse la bocca di Brooke per non farla russare.

«Vedi, siamo entrate alla fine della terza parte e adesso siamo alla prima parte», spiegò Aimee. «Ora riusciremo a vedere tutto dall'inizio».

«Ed è una buona cosa?», domandò Margot, incerta sul rapporto benefici/costi di un tale impiego del tempo.

Aimee annuì allegramente e si girò verso lo schermo.

Oh, perché no, pensò Margot mentre si buttava sulla busta di spuntini che aveva portato di nascosto all'interno del cinema.

Quella mattina, sul presto, Margot se ne stava seduta da sola a casa sua, come in trappola, quando aveva deciso di chiamare Aimee.

«Aiutami!», aveva esordito ridacchiando quando Aimee aveva risposto al telefono.

«Che c'è, ragazza mia?», le aveva chiesto Aimee, lieta di esserle utile.

«Sono intrappolata in un circolo vizioso e devo assolutamente uscirne prima di finire in bancarotta!», si lamentò Margot ridendo così Aimee non si sarebbe agitata troppo.

«Che è successo?», domandò Aimee.

«Be', di solito non è un problema ma questo mese non sono riuscita a coprire le spese fatte con la carta di credito e quindi ho pensato di provare a tenermi lontana dal mio unico vero amore», cominciò a dire Margot.

«E il tuo unico vero amore sarebbe?», domandò Aimee.

«Henry Bendel», rispose Margot come se fosse ovvio. «E così ho fatto una scelta economica, non spirituale, e ho deciso di passare la mattinata qui in cucina a lavorare su una nuova avventura di Atlanta Jane».

«Scelta eccellente».

«Così era sembrato anche a me. Perciò comincio a fare una lista, del tutto diversa dalle mie solite liste, di tutte le cose possibili che la mia Atlanta Jane avrebbe potuto fare. Comincio a scrivere al computer cose come andare a cavallo, salvare la città, fare l'amore con Peter, affrontare uno sceriffo corrotto, andare a far compere».

«Andare a far compere?», domandò Aimee.

«Esattamente. Me ne sto qui seduta a fissare il cursore intermittente alla fine di quella parola deliziosa, "compere". Atlanta Jane non va a far compere. Io vado a far compere. E quel pensiero mi frullava in testa e mi confondeva talmente tanto che mi sono alzata dalla scrivania, mi sono infilata i sandali e sono andata a far compere».

«Che hai preso?», chiese Aimee ridendo.

«Qualcosa di bello, ma quando sono arrivata al negozio mi è capitato una cosa che mi ha turbato».

«Cosa?»

«Ok, ti prego non credere che sia una sciocca ma è stato come se la pace fosse scesa su di me non appena sono uscita per andare a fare shopping. Stavo prendendo delle ottime decisioni, stavo restringendo il campo… e l'irritante fatica di diventare un essere umano completo in un certo senso era diminuita».

«Ed è un problema?»

«Be', non sono sicura di volere come solo e unico amico lo shopping. Era come se i centri del piacere nel mio cervello fossero tutti eccitati per un nuovo paio di orecchini. Ho comprato un fantastico tailleur grigio verde con una camicetta verde e grigia da abbinarci».

«Starà benissimo con quella collana di perle di Tahiti blu pavone che hai preso la settimana scorsa».

«Esattamente. E poi la commessa si è scapicollata per trovare un completo scarpe/borsa che era ancora imballato».

«Adoro quando si scapicollano», confessò Aimee.

«Oddio, sì! Mi fa sentire importante, anche se solo per un attimo. Perciò compro il completo e corro a casa per provarlo con le perle. Ed eccomi qua a pavoneggiarmi in giro per casa e questi tessuti fini ed eleganti sembrano quasi una corazza di protezione, una specie di nuova pelle, migliore. E io sono così felice e il problema di oggi è stato risolto e poi indovina che succede».

«Cosa?», domandò Aimee e desiderava sul serio saperlo.

«All'improvviso Atlanta Jane appare in soggiorno».

«Stai scherzando».

«No!».

«Che aveva addosso?»

«I pantaloni di pelle scamosciata tutti impolverati, e aveva un fucile con sé. Stava benissimo. Ha cominciato subito a rimproverarmi».

«Margot, tu racconti le storie più belle!», disse Aimee tra le risate. «Allora, che aveva da dirti l'immaginaria signorina Atlanta Jane?»

«"Che hai fatto oggi? Che hai combinato? Con chi hai parlato? Dove sono i tuoi amici? E di me, che mi dici?". Mi sgrida con questo timbro nasale un po' piatto. "Che ne stai facendo della tua vita? Quella ragazza così malvestita, Lux, ha bisogno di qualcuno che la porti a far compere. *Tu* hai bisogno di avere un contatto umano"».

«Ha detto questo?»

«Sì».

«E in che modo pensi di riuscirci?»

«Ci sto pensando proprio in questo momento, Aimee. Sto telefonando a te! Facciamo qualcosa insieme oggi».

«Fantastico!», esultò Aimee, felice di essere stata inclusa nell'epifania personale di Margot. «Avevo in mente di passare il pomeriggio per musei ad ammirare dipinti. Perché non vieni con me?».

Un tempo Aimee trascorreva le domeniche col marito, a guardare fotografie in giro per le sale dei musei o di qualche galleria. Non andavano mai a vedere i quadri perché a lui non interessavano.

«Scommetto che riusciamo a convincere Brooke a farci da cicerone per una visita al Metropolitan», disse Aimee. «Per un po' ci ha lavorato come guida turistica, quando i genitori abitavano ancora sulla Quinta Strada. Ti piacerà da morire. Sa tutto sulla roba che c'è lì dentro».

«Fantastico. La chiami tu o la chiamo io?»

«Be', non è ancora l'una e mezzo, perciò chiamala tu».

«Che c'è», si lamentò Brooke quando squillò il cellulare. Margot le illustrò rapidamente la sua idea.

«Be', di solito la domenica dormo tutto il giorno ma... ma sì, perché no. Ho passato la notte a casa di Bill perciò sono già in città».

Si incontrarono ai gradini del Metropolitan Museum per scoprire con rammarico che era strapieno. Fecero la fila per venti minuti e i piedi di Aimee si gonfiarono fino a sembrare delle salsicce.

«Mi dispiace, ma devo mettermi a sedere», disse Aimee. «Se volete entrare senza di me va bene».

«Non abbiamo alcuna intenzione di abbandonare te e le tue

caviglie gonfie», dichiarò Brooke. «Dobbiamo soltanto escogitare un nuovo piano».

Il pranzo era un'alternativa e il pranzo più *Il signore degli anelli*, assicurò loro Aimee, sarebbe stato ancora meglio. Aimee portò le amiche in centro.

Prima di entrare al cinema, scelsero ognuna delle pietanze diverse in una gastronomia. Margot comprò delle carote e delle mele a fettine, Brooke prese dei cracker e Aimee la carne di manzo. Quando Brooke si fermò sulla soglia dell'edificio a osservare un tantino preoccupata il manifesto del film, Aimee trovò le parole perfette per rassicurarla.

«Nel cinema c'è l'aria condizionata», le disse.

Brooke si addormentò immediatamente, sopraffatta dalla fresca penombra e dai postumi della sera precedente. Erano entrate nel cinema in punta di piedi quasi alla fine della terza parte. Gli spuntini erano perfetti e i film scenografici e belli da vedere. I personaggi erano serissimi e Margot talmente indifferente all'eroismo da "o la va o la spacca" che in diversi momenti si mise a ridere a sproposito. Cercando di controllarsi, Margot si sforzò di capire per quale motivo la salvezza della Terra di Mezzo fosse così importante per la sua nuova amica.

Superò gli ultimi venti minuti della terza parte e tutta la prima. Quando partì la seconda parte, quando Smeagol, mezzo nudo, viene catturato da Sam e Frodo, Margot capì di averne abbastanza. Quel personaggio grigio, affamato, asessuato, tutto pelle e ossa e fatto col computer era troppo per Margot. Stava cercando un modo per scappare quando Brooke si svegliò, dichiarò di essere affamata e si alzò per andare a fare la pipì.

«Dai, Aimee, andiamo», sussurrò Margot alla sua amica e per precauzione si alzò dalla poltroncina e raggiunse Brooke nell'atrio. Aimee le seguì avanzando a fatica. Da sola, avrebbe passato lì tutta la giornata. Eppure, era sorpresa e contenta che le sue amiche avessero resistito così a lungo.

Entrarono in un localino e si misero sedute vicino al bagno per andare incontro al frequente bisogno di Aimee di fare pipì e vomitare. Margot ordinò un'insalata, Brooke un caffè e Aimee una bistecca con patate e broccoli e un frullato al cioccolato.

«Perché no?», disse ridendo. «Tanto torna tutto su lo stesso».

«Quante volte hai visto quei film?», le domandò Margot quando arrivarono le portate.

Aimee alzò due dita.

«Due volte?»

«No, troppe volte».

Altre risate e poi Brooke, che doveva ancora svegliarsi del tutto, intervenne con un tono preoccupato. Non immaginava che nascondersi fosse una cosa alla quale la sua vecchia amica Aimee si lasciasse andare allegramente.

«Perché?», domandò Brooke, incredula.

«Perché continuare a vedere un film che mi piace?», ribatté Aimee, già sulla difensiva. «Perché no? Mi piace il fatto che gli uomini sono degli eroi e le donne bellissime e che i cattivi sono veramente malvagi».

«Probabilmente non sono veramente malvagi», obiettò Margot.

Brooke stava fissando Aimee, tentando di trovare le parole giuste per il suo intervento contro la crescente dipendenza da film dell'amica. Margot colmò il silenzio esternando i suoi pensieri ad alta voce.

«È colpa della stampa. I perdenti hanno sempre la stampa contro. La storia è scritta da un hobbit e ovviamente è infarcita di pregiudizi contro gli Orci».

«Orchi».

«Quello che è. Dico solo che se la storia venisse raccontata dall'altro punto di vista emergerebbero dei problemi diversi».

«No», disse Aimee. «Gli Orchi sono malvagi».

«Come fai a saperlo?»

«Nascono malvagi».

«Questo è estremamente antiamericano da parte tua. Assolutamente antidemocratico», ribatté Margot, divertendosi con quella discussione assurda. «E se cambiassero, se andassero oltre i limiti imposti dalla loro posizione? E se una piccola ragazza-Orco nata e cresciuta nel fango e nella merda desiderasse elevarsi più in alto di quello che ci si aspetta da lei?»

«Non è possibile», rispose Aimee.

«Non esistono ragazze-Orco», aggiunse Brooke, pronta ad aiutarla. «Gli Orchi sono una razza di soli maschi».

«Oh, be', allora sono fottuti in pieno», disse Margot tra le risate e infilzò un pomodoro con la forchetta. «Eppure, devi ammettere che per quanto riguarda il carattere degli Orchi, è una storia piuttosto unilaterale».

«Mi piace il tipo senza sopracciglia», disse Brooke.

«Quale tipo senza sopracciglia?», domandò Aimee mentre cominciava a sentire l'acidità di stomaco.

«Il tipo che diventa re», rispose Brooke, come se fosse ovvio qual era il personaggio del film che aveva le sopracciglia meno folte.

«Aragorn?»

«Sì, proprio lui».

«Ce l'ha, le sopracciglia».

«Be', appena appena e sono così vicine agli occhi che non si vedono granché, però, a parte le sopracciglia, è un bell'uomo, credo. Cioè, nelle scene che ho visto. Invece quell'elfo, lui sì che ha delle belle sopracciglia. Aimee, tutto ok?».

Aimee si alzò all'improvviso dalla sedia e si precipitò in bagno.

«È normale?», chiese Brooke.

«Penso di sì. La gravidanza fa venire la nausea, no?»

«Già. È vero».

Nello spazio angusto del bagno, Aimee si teneva aggrappata

ai lati della tazza e vomitava più di quanto immaginava di aver mangiato. Aveva caldo e si sentiva sporca e stordita. Avrebbe voluto morire o perlomeno stare nel suo letto in modo da poter fare un riposino. E poi c'erano le lacrime che nella sua testa erano come un'energia quasi fisica che le perforava il viso per riversarsi fuori. Le inghiottì mentre le veniva su dell'altro vomito. Aimee era in ginocchio e implorava «no, ti prego, no» mentre ne arrivava dell'altro e ancora e ancora. Tutto quello che aveva mangiato era fuoriuscito dal suo stomaco e ora veniva su solo della roba liquida, un fluido giallognolo e puzzolente.

A tavola, Margot e Brooke stavano ancora analizzando l'ossessione per il film della loro amica. Brooke continuava a spostare lo sguardo dalla porta del bagno delle donne all'orologio.

«Non è troppo tempo che sta lì dentro?», domandò Margot.

«Sì, credo di sì», rispose Brooke.

Margot si alzò da tavola, seguita da Brooke.

Aimee era ancora in ginocchio davanti alla tazza, coi piedi che uscivano fuori dal minuscolo gabinetto. Aveva perso uno dei sandali e stava piangendo.

«Ehi, Aimee, tutto ok?», le chiese Brooke con dolcezza mentre raccoglieva il sandalo.

«No. Ho rovinato il vestito».

«Va bene se apro la porta del bagno?»

«Sì», rispose Aimee a voce bassa.

Brooke aprì la porta, allungò una mano e si affrettò a tirare lo sciacquone. Abbassò la tavoletta del bagno e aiutò Aimee a rimettersi in piedi. Aimee si mise seduta sul sedile del water e Brooke le asciugò le lacrime sul viso. Margot era pallida.

«Tutto a posto, tesoro?»

«Sì. Però voglio andarmene a casa».

Margot afferrò un tovagliolo di carta vicino al lavandino e Brooke ripulì la scamiciata azzurra di Aimee dal denso liquido giallo.

«È stato per quello che ho detto sugli Orchi?».

Aimee abbozzò una risatina così simile al pianto che sgorgarono altre lacrime.

«Pago il conto e chiamo un taxi. Ti portiamo a casa», disse Margot.

«Mi dispiace di avervi rovinato la giornata».

«Tesoro, non ti preoccupare. Per me la giornata era già rovinata nel momento in cui ci hai proposto quegli stupidi film».

Aimee piagnucolò un po', timorosa che ridere le potesse far male e la facesse ricominciare a vomitare.

«Penso che dovresti andare da un medico».

«Lo farò».

«Penso che dovresti andare da un medico oggi».

«Ho una visita di controllo la settimana prossima».

Margot infilò la testa nel bagno.

«Ho chiamato un taxi. Ti serve una mano per arrivare all'uscita?».

Aimee si appoggiò alle amiche e s'incamminò pencolando verso la porta. Margot afferrò le numerose buste di roba da mangiare che aveva comprato al banco e poi tutte e tre si infilarono in un taxi per riportare di corsa Aimee a casa sua.

Margot rifece il letto con delle lenzuola pulite e Brooke aiutò Aimee a mettersi distesa. Prima che Aimee potesse dire «sto morendo di fame», Margot tirò fuori le buste nelle quali c'erano gli avanzi del pranzo, una torta al cioccolato e la cena che Aimee avrebbe potuto consumare più tardi, quando sarebbe rimasta da sola. Aveva preso anche diverse bottiglie di acqua minerale, e nessuna bevanda gassata.

«Grazie», disse Aimee. «Grazie infinite a tutte e due».

Conversarono fino a sera, disquisendo su centinaia di argomenti. Quando ritornarono al soggetto preferito di Aimee, «che fenomeno da baraccone è quella Lux», Brooke ruppe l'egemonia di Aimee sull'argomento.

«Io penso che sia simpatica», annunciò.

«Eh! È disgustoso», disse Aimee tra le risate, leccando la forchetta ricoperta di torta al cioccolato. «Come fai a essere amica mia e anche amica sua?».

Avrebbe voluto aggiungere altro ma uno spasmo la avvertì che stava arrivando un altro attacco di vomito. Non voleva che quella piacevole conversazione con le sue amiche e la degustazione della torta finissero con una corsa in bagno perciò rimase seduta tranquilla nella speranza che le passasse e, miracolosamente, le passò.

«Non mi piace l'idea di lei e Trevor», disse Brooke.

«Non è adatta a lui», aggiunse Margot tutto di un fiato e Aimee si mise a ridere.

«Margot!», la canzonò Aimee. «Tu e Trevor?»

«Siamo amici. C'è stato un bacio e nient'altro».

«Un bacio? Quando?»

«Un paio di mesi dopo che la moglie se n'era andata».

«Bacia bene?»

«Penso di sì».

«E poi che è successo?»

«Niente».

«Niente?»

«Immagino che in quel periodo abbia incontrato Lux».

«Quella puttanella! Te l'ha rubato».

«Ehi!», intervenne Brooke. «Non lo sapeva mica che la nostra Margot accampava dei diritti su di lui».

La nostra Margot, pensò Margot. Mi piace.

«Non accampavo dei diritti su di lui, Aims. Gli ho solo dato un bacio».

Aimee non ribatté. Quando le sue amiche la guardarono, pensarono entrambe che fosse diventata molto pallida. Aimee era completamente concentrata su se stessa e sulla sensazione di bruciore che stava avvertendo. Qualcosa dentro di lei si stava spezzando, in senso letterale e non figurato. Aimee si irrigidì per il dolore e quando per un momento il dolore si placò prese a scalciare buttando giù dal letto amiche, torta e coperte. Aimee stava sanguinando.

Un taxi era troppo rischioso, l'ambulanza ci avrebbe messo venti minuti per arrivare. Margot chiamò la società che forniva automobili con autista allo studio legale, potevano arrivare in cinque minuti. Margot e Brooke portarono Aimee in camicia da notte fino all'ascensore. L'auto arrivò un minuto dopo.

«Mettila giù, mettila giù sul sedile di dietro», gridò Brooke. «Margot, tu mettiti davanti e io le tengo su la testa».

«No, no, no, nessuno sparo, nessuna pistola. Sta solo sanguinando», stava comunicando Margot all'ospedale. «Sì, è di circa sei mesi. Siamo a circa quindici isolati da voi. D'accordo. Ok».

Margot spense il cellulare e si rivolse all'autista.

«Il pronto soccorso è sulla Settima Strada».

L'autista accennò di sì e le porse la fattura da firmare. Margot firmò e scrisse il codice usato per le spese sostenute per l'ampliamento della clientela.

«Andrà tutto bene», disse Margot ad Aimee mentre firmava la ricevuta. Con delicatezza Brooke stava asciugando le lacrime dagli occhi di Aimee e le ripeteva le stesse cose mentre la aiutavano a entrare nel pronto soccorso.

«È veramente troppo presto», disse il giovane medico mentre visitava Aimee. «La bambina ha bisogno almeno di altre sei, anche otto settimane prima di essere in grado di respirare da sola».

«La bambina?», domandò Aimee. Margot e Brooke, stipate nella sala visite, alzarono lo sguardo sorprese. Brooke batté le mani per la contentezza.

«Oh, mi spiace. Lei e la sua compagna non lo volevate sapere? Mi spiace tanto. Non ho letto con attenzione tutta la cartella clinica. Gesù, mi spiace».

«Va tutto bene», disse Margot.

«Mi spiace tanto, vi ho rovinato la sorpresa», disse il medico rivolto a Margot.

«Non sono la sua compagna», disse Margot ridendo. «Sono solo un'amica e il suo mezzo di trasporto».

«Non guardi me!», esclamò Brooke perchè l'uomo l'aveva guardata in un modo che necessitava un'esclamazione simile.

«Mio marito è fuori città per un po'», spiegò Aimee sorridendo al pensiero di una figlia.

«Be', sarebbe meglio che tornasse in città perché non appena l'avremo stabilizzata, dovrà starsene a riposo fino al termine della gravidanza».

«Ed esattamente cosa comporta lo starsene a riposo?», domandò Brooke.

«Niente», rispose il medico come se il niente fosse in realtà qualcosa di veramente importante.

«Niente?»

«Non dovrà né muoversi né alzarsi dal letto. Cominceremo subito applicandole un catetere. La prossima settimana potrà alzarsi per andare in bagno, ma poi di corsa a letto».

«E ovviamente potrà alzarsi per mangiare», aggiunse Margot.

«No. Per mangiare può mettersi seduta sul letto ma poi si deve rimettere sdraiata».

«Ma non posso», esordì Aimee. «Domani devo andare a lavoro. Ho un sacco di cause aperte sulla scrivania. Ho degli avvocati che aspettano i miei documenti. Non posso stare senza far niente! Perderò il lavoro!».

«La tua scrivania sarà ancora lì quando tornerai», disse Margot. «E lo studio copre al cento per cento questo genere di invalidità di breve durata. È tutto scritto nel contratto. Non intaccherà nemmeno i tuoi giorni di malattia».

«Ma come faccio a non far niente!». Aimee era disperata al solo pensiero.

«La sua cervice non deve subire alcuna pressione altrimenti si riaprirà», le raccomandò il medico. «La sua bambina pesa solo un chilo e quattro. I polmoni ancora non funzionano. Deve prendere almeno un altro chilo altrimenti andrà incontro a dei problemi. Chiami suo marito. Passerà la notte qui. Anche domani».

Aimee dormiva quando Margot telefonò. Poi chiamò Brooke, cercando di rintracciarlo.

«È appena uscito», disse la segretaria.

«Può provare a questo numero», disse la sua agente.

«Avere fatto numero scoretto, idiota», balbettò un tizio furibondo la terza volta che compose un numero di Tokyo che avrebbe dovuto corrispondere al suo cellulare.

Tutti sapevano dov'era ma in effetti nessuno riusciva a farlo venire a telefono. Per due giorni lasciarono messaggi e aspettarono una sua telefonata. Alla fine del secondo giorno, Margot e Brooke tornarono in ospedale e riportarono Aimee a casa.

«Chiamerà», disse Aimee con tono sicuro mentre Margot la metteva a letto. Brooke era andata a casa e Margot aveva deciso di passare la notte con lei.

«Non sei obbligata», le disse Aimee.

«Ma a me va», rispose Margot rivolgendo un sorriso alla sua amica. Portò la tv e il dvd nella camera di Aimee e ci mancò poco che soffocasse quando Aimee le chiese di inserire tutti i dvd de *Il Signore degli anelli*.

«Però non lo dire a Brooke», disse Aimee ridendo. «Lei pensa che io abbia una dipendenza».

«Al momento fa' quello che ti rende felice», disse Margot dandole un bacio sulla fronte. «Ma se vuoi vedere ancora quel film io me ne vado nell'altra stanza a leggere il giornale».

«Va' a casa. Starò benissimo».

«Indovina un po'? Non ho nient'altro da fare», confessò

Margot. «È bello stare qui con te. È bello per me, voglio dire. Mi metto seduta qui e mi studio un po' di roba che devo esaminare per lavoro. Tra un paio d'ore preparerò la cena. Se ti serve qualcosa fammi un fischio».

Margot accese la tv e il lettore dvd e diede il telecomando ad Aimee. Mentre usciva dalla stanza, udì il debole suono del flauto che segnava l'inizio di un altro viaggio nella Terra di Mezzo. Dopo circa un minuto Aimee spense la tv e chiamò Margot.

«Ehi, Margot, ti va di venire qui a fare due chiacchiere?».

18. LUX È IMPEGNATA

Circondato da secchi di vernice satinata color bianco brillante, Carlos stava seduto per terra nell'appartamento di Lux, intento a masturbarsi. Aveva una tecnica tutta sua per farsi le seghe che prevedeva l'uso del gel per capelli di sua sorella. L'olio di mais era più economico e più buono sia per lui che per la pelle del cazzo ma era più difficile da portare in giro. Quella robaccia appiccicaticcia per capelli diventava calda con la frizione della mano ma se la usava troppo spesso gli faceva venire un'eruzione cutanea. A ogni modo, confezionato nel suo comodo tubetto, era il fluido ideale per masturbarsi lontano da casa.

Steso a terra sulla tela cerata, con una mano Carlos si accarezzava la lunga verga mentre con l'altra si sollevava la maglietta e si titillava il capezzolo. Quando le palle cominciarono a contrarsi, lo sfintere gli si serrò e il respiro si fece sempre più affannoso. Proprio mentre andava così bene, rallentò il ritmo della mano e si impose di smettere. Carlos non veniva mai quando si masturbava.

«Ohhhhhhhh!», gemette e si rannicchiò in posizione fetale sul pavimento del nuovo appartamento di Lux. Aveva pensato a lei e quindi era stato particolarmente difficile trattenere la voglia di spruzzare sperma su tutto il pavimento. Lux, la sua prima ragazza, la prima che aveva spinto giù finché non si era trovata con la bocca all'altezza del suo inguine, era territorio proibito da due anni. Joseph l'avrebbe castrato oppure eliminato se mai ci avesse riprovato con lei. Carlos supponeva che la faccenda avesse avuto a che fare con una certa riprovazione di stampo cattolico che Joseph mostrava riguardo alla vita sessuale della sua unica sorella e che non avesse niente a che fare col fatto che le aveva storto il mignolo fino a romperlo, con l'osso che spuntava fuori dalla carne.

Giaceva tutto raggomitolato sul pavimento di legno duro di un appartamento che non sapeva appartenesse a lei, cercando di recuperare il controllo di se stesso e il ricordo della sua pelle. Voleva ultimare le rifiniture interne prima che facesse troppo caldo. Magari quella sera avrebbe potuto portarla al cinema, se per una volta il "vecchio cazzone", come amava definire Trevor, le avesse dato il permesso di uscire.

La chiave nella serratura fece clic e Carlos balzò in piedi.

«Ehi! Perché c'è la catena?», gridò Lux dal pianerottolo.

«Vengo», urlò Carlos, anche se non stava venendo affatto. Con delicatezza Carlos fece scivolare il pene ancora rigido nelle mutande e si rinfilò la tuta alla svelta. Aprì con cura tre secchi di vernice e li collocò sul tavolo prima di avviarsi adagio verso la porta.

«Che pensi? Che viene qualcuno a rapirti?», domandò Lux, indicando la catena di sicurezza con la tazza del caffè.

«È solo un vizio», rispose Carlos mentre toglieva il gancetto e apriva la porta.

«Cazzo, quanto sei bella», le disse mentre entrava.

«Dalla padella a una fottutissima brace», gli rispose Lux, ben sapendo che lui non avrebbe avuto idea di quello che intendeva dire. Non gli interessava cosa diceva e raramente l'aveva ascoltata, il che le aveva dato la libertà di dire quello che voleva.

«Secondo te dico troppe parolacce?», fu il secondo commento sconclusionato che uscì dalla sua bocca. Lo seguì lungo il breve corridoio che portava al soggiorno. Carlos non rispose. Ascoltava le sue ciance in attesa di quelle poche frasi che per lui avevano senso. Soltanto allora avrebbe risposto.

«Carlos, vaffanculo!», esclamò Lux appena entrò nel soggiorno.

«Che è?», disse lui.

«Sono le undici! Che hai fatto per tutta la mattinata?»

«Prima ho comprato la vernice. Poi ho dovuto cercare le chiavi e poi quando alla fine ho aperto il primo secchio non mi sembrava quella giusta perciò ne ho aperti altri e neanche quelli mi sembravano del colore giusto perciò stavo per chiamarti quando sei arrivata».

Lux diede un'occhiata alla vernice.

«Che c'è che non va?»

«È bianca».

«Eh».

«Pensavo che doveva essere… rossa».

È strano essere il capo, pensò Lux. Mi sta dicendo una cazzata ma che ci posso fare?

«No», disse Lux. «Va bene bianca».

«Bene. Allora ok, a meno che non ti va di allungarti sulla cerata e io gli do giù di lingua, e non mi devi neanche toccare, piccola, stavolta è tutto per te. Oh sì, già ti sento in bocca».

Carlos le mostrò la lingua facendola guizzare dentro e fuori la bocca, vibrandola come la coda di un serpente, con quella punta simile a un tacco a spillo che prometteva un movimento preciso e intenso che, per quanto Lux poteva ricordare, era paragonabile alla Doccia Massaggio della Waterpik.

Lux guardava Carlos che continuava a far lavorare i muscoli della lingua. Trevor le aveva prestato un vecchio libro un po' strano intitolato *L'Inferno* e le aveva fatto vedere come fare per capire le parole. Lux l'aveva divorato, e aveva riso tutta la sera mentre lo leggeva.

«Che c'è di così buffo?», le aveva chiesto Trevor. Era sdraiato sul letto accanto a lei, intento a leggere una biografia di una leggenda dello sport ormai scomparsa e a rispondere alle sue frequenti domande sulle parole, stupito dal piacere che le provocava la lettura.

«È scritto in modo buffo», gli aveva detto. «Ma in realtà una volta che si conosce il codice si capisce».

Il limbo era stupido e ingiusto, aveva dichiarato Lux, però le era piaciuta moltissimo la descrizione delle persone malvagie che stavano all'inferno e che subivano delle pene adeguate ai loro peccati: i bugiardi ficcati nella merda fino al naso, gli amanti colpiti da venti incessanti perché avevano assoggettato la ragione al desiderio. Pensava che fosse interessante alla stregua di un fumetto. E lì nel salotto del suo nuovo appartamento, intenta a fissare la lingua guizzante del suo ex ragazzo, Lux scoprì che l'inferno la stava chiamando.

Carlos, pensò, Caah-ah-ah-ah-arlos. Carlos e quel dolce bacio alla pesca potrebbero essere su tutto il mio corpo e cancellare quella cosa, quel disastro che è appena capitato con Trevor. Sarebbe svanito tutto nell'ebbrezza procuratale da Carlos e dalla sua lingua da serpente. Potrei star qui a inarcare la schiena e a ragliare come un mulo per venti minuti e passa, tutti gli spasmi che ho nei muscoli e nella testa verrebbero lavati via col flusso di saliva e il liquido vaginale lungo le mie cosce. Trevor non è il mio padrone, mercanteggiò con se stessa. Io voglio solo vivere a casa sua finché non riesco a comprare un altro appartamento. Devo ricavare almeno dodici mesi di affitto da questo posto per mettere insieme l'anticipo per un'altra casa. E poi il presidente Clinton ha detto che non è un rapporto sessuale se si usa la bocca.

«No», disse Lux, «sei disgustoso».

«Eh?»

«Rimettiti quell'affare in bocca prima di far cagliare la vernice».

«La vernice non caglia».

«Lo farà se ci infili dentro quella cosa lunga e oscena. Ora, ho un inquilino che si trasferisce qui domani e non abbiamo ancora finito le rifiniture. Perciò mettiamoci al lavoro».

«Puttana prepotente», disse Carlos e poi tirò di nuovo fuori la sua lingua da serpente.

«Prima o poi accecherai qualcuno con quell'affare e allora dove andrai a finire?».

«Il "vecchio cazzone" potrebbe scordarsi dove sta la fica e infilarti la lingua nel tuo, di occhio. Povera, povera passerina».

Lux si mise a ridere.

«Sì, basta che lavori. Domattina alle nove devo consegnare le chiavi e non voglio che questo posto puzzi di vernice».

«Che te ne frega se puzza di vernice?»

«Perché... io... voglio... fare un buon lavoro così mi ingaggiano ancora. Sono bei soldini e non è tanto difficile».

«Perché il lavoro l'ho fatto tutto io».

Aveva fatto la maggior parte del lavoro. Sapeva come fissare il nastro adesivo in modo da ottenere dei bei tratti puliti laddove la vernice biancastra delle pareti si congiungeva al bianco più brillante del soffitto e delle rifiniture. Aveva trovato un tipo che levigava i pavimenti di legno duro durante il fine settimana e a un prezzo stracciato. Per quindici dollari l'ora più il pranzo Carlos era stato il suo mulo per sei settimane.

«Hai fatto un buon lavoro, Carlos. Se me ne capita un altro, lo rifacciamo».

«Ok. Sì. Pensi di procurartene un altro?»

«Spero di sì».

«Paghi sempre al nero?»

«Sì».

«Ok, però lo devi fare tu e senza dir niente a Jonella perché lei e tutta la città mi stanno addosso per i soldi, per via di quella stronzata del mantenimento dei figli».

«Hai perso le unghie», disse Lux. E intendeva in senso metaforico.

«Uh uh», rispose lui borbottando. Carlos immerse un pennello pulito nel secchio di vernice color bianco brillante. Era una ragazza che ti sfiniva. Con tutto il tempo che aveva passato con lei avrebbe potuto riempire un libro con tutte le stronzate strambe che diceva, se l'avesse ascoltata veramente, si capisce.

Lux lo osservò mentre lavorava. Gli inquilini si sarebbero trasferiti lunedì. Tempo un anno e avrebbe avuto di nuovo trentamila dollari in contanti sul conto. Il suo avvocato le aveva detto che avrebbe potuto acquistare un altro immobile anche subito mettendo un'ipoteca sull'appartamento e usandola come anticipo, ma per lei era troppo folle. Veramente non aveva capito cosa intendesse dire. E, dato che l'avvocato veniva pagato a ore, quella mattina Lux aveva pensato di chiedere a Trevor di spiegarle i dettagli dell'ipoteca sulla casa. E l'avrebbe fatto se lui non si fosse comportato in maniera così sgradevole e possessiva.

L'aveva chiamata quattro volte sul cellulare nella mezz'ora che le era occorsa per attraversare il parco che si trovava tra il suo appartamento e quello di Lux. Prima per scusarsi, poi per implorare, e poi per piangere. Alla quarta telefonata Lux non aveva risposto.

Quando Aimee aveva affermato che Trevor l'amava e che la voleva tutta per sé le era parsa un'assurdità. Ma poi Brooke glielo aveva confermato. Lei pensava di piacergli e che volesse fare sesso con lei, tutto qua. Non desiderava averla per sempre come lei non desiderava essere sua moglie. Intendeva restare nel suo appartamento, a divertirsi, a fare sesso, a cenare e a fare conversazione finché non si fosse stancato di lei e non le avesse chiesto di andarsene. Brooke l'aveva avvertita che era tutta una trappola. E il suo comportamento di oggi lo provava. Lux sentì di dover agire, e in fretta, se voleva salvarsi la vita. Era convinta di doverne uscire prima che fosse troppo tardi.

«Oh, che dolce, dolce passerina che ha la mia Lux», cantava Carlos nell'altra stanza, stonato e a squarciagola. «E ci infilerò la bocca non appena finisco con questa vernice. Il che succederà in meno di dieci minuti».

Perché no, pensò Lux. Non appartengo a nessuno tranne che a me stessa. Aspettò finché non ebbe quasi finito il lavoro. Allora si tolse le scarpe.

«Vado a provare la doccia. Per essere sicura che funzioni», gridò a Carlos ben sapendo che avrebbe sussultato al solo pensiero.

Fece capolino nella stanza dove Carlos stava lavorando per vedere se l'aveva sentita. Era intento a tirar via il nastro e ad arrotolare il telo.

«Ti ho lasciato dei soldi sul tavolo in cucina, Carlos. In contanti, come mi avevi chiesto. Ora vado a provare la doccia. A dopo».

Lux chiuse la porta, si sfilò i pantaloni e li lasciò ammucchiati davanti alla porta. Poi i calzini andarono a formare un altro mucchietto. Le mutandine si misero per conto proprio. Poi toccò alla giacca, alla maglietta e alla fine appese il reggiseno sulla maniglia della porta del bagno prima di cacciarsi nella doccia e aprire l'acqua.

Carlos si ficcò i soldi in tasca e poi scavalcò le scarpe, i calzini, i pantaloni e le mutandine di Lux. Stava pensando a quello che le avrebbe fatto sotto la doccia, a come le avrebbe trattenuto entrambe le manine con una mano per tenerle sollevate in alto, lasciando scorrere l'acqua su tutto il suo corpo mentre le succhiava i capezzoli e le toccava la passera. Pensava a come stuzzicarla e leccarla e farla aspettare finché non lo avesse implorato di infilarglielo dentro fino in fondo.

Stava scavalcando la giacca e la maglietta quando si accorse del cellulare che sporgeva dal taschino. Lo raccolse e gli venne in mente di chiamare Jonella. Avrebbe fatto venire Jonella lì, così lui si sarebbe messo a solleticare con la lingua il clitoride di Lux mentre Jonella le toccava le tette per farle ballonzolare in quel modo che lo faceva impazzire. Magari si sarebbe persino fatto Jonella per prima mentre Lux aspettava e guardava. Magari se le sarebbe fatte insieme, in ricordo dei vecchi tempi. Mentre stava prendendo in considerazione le varie combinazioni e cercava di ricordare dove potesse essere Jonella in quel momento, il minuscolo cellulare di Lux squillò.

«Chi è?», rispose Carlos al primo squillo.

«Ah, be', sono Trevor. Posso parlare con Lux?»

«No, vecchio cazzone», rispose Carlos con tono trionfante. «Lux è impegnata».

19. IL PUGNO

Fu il sangue a metterlo nei guai. Un'unica macchiolina di sangue che era sprizzata dal naso di Trevor ed era finita sulla camicetta della persona sbagliata. Se non fosse stato per il sangue, forse sarebbe andato tutto liscio.

In tutta la sua vita, Trevor si era beccato solo un pugno, da suo figlio, un incidente durante una partita di flag football. Il pugno di Teddy si era stretto intorno alla bandierina dell'avversario e poi era balzato in aria trionfante, se non che lungo il percorso era andato a sbattere contro il mento del padre. La testa di Trevor era rimbalzata all'indietro e per svariate settimane era andato in giro con un livido enorme e un collare di sostegno per il collo.

Quando Lux picchiò Trevor, nell'atrio della Warwick & Warwick s.r.l., il suo pugno destro lo colpì a lato della testa, proprio sulla tempia. I vasi sanguigni rotti causarono l'infiltrazione di sangue nel bianco degli occhi e fecero diventare la zona proprio sotto l'occhio prima nera, poi violacea e poi verde finché il livido non svanì del tutto.

Lux era forte, ma non era particolarmente veloce, e gli aveva dato un avvertimento più che sufficiente, sebbene in un linguaggio che Trevor non aveva capito.

«Se non ti togli di mezzo, Trevor, giuro che ti prendo a pugni».

Nella lingua parlata da Trevor, la parola "pugno" così come i suoi sinonimi "schiaffo", "percossa" e "botta" si traducevano in una minaccia a vuoto, mentre Lux sapeva che si trattava di chiari avvertimenti che seguivano ad azioni stupide e reiterate.

Dopo alcune ore trascorse con Carlos, ore umide e piacevoli, Lux aveva fatto uno sforzo e si era rivestita e aveva trovato diciassette messaggi di Trevor sul cellulare. Aveva chiamato anche sua madre, e Jonella. Non era stato tanto il numero di telefonate a farle sentire la sensazione di un cappio stretto intorno al collo quanto il fatto che non gli avesse mai fornito nessuno degli altri numeri di telefono. Non conosceva nemmeno il cognome di Jonella, eppure era riuscito a rintracciarla. Lux si era resa conto che il loro rapporto stava prendendo una brutta piega e non poteva continuare a correre da suo fratello Joseph ogni volta che le cose si mettevano male. Perciò era saltata giù dalla nave prima del naufragio. Il lunedì, dopo il lavoro, aveva fatto le valigie e si era trasferita di nuovo a casa di sua madre.

Per tutta la settimana, Trevor aveva fatto tutto quel poteva per farla tornare. Fiori. Email. Biglietti per il teatro. Da diversi giorni lo avvertiva di "levarsi dalle palle" ma Trevor aveva frainteso le sue parole e le sue azioni.

Persino all'ultimo momento non si era accorto di nulla. Se dopo il fattaccio avesse potuto rivedere tutto al rallentatore, Trevor si sarebbe reso conto con chiarezza che quando nell'atrio l'aveva messa con le spalle al muro e Lux gli aveva detto «Se non ti togli di mezzo, Trevor, giuro che ti prendo a pugni», stava già serrando le mani. Gli aveva dato tempo a sufficienza per allontanarsi da lei. Invece, lui le si era avvicinato dicendole con un tono di voce implorante: «Coniglietta, perché non ne parliamo?». A quel punto, Lux aveva allargato le gambe per mettersi in posizione. Si era portata davanti al viso entrambe le mani strette a pugno.

Jonella avrebbe capito cosa stava per succedere. Carlos, Joseph e ogni ragazzino del quartiere che almeno una volta fosse stato picchiato si sarebbe accorto che Lux, con i pugni chiusi alla stessa altezza degli occhi, si stava preparando a colpire. Aveva aspettato, dandogli ancora un'altra possibilità per allontanarsi ma Trevor era uno straniero, un turista imbattutosi per caso in una sommossa. Si fece avanti, piegandosi per toccarla e in quel momento – *bam*.

Lux tenne il sinistro all'altezza della faccia per bloccare il colpo che per riflesso supponeva le avrebbe restituito. Il destro andò indietro e saettò nell'aria fino a colpire la tempia di Trevor. *Slam*.

Il sangue e la botta al naso non furono del tutto colpa di Lux. Trevor andò a sbattere sul muro alle sue spalle e poi cadde, picchiando la faccia su un tavolinetto pieno di riviste. Appena Trevor cadde a terra, Lux lo scavalcò e passò lentamente davanti alla stupefatta receptionist per arrivare, attraverso quel labirinto che era lo studio legale, alla sua scrivania. I muscoli dello stomaco erano così tesi che non riusciva a respirare bene. In seguito il suo capo, di lì a poco ex capo, avrebbe raccontato agli amici "che ansimava come un cane", il che era vero. Lux afferrò la borsetta, il pranzo e il taccuino e poi passò di nuovo davanti alla receptionist.

Quando tornò nell'atrio, il signor Warwick in persona insieme a Margot e a qualcuno degli avvocati più anziani si erano già radunati attorno a Trevor e stavano premendo sul suo naso sanguinante dei fazzolettini stirati con cura. Trevor fissò Lux mentre gli passava davanti. Notò che aveva con sé la borsetta e una busta di carta. Lux uscì dall'ufficio e si diresse verso gli ascensori.

«Eccola là! Eccola là!», gridò la receptionist mentre Lux premeva il pulsante dell'ascensore.

«Lasci stare, signora Deecher, lasci stare», gridò Trevor. La receptionist si chiamava Beecher, ma Trevor aveva il naso rotto.

«Chiamo la polizia», annunciò la signora Beecher.

«Do! Do! Don lo faccia!», gridò Trevor, e tutti gli altri furono d'accordo con lui.

«Niente polizia!», esclamò Margot a voce un tantino troppo alta.

«È meglio affrontare questa faccenda per conto nostro», disse il signor Warwick. Si girò verso Trevor.

«Ma che diavolo è successo?»

«Don lo so, signore. Sono caduto e ho sbattuto contro il tavolino».

La signora Beecher ascoltava con molta attenzione. Se Trevor aveva intenzione di mentire, doveva ascoltare la storia in quel momento in caso le chiedessero una conferma in seguito.

«È stato solo un incidente», dichiarò Trevor per tagliar corto. La faccenda era chiusa. Margot si lasciò sfuggire un sospiro, sollevata che l'intera vicenda stesse per trasformarsi in un semplice episodio imbarazzante che sarebbe stato dimenticato una volta guarite le ossa e scomparsi i lividi.

«Non è vero», obiettò Crescentia Peabody, intenta a grattare la macchiolina di sangue che aveva rovinato la sua camicetta di seta color avorio. Era quella col collo ampio, quella che le piaceva tanto. Quella donna, Margot, l'avvocato che le aveva presentato il contratto per il clitoride di Natale invece del catalogo di Natale, era tutta piena di premure per l'uomo col naso sanguinante. Quello che era successo tra la rossa magrolina e malvestita e quell'uomo di mezz'età non erano affari suoi, se non per la macchia sulla camicetta. Quel tondino rosso la rendeva qualcosa di più di una semplice spettatrice e pertanto riferì quel che aveva visto.

«La ragazza coi capelli rossi, stavano litigando e lei continuava a dirgli di togliersi di mezzo, di lasciarla in pace ma lui continuava a toccarla e a chiederle se per favore poteva andare con lui nel suo ufficio in modo da discutere con calma e da soli. Lei ha cominciato a piangere ma lui non l'ha lasciata in pace e quando l'ha afferrata per il braccio lei l'ha colpito. Pure abbastanza forte».

Crescentia era stata abbastanza precisa nella sua valutazione degli eventi. La signora Beecher era stata testimone del medesimo frammento di vita comune di Lux e Trevor e l'avrebbe descritto in modo simile, magari sarebbe stata un po' più benevola nei riguardi di Trevor perché era sempre stato gentile con lei.

«Trovate quella donna», ordinò il signor Warwick. Poi puntò il dito contro Trevor. «Lei. Nel mio ufficio».

Margot desiderava disperatamente seguire Trevor nell'ufficio di Warwick. Era un idiota talmente leale che probabilmente sarebbe andato a raccontare tutto al signor Warwick, comprese cose che il signor Warwick non aveva alcun bisogno di sapere. A mano a mano, a causa della sua imprudenza, avrebbe fornito al vecchio armi a sufficienza per farsi silurare. Oh, di sicuro si sarebbero fatti quattro risate e magari Warwick gli avrebbe dato una pacca sulle spalle per aver acchiappato una tipetta così vivace, ma prima o poi gli avrebbe anche dato un bel calcio nel sedere per essersi comportato da idiota e alla fine l'avrebbe licenziato per essersi scopato una segretaria.

«Trovi quella ragazza», ordinò Warwick a Margot mentre cercava di intrufolarsi nell'ufficio.

«Ma penso di poter essere molto più utile qui in ufficio».

«Mi ricordo ancora come scrivere un documento, signora Hillsboro. Quello che mi serve è limitare i danni. Io non so parlare alle donne. Ovviamente Trevor è un perfetto idiota. Mi serve che si occupi lei di questa faccenda delle chiacchierate tra donne, di questa cosa della solidarietà femminile. Vada, non come avvocato, ma come donna, la rintracci, ci faccia due chiacchiere e faccia in modo che firmi il documento che Trevor e io stiamo per stilare. Voglio che vada giù all'ufficio del personale a prendere la sua scheda. Si muova, ora».

Margot lanciò uno sguardo al di là del signor Warwick e vide Trevor sprofondato nel divano di pelle rosso borgogna col capo appoggiato a una mano. Pregò che tenesse di più al suo spirito di conservazione piuttosto che al suo bisogno di confessare.

«E non torni finché non ha un accordo firmato, Hillsboro».

Lungo il tragitto verso il Queens, Margot cominciò a sentirsi un po' a disagio per quel suo incarico. Warwick aveva redatto un documento che sollevava la Warwick & Warwick s.r.l. da ogni responsabilità per qualsiasi problema Lux potesse avere con Trevor. Nella ventiquattrore, Margot aveva due assegni circolari, rispettivamente di cinquemila dollari e diecimila dollari. Se Lux avesse voluto più di diecimila dollari Margot avrebbe dovuto telefonargli. Warwick si sarebbe tenuto pronto, in attesa della telefonata.

Lux se ne stava seduta sulla veranda della casa di sua madre quando arrivò Margot.

«Perché non andiamo dentro?», disse Margot.

«Uhm, no, meglio di no».

«Non ho mai trattato affari in veranda e non sono pronta a cominciare adesso».

«C'è un bar in fondo alla strada se non ti dispiace fare quattro passi», propose Lux.

«No, abbiamo delle faccende delicate da discutere. Penso che un bar sia un luogo troppo esposto».

Sulla difensiva, Lux fece un passo verso la porta della casa di sua madre. All'interno, sua madre e suo fratello stavano sul divano, strafatti. La cucina era sporca. Il linoleum era giallo, a parte le chiazze bianche lasciate dalla pipì del gatto.

«Non puoi entrare a casa mia».

Ah, merda, ha intenzione di farci causa, pensò Margot. Una causa coi fiocchi. È un chiaro segno di ostilità. Come faccio a farla firmare?

«Che posso fare perchè tu mi faccia entrare a casa tua?».

Lo sguardo di Lux si illuminò. Si passò la lingua sulle labbra. Fece un gran respiro e avanzò la sua richiesta.

«Ok, spiegami come si fa a farsi prestare dei soldi in cambio dell'ipoteca sulla casa».

«Eh?», esclamò Margot.

«Sei sorda?»

«No, stavo solo... ehm... be', ok, ti viene accordato un prestito pari al valore della tua casa. I soldi sono tuoi e ci puoi fare quello che vuoi».

«Qualsiasi cosa?»

«Già».

«Puoi comprare qualcos'altro con quei soldi?»

«Naturalmente. Sono tuoi».

Lux rimase in silenzio a riflettere, poi Margot la interruppe.

«Andiamo dentro ora?».

Lux spalancò la porta di casa e fece entrare Margot in casa della madre. La puzza di piscio di gatto era insopportabile.

Attraverso la porta della cucina Margot riuscì a intravedere una donna più anziana e un uomo giovane che ridevano davanti a uno spettacolo televisivo. La cucina era verniciata di arancione con le rifiniture rosa e a riempire il tavolino di formica tutta incrinata c'era una collezione di Madonne, di quelle che si illuminano al buio. Secondo l'opinione di Margot, si trattava di una tipica scena da film di Fellini.

«Be'? Che vuoi?», le domandò Lux, seduta davanti a Margot e intenta a giocherellare con una Madonna verdastra. Margot ebbe un attimo di esitazione, momentaneamente paralizzata dai ritratti di pagliacci che aveva notato alle spalle di Lux. Lux si girò per vedere cosa stesse fissando Margot.

«Già, mio padre ha una delle più belle collezioni di ritratti di pagliacci, degli acrilici su velluto. Magari ne hai sentito parlare, cioè, se leggi le riviste giuste».

Gli occhi di Margot cominciarono a lacrimare per la puzza che c'era nella cucina della madre di Lux.

«Potresti aprire la finestra?».

Lux si alzò e aprì la finestra sopra il lavello. Rimase lì in piedi senza tornare al tavolo di formica.

«Be'? Che vuoi?», domandò a Margot.

«Uhm, be', lo studio legale Warwick & Warwick desidera scusarsi per quello che ti è successo oggi».

Le sopracciglia di Lux si sollevarono fin quasi all'attaccatura dei capelli e un sorrisetto le si affacciò sulla bocca.

«Sì», rispose seccamente. «È stato orribile».

«Ne sono certa. Insieme alle scuse desideriamo offrirti cinquemila dollari per l'angoscia patita a patto che firmi questo documento che solleva lo studio da qualsiasi responsabilità».

«Da' qua», disse Lux allungando la mano per prendere i fogli che Margot stava tirando fuori dalla ventiquattrore. «Posso avere un giorno per sgombrare la scrivania e cancellare le cose personali dal mio computer?»

«Non ti hanno licenziato», disse Margot.

Lux alzò lo sguardo dal foglio di carta, la penna già sollevata per scarabocchiare la firma.

«Che? È il mio compleanno? O è il primo d'aprile?»

«Rinunci al tuo diritto di far causa, domani torni a lavoro e noi ti diamo cinquemila dollari».

«Non credo di voler rivedere Trevor così presto».

«A Trevor è stato chiesto di andare via».

«Tipo licenziato?»

«No, non tipo licenziato, l'hanno licenziato sul serio», le confermò Margot, pacata.

Lux allontanò il foglio.

«Diecimila dollari allora», disse Margot.

«Siete dei maledetti vampiri, lo sai?», disse Lux.

«Quindicimila dollari è la mia ultima offerta. Hai cinque minuti per pensarci su. Dopodiché, è andata», continuò Margot.

Lux la osservò come se fosse una qualche nuova specie di essere umano.

«Faccio un'ipotesi ora, ok, e dico che tu sei scappata da qualche cittadina del Midwest piena di bianchi scemi e col culo grasso che si sparano seghe. Hai capito di che parlo?».

Margot la fissò con aria assente. Non aveva la minima idea di cosa stesse parlando Lux.

«Parlo della gente che va in vacanza con addosso magliette dello stesso colore così non si perdono, no? Perciò uno, tipo te, viene qui per scappare ma una persona non può scappare, giusto? Capisci, non riuscirai mai a scappare dal posto dove hai fatto le superiori. Quello che sto cercando di dire è che una persona se ne può andare da quel posto e può dire che gli fa schifo, ma che anche se poi se ne va gli resta ancora la macchia. Tipo, prendi me per esempio: dovunque vado sarò sempre un po' ammaccata, un po' sporca. Ci convivo. Ma Trevor, tu lo sai, è un tipo a posto. Mi segui? Sì, pensa di aver sofferto perché l'hanno mollato e ha dovuto rinunciare alla sua casa estiva, ma lui non sa che cosa voglia dire essere sporco. Se gli faccio questo, lo saprà anche lui».

«Non è nelle nostre intenzioni punire chicchessia, è solo per proteggere lo studio da una cattiva pubblicità e da costose azioni legali».

«Va bene i soldi», disse Lux, «ma Trevor rimane. Me ne vado io. Lui si tiene il suo stupido lavoro e io mi prendo due e quattro».

«L'accordo è per quindicimila dollari», la corresse Margot in tono arrogante.

«Sì, quindicimila dollari. Due e quattro significa che so dov'è il *downbeat*».

Margot trovava curioso il fatto di stare seduta in una cucina arancione e rosa circondata da un'esclusiva collezione di roba kitsch a farsi riprendere da Lux Fitzpatrick. Forse era solo colpa del fumo di marijuana che filtrava abbondantemente dalla stanza accanto.

«Stiamo parlando di musica?»

«Sì. La gente con... diciamo così, un'anima insulsa, ok? Questa gente tende a battere le mani sulla prima e sulla terza battuta perché non riesce a sentire il ritmo che batte sulla seconda e la quarta. Hai presente, la battuta, perché stiamo parlando di musica, capito?»

«Non lo sapevo».

«Adesso lo sai».

«Grazie».

Lux fece un cenno col capo.

«Ricambia il favore e spiegami perché, ecco, perché è bene chiedere un prestito facendo un'ipoteca sulla casa», le ingiunse Lux.

«Oh, ah, be', ok. I soldi vanno bene e sono uno strumento e sono soldi tuoi perciò faresti bene a utilizzarli. Non li lasciare fermi lì, falli girare. Se hai un martello e lo metti sotto chiave, non sarebbe di grande utilità».

«Come fai a farlo? Come fai ad avere i soldi, cioè, ad averli a disposizione?»

«Ne metti un'altra sulla casa».

«Un'altra che?»

«Ipoteca».

«E se non hai la prima, di ipoteca?»

«Be', allora sei in una botte di ferro. Con tutta probabilità qualsiasi banca ti farà credito se hai una proprietà libera da vincoli».

«Perciò ottieni questa cosa, questo credito in una banca. Quando vai in banca, cosa vogliono sapere di te? Cioè, come persona che va a chiedere i soldi in prestito».

«Tutto».

«Oh», esclamò Lux, abbattuta.

«Voglio dire, tutti gli aspetti finanziari. Non le tue faccende private».

«Bisogna avere un lavoro?»

«Sarebbe utile. Ma se la proprietà è sufficiente puoi ottenere un prestito senza dichiarare entrate».

«Capisco».

Lux si alzò in piedi, ponendo effettivamente fine all'incontro.

«Grazie per essere passata».

Le mani di Margot fluttuarono sulla ventiquattrore e sui documenti mentre si alzava dal tavolo di formica. Si stava abituando alla puzza e le era venuto un bisogno urgente di esaminare una a una le Madonne che s'illuminavano al buio, ma Lux era già sulla porta d'ingresso e la stava aprendo.

Margot si alzò dalla sedia e seguì Lux nell'ingresso. Avrebbe voluto sbirciare in soggiorno per vedere che razza di svitati stavano sdraiati davanti alla tv. Avrebbe voluto introdursi di soppiatto nella camera di Lux per vedere se c'erano ancora i pon pon attaccati alle pareti. Lux aprì la porta e fece uscire Margot dalla casa dei suoi genitori.

«Che hai intenzione di fare col lavoro?»

«Ne troverò uno».

«Tipo?»

«Che ne so».

«Cercherò di fare in modo che il signor Warwick ti scriva delle buone referenze».

«Fa' come ti pare. Ti lascerò un messaggio in segreteria col numero del mio avvocato. Puoi mandargli per fax il documento e un fattorino con l'assegno. Quindicimila dollari. Trevor rimane. Io me ne vado. Aimee sarà tutta eccitata, ci scommetto», disse Lux in piedi sulla veranda.

Margot annuì col capo, senza dir niente. Quand'è che Lux era diventata una donna, e una donna d'affari per giunta? Da quand'è che aveva un avvocato? Margot osservò Lux in piedi sulla porta. Gli stessi orrendi capelli. Gli stessi orrendi vestiti. Lux si girò e rientrò in casa.

«Vieni a pranzo con me», le chiese Margot ad alta voce attraverso la zanzariera. Lux si voltò e la guardò come se fosse pazza. Margot rilanciò l'offerta.

«Se vieni a pranzo con me ti spiego l'interesse composto per filo e per segno».

«Me l'ha già spiegato Trevor», rispose Lux ridendo mentre chiudeva la porta. Un attimo dopo uscì.

«Ma se ami così tanto Trevor, com'è che non gli stai parando il culo in questa faccenda?», le domandò Lux.

«Io non lo amo», disse Margot mentendo ma subito dopo cambiò registro. «Come fai a sapere quello che provo per Trevor?»

«E che sono? Una pietra? C'ero anch'io in sala conferenze e ho sentito tutta la storia su Atlanta Jane e quell'uomo che assomiglia così tanto a Trevor. Lo so perché so come ti piace fare sesso. E vorresti fartelo sui mobili di casa sua. Ma ora non puoi, perché io ti ho battuto. Perciò se lo ami così tanto com'è che sono l'unica che sta cercando di proteggerlo?»

«È che… ehm… è che non è il mio, lo studio. Non sono nemmeno una socia. Io ci lavoro soltanto. E devo essere prudente col mio lavoro».

Lux fissò Margot e poi scosse la testa, disgustata. Rientrò in casa e anche se Margot rimase lì in attesa, pensando che potesse succedere qualcos'altro, Lux non tornò.

20. PUTTANE

«Ho fatto l'impossibile, Trevor. Ho fatto salti mortali e sono riuscita a convincere Lux a lasciare il suo lavoro così tu potevi tenerti il tuo. È stato difficile. Voglio dire, a lei piaceva veramente lavorare con noi, ma sono riuscita a convincerla che sarebbe stato più facile per lei trovare un nuovo lavoro che per te ricominciare daccapo. Alla fine, ho dovuto rilanciare fino a quindicimila dollari ma finalmente ha firmato e ora appartiene al passato. Perciò togliti i pantaloni e sbrigati a far l'amore con me».

«Questo non glielo posso dire», esclamò Margot a bocca aperta.

«Si avvicina alla verità», ribatté Brooke. «Sei andata fino nel Queens, gli hai salvato il culo, l'hai tirato fuori dai guai e il tutto costa allo studio quindicimila dollari».

«Ha firmato di sua spontanea volontà e ha lasciato il lavoro prima ancora che potessi suggerirle l'idea. È stato tutto veramente… come dire?»

«Strano?», suggerì Aimee sdraiata a letto.

«Lodevole. Ma in effetti è stato un po' strano, tenendo conto della casa e degli zombie sul divano. Ragazze mie, Lux abita nella casa degli orrori».

«Credi sia lesbica?», domandò Brooke, speranzosa.

«No», rispose Margot. «Di sicuro ci andava a letto con Trevor e sembrava che le piacesse. Parecchio».

«Ma magari qualche volta passa sull'altra sponda, no?», incalzò Brooke.

«Non ha dato alcuna indicazione in merito, anche se non stavamo parlando di sesso. Be', non è che stavamo parlando di altri tipi di sesso, solo del sesso che aveva già fatto con Trevor e di cosa comportasse per la sua situazione lavorativa».

«E coi soldi come farà?», chiese Aimee dal calduccio del suo comodo letto. Era costretta a letto da settimane e al lavoro si era persa tutto lo scoop "Lux pesta Trevor".

«Starà a casa, suppongo, e oddio, non riuscireste mai a credere com'è la casa dei suoi genitori. È tinteggiata in uno stile che definirei "asilo nido d'arte". Ogni parete è di un colore diverso e ci sono ovunque queste collezioni di vecchi giocattoli e roba kitsch. Il che spiega un sacco di cose! È ovvio che si vesta nel modo in cui si veste. È cresciuta in una specie di programma per bambini strambi. Anzi, un programma per bambini sbronzi e strafatti. Dio mio! La puzza di pipì di gatto e di marijuana che veniva dalla cucina era insopportabile! Sono stupefatta e mi colpisce il fatto che abbia fatto così tanta strada nella vita».

Senza volerlo Margot e Brooke fissarono entrambe Aimee.

«Che c'è?», domandò Aimee.

«Non ti dispiace se parliamo di Lux?»

«Perché dovrebbe dispiacermi?».

Consapevole o meno, Aimee si era comportata da boss del gruppo e le aveva obbligate a evitare Lux, o almeno a far finta di evitare Lux. E sebbene fossero troppo grandi per piegarsi completamente ai suoi voleri, né Margot né Brooke le parlavano di Lux.

E tuttavia erano in contatto con lei. Margot doveva risentirla per questioni di lavoro e non ne vedeva l'ora per motivi personali. Brooke aveva invitato Lux a Croton on Hudson, nella dependance dei suoi per il ritratto. Il ritratto avrebbe richiesto diverse sedute e Brooke sperava di diventare sua amica. Le due donne erano abbastanza adulte per fare quello che volevano, ma non riuscivano a proporre ad Aimee di invitare Lux alle loro piacevoli e spiritose riunioni al suo capezzale.

Cercavano di passare da Aimee almeno una volta al giorno. Brooke e Margot facevano un salto nel suo appartamento e le portavano la spesa, dei dvd e un po' di allegria. Il martedì pomeriggio continuavano le riunioni del Club erotico del martedì.

«Chi vuole iniziare?», chiese Margot.

«Io», risposero Brooke e Aimee all'unisono.

«No, no, inizia tu», disse Brooke. «Il mio è solo una cosuccia che ho buttato giù di corsa sulla metro venerdì scorso».

Aimee aprì il foglio. Era impossibile usare il computer stando sdraiata a letto e così aveva scritto la storia a mano. Aveva sentito tantissimo la mancanza del comando controllo ortografia. Dopo tutti quegli anni passati a scrivere a computer aveva scoperto di non riuscire a ricordare come si scrive in corsivo. Scrivere in stampatello le faceva venire i crampi alla mano e, ovviamente, cancellare era una rottura di scatole. Alla fine, aveva eliminato con degli scarabocchi i passi che non le piacevano e, rileggendo il foglio, si era resa conto che la sua creazione non differiva granché dai fogli che presentava Lux.

«*Sto in piedi vicino alla porta*», cominciò a leggere Aimee. Stando sdraiata supina, teneva il foglio sopra la testa. «*Lui mette i soldi sul tavolo e io comincio a fare tutte quelle cose che assomigliano all'amore, ma che in realtà riguardano i soldi e la sopravvivenza. Ho addosso un vestito che mi copre a malapena. È facile da togliere e nasconde le macchie. È già stato qui prima perciò in un certo senso so quello che gli piace. Aspetto finché non mi dice di levarmi il vestito.*

Mi chiede di fargli vedere le tette perciò faccio scivolare giù il vestito, mostrandogli i seni uno alla volta. Gli piace guardare i singoli pezzi del mio corpo. Io, nella mia totalità, non significo niente per lui. Gli piacciono i miei seni stretti l'uno contro l'altro a formare un solco voluttuoso, perciò li stringo l'uno contro l'al-

tro, facendo attenzione a non coprire i capezzoli. Gli piace vedere i capezzoli rosa che fanno capolino tra le mie dita. Il mio seno è duttile. Non mi fa male.

Si alza dalla sedia. È un movimento improvviso e compulsivo, come se anche lui avesse un bisogno urgente da soddisfare. Mi afferra il seno con le mani e io perdo un po' l'equilibrio mentre si porta alla bocca un capezzolo. Mi spinge contro il muro, togliendomi di dosso il resto del vestito.

"Per il culo sono cinquanta verdoni in più", gli ricordo. Accenna di sì e borbotta, accettando il prezzo, con la promessa di pagare appena avrà finito.

"Metti i soldi sul tavolo", sussurro, allontanando le sue mani, in modo che non dimentichi chi siamo e cosa stiamo facendo. Tira fuori i soldi, li conta e li mette sul tavolo dove posso vederli. È sollevato? O arrabbiato? Non importa. Torna da me. Mi spinge a terra e mi allarga le gambe. Ha pagato per il culo e ha intenzione di usarlo».

Aimee smise di leggere. Si lasciò cadere il foglio sul petto.

«E poi che succede?», domandò Brooke.

«Be'», rispose Aimee, «dopo aver scritto l'ultima frase, stavo seduta qui a letto a guardare la luce del sole cambiare posizione sulle coperte. Non mi sono mossa e non ho fatto niente per un sacco di tempo. Quando la luce ha raggiunto il mio petto ho chiamato la banca e ho trasferito tutti i soldi che mi ha mandato dal nostro conto in comune al mio conto personale. Poi ho chiamato il suo agente e mi sono fatta dare il numero di telefono dell'albergo dove risiede a Tokyo. Dopodiché ho chiamato il mio avvocato e gli ho fatto inviare per fax, a Tokyo, i documenti per il divorzio».

Margot e Brooke rimasero sedute in silenzio, incerte su cosa dire.

«A quel punto erano le sei passate. E sono rimasta qui sdraiata finché tutto d'un tratto non si sono fatte le dieci. Penso che stessi aspettando le lacrime. Non sono arrivate. Non riuscivo a muovermi. Penso che se avessi dovuto alzarmi per andare in ufficio non ne sarei stata capace. Sentivo di non poter far niente se non stare qui sdraiata a guardare il soffitto, il che va benissimo considerando il fatto che non devo far niente se non stare qui sdraiata a guardare il soffitto. Alla fine, probabilmente sarò costretta ad andarmene», concluse Aimee. «Da questo appartamento, intendo. Non posso permettermi questa casa enorme da sola».

«Wow», esclamò Brooke.

«È per via di questa roba», dichiarò Aimee, sventolando il foglio. «Credevo che mi sarei divertita immedesimandomi in una prostituta e indovinate un po', tutte le sensazioni erano già qui nel mio cuore. Cioè, non sono una puttana per via del sesso ma per l'amore e l'affetto sì. Mi manda dei soldi così mi può trattare come una merda. Così può sentirsi amato quando sente il bisogno di dilettarsi con la vita coniugale. Che vada al diavolo. Quella non sono io».

«Gesù», esclamò Brooke, «d'ora in avanti starò molto attenta a quello che scrivo».

Margot e Aimee scoppiarono a ridere.

«Ora come ti senti?», le chiese Margot.

«Vittoriosa e spaventata. Sollevata e pure terrorizzata. Cioè, in questo momento va tutto bene, ma in realtà non voglio essere una madre single. Quando ho raccontato a mia madre che l'avevo mollato e che avevo paura di fare il genitore single mi ha detto "Donne meno capaci sono sopravvissute"».

«Ha ragione», disse Margot.

«Già, ma io mi aspettavo che dicesse qualcosa tipo "Non sei da sola, tesoro, papà e io ti staremo accanto"».

«Ti aiuterò io», disse Margot d'impulso.

«È ovvio, tutte e due ti daremo una mano, Aims», aggiunse Brooke dolcemente.

Aimee sapeva che quando un bambino viene al mondo è come un pozzo di necessità così profondo che penetra fin quasi al centro della terra. Aveva paura che se lei e il suo bambino avessero cominciato a chiedere aiuto non avrebbero più smesso. Nello stesso momento, Brooke e Margot stavano pensando che se condividevano il peso potevano condividere anche l'amore.

«Grazie», rispose Aimee. «Credo che andrà tutto bene».

«No, sul serio», ribatté Margot. «Io ti voglio dare una mano».

«Ok, ma potrebbe essere un po' più complicato che andarsene in giro per un negozio di giocattoli», la avvertì Aimee.

«Ti staremo accanto», disse Brooke.

Aimee sorrise e rimase sorpresa nel constatare che le guance le stavano diventando rosse e gli occhi si stavano riempiendo di lacrime. L'atto coraggioso di presentare l'istanza di divorzio l'aveva fatta sentire forte fino a un attimo dopo averlo fatto.

«Allora, qualcun altro ha qualcosa da leggere?», domandò, passandosi la mano sul volto. Non desiderava sguazzare in niente, né nel dolore né nell'amore. Voleva allontanarsi dal dolore che lui le aveva causato e continuare a vivere.

«Niente a che vedere con la tua magnifica introspezione», disse Brooke, «ma ho provato a buttar giù una poesia sulla masturbazione».

«Sbalordiscici», disse Aimee.

«Ok, si parte», disse Brooke. Recitò a memoria.

«*Mentre riposo i fianchi sul cuscino*
al mio peccatuccio mi lascio andar
cercando di non pensar
a mamma sbronza di vino
se prendo e sposo il mio vibrator divino».

«Oh! Brava! Brava!», esclamò Margot applaudendo.

«Non è il massimo come rima», ammise Brooke, «ma d'altra parte cos'è che rima perfettamente con "vibratore"?»

«Be', "cacciatore"», propose Aimee, «però non mi pare adatto alla tua poesia». Mentre cercavano di trovare la rima perfetta per la filastrocca di Brooke, i pensieri di Margot fluttuarono da "vibratore" a "sesso" ad "amore" e poi si fissarono, risoluti, sui "soldi".

«Credete che sia proprio così?», chiese Margot. «Cioè, essere una prostituta».

«Non ne ho idea», rispose Aimee. «Chiedi a Lux».

«Questa è una cattiveria», disse Brooke.

«Non intendevo essere crudele», aggiunse Aimee. «Volevo dire che è lei che ne fa un dramma e io sto solo suggerendo che è possibile che lo faccia. E penso che forse sono più vicina alla verità di quanto possa mai immaginare. Voglio dire, se non si tratta di una cosa possibile, allora non ne hai paura e... oddio, credete che Lux sia davvero una prostituta?»

«Qualche soldo ce l'ha, nascosto da qualche parte», disse Margot. «Non le interessa ottenere delle referenze e non mi sembra che abbia intenzione di trovarsi un lavoro. Ha un avvocato, un tipo vecchissimo. Uno di quei tipi che sono morti da tre anni e ancora continuano ad andare in ufficio. Sono passata da lui e di sicuro non vive del suo lavoro. Come clienti ha solo Lux e un'altra signora anziana».

«Non crederai che sia il suo magnaccia?», domandò Aimee. «Dovremmo denunciarlo. Voglio dire, non dovremmo proteggerla in qualche modo?»

«No, no. Non può essere. O sì? Di solito i magnaccia sono dei bastardi violenti, no?», domandò Margot rivolta a Brooke.

«E perché lo chiedi a me? Sono cresciuta nella Quinta Strada. Per me la cosa più vicina a una prostituta era la bambinaia. Mi voleva bene perché veniva pagata».

«Be', quel vecchio non è il suo magnaccia. A malapena regge in mano una penna. Anche se è stato bravino ad alzare il prezzo della liberatoria».

Per un attimo calò il silenzio, tutte e tre le donne prese dai loro pensieri.

«Sono una strega, eh?», domandò Aimee.

«Ovvio che sei una strega», rispose Brooke ridendo. «A che proposito?»

«A proposito di Lux. Si veste in maniera orribile. Ed è rozza e maleducata. Ed è troppo giovane e troppo carina. Ha troppe occasioni davanti a sé. Ma qui stiamo discutendo se questa povera piccina è o meno una puttana e mi rendo conto di quanto l'ho dato per scontato. Dovevo essere più carina con lei. Mi sono comportata come Grima Vermilinguo quando avrei dovuto fare la parte di Aragorn».

«Mi sono persa sull'ultima frase ma il concetto iniziale è chiarissimo. Sì, ti sei comportata come una vera strega con lei», concordò Brooke.

«Mi comporterò meglio. Ho intenzione di essere più gentile con lei. Perché non la portate qui con voi la prossima volta che venite?»

«Sì», disse Margot. «Non appena firma la liberatoria posso parlare di nuovo con lei».

«Dovremmo aiutarla a valorizzarsi?», domandò Aimee. «Portarla a far compere e farle fare una pettinatura decente?»

«A me piace così com'è e comunque non ti puoi muovere dal letto», le ricordò Brooke.

«Quando andrò a consegnarle gli ultimi documenti e l'assegno la inviterò a unirsi a noi per il pranzo. Però, Aimee, ricordati che non è un cucciolo o un'orfanella», intervenne Margot, e avrebbe voluto aggiungere qualcos'altro se non che il campanello prese a suonare.

«Aspetti qualcuno?», chiese Margot.

«Sì», rispose Aimee. «Vendo la vagina».

«Qualcuno la vuole?», chiese Brooke con garbo.

«Saresti sorpresa nel vedere quant'è popolare quella vagina», rispose Aimee.

Margot fissò le amiche con orrore.

«Ma di che state parlando?», domandò.

«Della grande vagina bionda che sta in soggiorno».

Margot ancora non riusciva a capire di cosa stesse parlando Aimee.

«L'ho venduta a un locale della zona a luci rosse per dodici pezzi da mille», disse Aimee. «Incorniciata, ovviamente».

«Una fotografia!», esclamò Margot con tono trionfante. «State parlando di una fotografia».

«Ovvio», rispose Aimee tra le risate. «Sto iniziando una nuova vita. E in questa nuova e stupenda vita non c'è spazio per una vagina bionda di un metro e mezzo per due».

21. VIAGRA

«Non ti è piaciuto il vestito che ti ho comprato», disse Bill invece di ciao quando Brooke usò la sua chiave ed entrò nell'appartamento. Nella fresca penombra, Brooke si appoggiò a un pannello di legno esotico tutto intarsiato e lo osservò attentamente abbassando appena gli occhiali da sole. Malgrado fosse sontuosamente arredato, l'appartamento con dodici camere da letto era stracolmo di mobili costosi ricoperti da tessuti esageratamente delicati che le davano l'impressione che non ci fosse un posto per far riposare le chiappe. Brooke aveva ereditato un immobile simile dalla nonna materna e ci aveva vissuto per un po' prima di trasferirsi in un quartiere della città un po' più animato.

«Tesoro, tu sei tra quelli che credono ancora che Bean, Bass e i Fratelli Brook formino il triunvirato dell'universo della moda».

«Ma era meglio, no?»

«Meglio?»

«Dell'ultimo vestito che ho comprato».

«Oddio, sì. Il vestito per il ballo color pesca! Questo era molto meglio».

«Be', almeno è qualcosa. Non ti secca se continuo a provarci, no?»

«Sono la tua bambolina. Vestimi come ti pare».

«Veramente?»

«Be', no. Cioè, sì. Mi puoi comprare dei vestiti ma veramente, Bill, non posso prometterti che me li metterò. Cioè, fuori casa, ecco».

Brooke si alzò in punta di piedi per dargli un bacio. Perse l'equilibrio e si appoggiò leggermente a lui. Il contatto con quel corpo bellissimo e tonificato fece scattare in lei un piccolo interruttore che Brooke smorzò immediatamente. Avevano davanti una splendida serata e non voleva metterlo sotto pressione. Magari più tardi, o l'indomani mattina, avrebbe sollevato un argomento spinoso. Non aveva prove che andasse a letto con qualcun'altra, solo dei sospetti. Una volta pronto, le avrebbe detto cosa c'era che non andava.

Le scarpe col tacco color rubino la facevano diventare alta quanto Bill. Al pari di Brooke, Bill era alto, biondo e snello. Simili a un'armoniosa coppia di nobili dèi, quella sera erano stupefacenti insieme.

«Pensi sia meglio che mi metta quello col colletto alla coreana oppure quello con le punte?», le domandò Bill.

«Le punte vanno di moda, credo».

«Mamma ha detto quello alla coreana».

Brooke sentì, ma non rispose. Bill possedeva un vasto assortimento di smoking, uno più bello dell'altro.

Il suo Lavin color rubino era arrivato e la governante di Bill l'aveva appeso sul retro della porta della camera da letto di Bill. Brooke si tolse i vestiti e s'infilò sotto la doccia. Avvolta in un asciugamano, si cosparse il corpo di crema e si truccò il viso velocemente. Si mise il vestito e se lo sistemò addosso. Brooke aveva un modo molto tradizionale di diventare meravigliosa.

Bill la stava aspettando nell'ingresso quando scese i gradini saltellando, il vestito da sera rosso che le danzava attorno alle caviglie. La borsetta aveva una fascetta dorata che Brooke poteva sistemare attorno al polso in modo da poter mettere la mano in quella di Bill mentre ballavano. La lasciò ciondolare per un attimo nel momento in cui Bill si girò e lei si mise in posa con un "ta dah", per fargli ammirare il vestito.

Dal modo in cui la guardava Brooke sapeva che lui l'amava. Amava i suoi scherzi e amava il suo stile. Era persino arrivato ad amare i suoi tatuaggi che un tempo lo impressionavano. Amava i suoi dipinti e questo, per lei, voleva dire amare la sua anima. Amava i suoi piedi e le sue gambe, le sue dita e i suoi occhi. Con tutto quell'amore, di certo avrebbero trovato il modo di rimettere in carreggiata la loro vita sessuale.

«Il cellulare nella borsetta c'entra, ma se porto quello non c'entrerà più niente. Allora, cellulare e rossetto, oppure soldi, spazzola e rossetto? Che ne pensi?».

Bill le rivolse un sorriso assente.

«Andiamo», disse, e un sorrisetto malizioso gli apparve sulle labbra.

La serata di beneficenza per la lotta alla distrofia muscolare si teneva al Guggenheim, uno dei posti preferiti di Brooke. Ora che Bill era diventato giudice, tutti i suoi vecchi amici avvocati sollecitavano la sua presenza con energico fervore. Bill e Brooke erano al centro di violenti pettegolezzi cosa che allo stesso tempo li lusingava e li seccava. Tuttavia, Bill entrò nel museo con Brooke al braccio come un veliero che scivola su acque tranquille. Il volto calmo e sereno nascondeva il fremito che cominciava ad avvertire alle gambe.

«È bellissima stasera, signora Simpson», le disse con tono compiaciuto un giovane avvocato a cui sarebbe piaciuto toglierle il Lavin a furia di leccarla. «Ehi, Vostro Onore, le dispiace se ballo con la sua ragazza?»

«In realtà, sì», rispose Bill mentre sospingeva Brooke sulla pista da ballo.

«Buon Dio, Bill, sei parecchio possessivo stasera», disse Brooke.

Avendo frequentato le stesse feste per debuttanti e gli stessi balli alle superiori, Bill e Brooke conoscevano gli stessi valzer così come un cane conosce la sua cuccia di legno con la copertina di flanella. La mano di Bill trovò il fondo nudo della sua schiena mentre Brooke fece riposare le sue dita sul suo morbido collo. Poggiò la sua guancia sul suo petto, e il suo seno sul suo smoking. Quando si avvicinò alla parte inferiore del suo corpo sentì che aveva un'erezione.

Brooke incespicò un poco sui suoi tacchi rosso rubino.

«È a causa mia?», gli domandò e dato che non rispondeva si guardò attorno per vedere cosa fosse appena passato sotto gli occhi di Bill. Era il desiderio di trionfare sul giovane avvocato che lo aveva mandato su di giri?

«Sono i dipinti?»

«No».

«Le composizioni?», domandò e si riaccostò a lui mentre ballavano, tanto per essere sicura che ci fosse veramente. Di certo, qualcosa di grosso e caldo stava rovinando la linea liscia dei pantaloni dello smoking.

«Forse si tratta del vestito?», buttò lì Brooke.

«Sst! Balla con me e basta».

Scivolavano attraverso la pista da ballo stretti l'uno all'altra e Brooke non riuscì a impedire al suo sangue di affluire verso il centro delle gambe e di dar vita a una speranza calda e umida.

«È per causa mia?», chiese infine.

«No», rispose Bill. «Cioè, sì. È per te. Il mio medico mi ha prescritto una cosa. Aveva detto che ci volevano circa quattro ore per fare effetto, ma ha toppato di circa tre ore e mezzo».

«Stai scherzando», disse Brooke, smettendo di ballare.

«No, non sto scherzando e non ti azzardare ad allontanarti da me», rispose Bill, stringendola a sé.

«Non mi puoi tenere tutta la sera davanti al tuo problemino cresciuto grazie alla chimica».

«Sì che posso».

Brooke si scostò e si diresse dritta verso il bar, lasciandolo allo scoperto e facendolo sentire ridicolo. Si incamminò lentamente verso il tavolo che era stato assegnato loro. Si muoveva lentamente, come se non avesse alcuna preoccupazione al mondo. Chiunque avesse visto il disdicevole rigonfiamento nello smoking di Bill avrebbe certamente pensato che fosse un'ombra che attraversava il davanti dei suoi pantaloni e non la più grande e incontrollabile erezione che Bill Simpson avesse mai avuto. Con cautela Bill si mise seduto al tavolo e tirò fuori il cellulare.

Brrrrrrrrrring ba ba du dah! Il cellulare di Brooke si mise a squillare all'interno della sua minuscola borsetta da sera. Sapeva che era lui. Era seduto a pochi metri di distanza e l'aveva visto comporre il numero.

«L'ho fatto per te», le disse quando rispose. «L'ho fatto per farti felice».

«IO SONO FELICE!», urlò Brooke al cellulare. Lo chiuse di botto e in un attimo attraversò i pochi metri che la separavano dal posto in cui Bill era seduto. «PERCHÉ NESSUNO RIESCE A CREDERE CHE SONO FELICE?»

«Non urlare», la pregò mentre con un cenno salutava una faccia familiare e la moglie incinta della suddetta faccia.

Brooke si lasciò cadere sulla sedia accanto alla sua. Gli circondò le spalle col braccio e gli sussurrò all'orecchio:

«Io sono molto felice. E ti amo».

«Anch'io ti amo, Brooke. È solo che sono...».

«Cosa?», domandò Brooke. Lui le guardò il rosso perfetto delle labbra. Si mise a pensare al modo in cui quel rossetto faceva sembrare la sua bocca umida e seducente.

«Sei cosa?», lo incalzò Brooke.

«Sono giunto alla conclusione che... emh... io sono... emh... io non posso bastare a una donna eccitante e piena di vita come te», disse alla fine.

Brooke gli mise una mano in grembo e afferrò la sua sporgente erezione.

«Qual è la parte che non può bastare?». Brooke abbassò la

cerniera lampo e gli spinse gli slip da una parte. Bill boccheggiò quando gli afferrò il pene. Mise tutte e due le mani sul tavolo e si aggrappò alla tovaglia di lino bianco.

«Non basta il fatto che mi ami? Che mi ami da più di vent'anni?».

Bill avrebbe voluto rispondere, ma non gli venne in mente nemmeno una parola.

«Credo che per noi sia giunta l'ora di sistemarci e sposarci», disse Brooke con tono serio mentre gli accarezzava il pene eretto.

Bill sapeva che Brooke si meritava più di quanto potesse offrirle lui. Era convinto che meritasse un uomo migliore ma allo stesso tempo tremava all'idea che un giorno ne potesse incontrare uno. Credeva che un giorno avrebbero superato tutta questa faccenda del sesso e che sarebbero invecchiati insieme, mano nella mano. In quel momento, però, credeva fosse meglio tenersi stretto al tavolo mentre il sangue gli defluiva dalla testa.

«Brooke», ansimò, «fermati un attimo».

«Niente affatto», rispose Brooke mentre con la mano faceva su e giù, su e giù.

«Andiamo, aaaandiamo fuori nel patio», la supplicò. «Ti devo dire una cosa».

«Oh, salve signor Adelman. Signora Adelman», disse Brooke rivolgendosi a un'anziana coppia che si fermò al loro tavolo per presentare i loro omaggi a Bill.

«Penso che la tua linea di difesa nel caso Baldwin contro Sterling sia chiarissima», gli disse il signor Adelman.

«Grazie, Mark», rispose Bill con voce stridula. Gli Adelman assunsero un'aria preoccupata.

«Laringite», spiegò Brooke rapidamente. «La febbre è passata e il medico ha detto che sta bene, ma la voce ancora non è tornata».

«Un tè caldo col miele è il rimedio migliore per il tuo problema», suggerì il signor Adelman.

«Ohhhh! Bill, il miele, che bello», disse Brooke.

Bill riuscì soltanto a fare un cenno con la testa vero il signor Adelman mentre i testicoli si contraevano e si rilassavano, si contraevano e si rilassavano a tempo con le carezze sempre più insistenti della mano di Brooke.

«Calma sul serio la gola», confermò la signora Adelman.

«Vuoi che ti porti un po' di miele, Bill?», domandò Brooke continuando a muovere la mano soltanto dal gomito in giù, facendo attenzione a non alterare la linea diritta della sua spalla.

«Penso che starò bene anche solo se stiamo qui seduti, cara», rispose Bill.

Gli Adelman sorrisero e proseguirono per andare a salutare altri amici, del tutto inconsapevoli di ciò che stava accadendo sotto la tovaglia di lino bianco del tavolo numero cinque. Dopo tutto, Brooke era stata una debuttante e aveva imparato un paio di cosette durante tutti quegli interminabili balli.

«Andiamo a casa», le disse Bill appena gli Adelman se ne andarono.

«Restiamo», ribatté Brooke, sorridendo mentre sfregava e smanettava.

«Penso sia meglio andare».

«Ohhh! Guarda! Quello lì sul tavolo è burro?».

I loro sguardi si incontrarono e in un attimo Bill vide tutto ciò che avrebbe perso se avesse optato per la sincerità. Di colpo tolse il pene eretto dalla mano di Brooke e lo rimise nelle mutande.

«Il burro mi rovinerebbe lo smoking», le disse mentre con un unico movimento si allontanava dal tavolo e accendeva il cellulare per chiamare l'autista. Afferrò Brooke per il braccio e la trascinò attraverso la sala fino a raggiungere la porta.

«Buona sera, signora Crane. È bello rivederti, Ed. Ehi, Sal, come va col tennis?», diceva Bill, ricambiando sorrisi con sorrisi, cenni con cenni, battute vuote e buffe che nascondevano la forte stretta in cui teneva la mano di Brooke. Il vestito le svolazzava e le scarpe ticchettavano sul marmo mentre lo seguiva.

«Buona notte, Tomas. Ci dispiace dover andar via così presto. Bill ha un terribile mal di testa. Sì, sì, chiamami così ci vediamo».

Bill si fermò solo per aspettare che la porta girevole si svuotasse.

«Una festa magnifica», disse Brooke ai suoi ospiti mentre Bill la spingeva verso la strada attraverso la porta a vetri. L'auto stava accostando quando la baciò con violenza e poi la fece salire dietro.

«Guidi lentamente», ordinò Bill all'autista mentre chiudeva il divisorio tra i due abitacoli. Brooke sarebbe stata felice di aspettare finché non fossero arrivati a casa, ma Bill stava già sollevando le falde color rubino del suo vestito. Le avrebbe strappato le mutande, se le avesse avute. Si tirò giù la chiusura lampo dei pantaloni e, afferrando Brooke per il drago, si appoggiò al sedile di pelle dell'auto ed entrò dentro di lei con quella sua intensa e forte erezione.

«Ti amo, Bill», gli disse Brooke, ma già un attimo dopo non gliene importava più niente della sua risposta. C'erano delle cose da discutere ma i pensieri intelligenti stavano svanendo a favore dei sensi. Era come ai vecchi tempi, quando Bill la stava scoprendo e riusciva ancora a eccitarsi col sesso in ogni sua manifestazione. Allungò una mano per sfiorarle la bocca mentre lei si muoveva su e giù sul suo pene rigido. Arrivati alla Trentaquattresima Strada Brooke cominciò a venire. Iniziò dietro al collo e scese come un'onda giù per la schiena. Quando cominciò a mugolare: «Oh oh oh», Bill si mise seduto e la baciò sulla bocca, sul collo e sul seno.

Mentre tutto stava per finire, mentre si sentiva come se non sarebbe mai più stata capace di fare l'amore, cominciò a rendersi conto che lui non era venuto. Non c'era andato nemmeno vicino. Quell'erezione sembrava scolpita nel cemento.

L'autista accostò davanti a casa di Bill e attese ulteriori istruzioni.

«Faccia di nuovo il giro dell'isolato», gli ordinò con fare brusco dal sedile posteriore. Anche col traffico, non era un tragitto lungo. Brooke trovò le scarpe e Bill si rimise a posto i vestiti prima di entrare di corsa nell'atrio e salire su a casa.

Stava sdraiato nudo sul letto con un'erezione direttamente perpendicolare al soffitto. Un perfetto angolo di novanta gradi. Brooke uscì dal bagno e Bill si tirò su a sedere. Brooke fece scivolare a terra il vestito da sera e se ne liberò. Bill si alzò in piedi (ora la sua erezione era rigorosamente parallela al pavimento) e le baciò il volto e gli occhi e le labbra.

«Ti va di continuare?», le chiese.

Accennò di sì, sorpresa e compiaciuta che ne avesse voglia.

Gemiti per gemiti, la seconda volta non fu bella come la prima. In auto era stata una tale sorpresa far l'amore con lui che non era stata capace di pensare a nient'altro. A letto si rese conto che Bill non era più l'amante di una volta. Sentiva che non si appassionava al suo corpo come lei faceva col suo. Questa consapevolezza smorzò la sua passione. Mentre Bill si allungava per prendere il gel e entrarle dentro da dietro si rese conto che, anche se il suo corpo era stretto al suo, Bill non era con lei nel modo in cui lei era con lui. E alla fine, dopo averle procurato parecchi altri orgasmi soddisfacenti, non riusciva ancora a venire. In effetti, qualunque cosa facessero non riuscivano a far passare quell'erezione e alla fine decisero di farsi un bagno caldo per cercare di rilassarsi.

«Non toccarlo!», la avvisò Bill quando Brooke si infilò nell'ampia vasca di marmo.

«Non lo farò», promise Brooke. «Vuoi che ti lavi la schiena?»

«Sì, grazie», rispose Bill debolmente.

Quando finalmente si rimpicciolì fino a raggiungere delle dimensioni normali, Bill uscì dalla vasca. Si asciugò e si infilò nudo nel letto, accanto a Brooke.

«Ti amo», le disse e allora lei allungò una mano sotto le lenzuola e disse: «Lo so».

Una spossatezza tranquilla e beata scese su entrambi. Brooke era convinta di conoscere i suoi limiti. Aveva un pessimo gusto in fatto di vestiti, un ottimo gusto in fatto di arte. Forse con un urologo più bravo avrebbero superato questo piccolo ostacolo, o mancanza di ostacolo, nel loro rapporto. Nonostante tutto, Brooke era convinta che fossero incollati l'uno all'altra. E abbiamo tante cose per le quali essere felici, pensò Brooke, nonostante le evidenti imperfezioni della colla.

22. SESSO MEDIOCRE

Cercò di non guardare il livido sul suo viso e il sangue nell'occhio laddove l'aveva colpito. Lux stava lavorando troppo sodo per poter ripensare ai vecchi disastri.

Contrariamente al passato, non aveva avuto un'erezione immediata vedendo i suoi vestiti scivolare via dai capezzoli e cadere a terra. Lux si rotolò nelle coperte del letto, scostò il lenzuolo e si stese su di lui ma Trevor era ancora lì sdraiato, con uno sguardo confuso e addolorato sul volto e nessuna piacevole congestione vascolare ad aiutarlo nel suo disagio. Gli si strusciò addosso, lo leccò e lo stuzzicò ma ancora niente, finché non cominciò a toccare il quadratino di pelle tra i testicoli e il retto. Soltanto allora cominciò a gemere, improvvisamente traboccante di passione. A Lux venne in mente il modo in cui una pentola può traboccare all'improvviso e schizzare tutto sul fornello.

I documenti erano stati firmati e i soldi erano in banca. Lux era pronta a ritornare alla vita normale, a parte il fatto che avrebbe abitato a casa dei suoi e avrebbe avuto un altro lavoro. Sarebbe stato meglio così, ne era convinta. Non si sarebbero visti tutti i giorni e in tal modo lei non si sarebbe sentita così minacciata e presa in trappola dal suo amore. Quella sera, sul tardi, mentre infilava la chiave nella serratura, per un attimo pensò che sarebbe stato meglio telefonare prima. Ma avrebbe rovinato la sorpresa. Probabilmente Trevor pensava che Lux avesse bisogno di più tempo, ma in verità lui le mancava. Lux entrò nell'appartamento e andò dritta verso il letto.

Era ancora sveglio, appena uscito dalla doccia, sdraiato supino a fissare il soffitto e a ripensare alla sua recente perdita e al fatto di essere andato così vicino alla morte. Continuava a ripetere a se stesso che non si era trattato di morte. L'accaduto aveva minacciato soltanto il suo lavoro, la sua reputazione, ma non la sua vita. I lividi sarebbero scomparsi. Quando sentì la chiave nella serratura si girò di scatto verso la porta, il panico gli fece drizzare le spalle fino quasi alle orecchie. Cercò un'arma, un posto dove nascondersi, il telefono. Stava componendo il 113 quando la porta si aprì e si accorse che era lei. Lei, che poteva distruggere tutta la sua vita.

Eppure, quando si fermò nuda davanti a lui non riuscì a trovare le parole per dirle di andarsene. VATTENE, aveva urlato il suo cervello ma non riusciva a pronunciare quelle parole con le labbra. La paura che all'inizio aveva inibito l'erezione si calmò quando le sue mani presero a scorrere sul suo corpo. Calmata, non passata. Guardando la sua testa troppo rossa china sul suo sesso si sentì come un animale grosso e vecchio che si allunga a dismisura tra i rami di un albero troppo alto per poter afferrare un frutto zuccherino fuori portata. Ebbe la sensazione di stare lì lì per cadere e in effetti all'apice di quel penoso piacere Trevor frugò a tentoni sulle coperte in cerca di un ramo per tirarsi su e allontanarsi da lei. Lo avrebbe distrutto, lo sapeva.

Lux si stava dando da fare, impegnata a soddisfare il suo uomo. Margot aveva fatto un'ipotesi corretta, Trevor aveva un bel cazzo con cui lavorare; e all'improvviso a Lux venne in mente quello che aveva detto Brooke a proposito del fatto che se era troppo grosso poteva essere un problema. Trevor era sempre stato della misura giusta ma quella sera le facevano male le mascelle e le faceva un po' male la schiena. E non sembrava affatto più disposto ad amarla.

Gli mise le mani sulle cosce e lo accarezzò fino al torace. Lasciò che il pene le uscisse di bocca ed esercitò una lieve pressione sul suo torace per fargli capire che voleva che si rimettesse sdraiato sul letto. Trevor non si mosse. Lux si sollevò e lo spinse giù. Rimase lì sdraiato mentre lei gli montava sopra, si spingeva dentro il pene e cominciava a cavalcarlo. Dato che lui non era di alcuna utilità Lux si accarezzava il seno da sola. Le ci vollero tre o quattro serie di sfregamenti e cavalcate prima di farlo crollare.

Lux pensò al momento in cui si parte sulle montagne russe di un luna park, un sobbalzo veloce e brusco e poi di colpo sei proiettato nell'avventura. Quando finalmente Trevor si rianimò e cominciò a fare l'amore con lei sul serio Lux pensò: "Alla fine, ho vinto".

Il loro rapporto sessuale durò esattamente quindici minuti. Trevor venne e Lux no. Dopodiché rotolò via da lei e scusandosi andò in bagno. Un attimo dopo tornò in camera, la faccia rossa e umida per via di una sciacquata veloce, anche se troppo energica. Lux, un tantino stanca e confusa, gli sorrise nella speranza di essere contraccambiata.

«Lux», le disse Trevor, «rivoglio le mie chiavi».

«Oh!», esclamò Lux. «Ma...».

Ma prima che potesse protestare Trevor aveva già in mano la borsetta e stava togliendo dal suo mazzo le due chiavi che le permettevano di entrare a casa sua.

«Rivestiti, per favore».

Lux stava seduta lì sul letto, avvolta nelle lenzuola di puro cotone che la sua ex moglie aveva comprato in saldo da Macy. Quando era entrata da quella porta era partita dal presupposto di restare tutta la notte, se non per tutto il fine settimana. Era l'una di notte e non sapeva dove andare. Era troppo tardi per tornare in metro fino a Queens e non aveva abbastanza soldi per un taxi. Inoltre, perché voleva che se ne andasse? Gli aveva fatto riavere il suo lavoro. Il casino in ufficio era passato. Andando a casa sua, aveva voluto dimostrargli che poteva averla di nuovo. Qual era la parte che non aveva afferrato?

«Vestiti, Lux», ripeté ma lei rimase seduta lì, senza minimamente capire.

«Devi andare via. Vattene. Non puoi tornare mai più qui».

«Sì che posso. Adesso posso fare quello che voglio. Non ci lavoro più lì. Non ti devi preoccupare. Ho un po' di soldi, Trevor. Non ho bisogno di niente. Non ti ho mai chiesto soldi e sai una cosa, non mi servono, perciò fanculo. Voglio solo stare con te».

«Ho impacchettato le tue cose e le ho spedite all'indirizzo del tuo avvocato».

«Perché?»

«Vattene e basta», disse Trevor, che cominciava ad arrabbiarsi. Nessuno gli aveva detto niente, ma era convinto che al lavoro fosse in un periodo di prova. Era convinto di aver perso tutti i privilegi dell'anzianità e che sarebbe stato il primo a essere licenziato in caso di tempi duri. Alla fine della sua carriera doveva comportarsi sempre da vero leccapiedi come al principio. Senza alcuna ragione era costato allo studio quindicimila dollari. Aveva cinquantaquattro anni e non credeva avrebbe mai trovato un altro impiego se avesse perso questo. Tutto il suo benessere e la sua sicurezza erano scritti con l'acquarello su lenzuola di seta e lui ci aveva sborrato sopra, imbrattandole e rovinandosi la vita per questa ragazzetta graziosa e sboccata. Non poteva correre il rischio che qualcuno scoprisse cos'era successo quella notte.

«Non mi ami?», domandò Lux con rabbia, come se lui avesse infranto la sua promessa.

«Lux, te ne devi andare», rispose Trevor.

Lux non era pronta ad affrontare il fatto che la stesse lasciando. Per tutta la vita aveva combattuto con uomini che la volevano prendere, intrappolare, possedere e controllare. Non concepiva che qualcuno potesse veramente mandarla via, e quindi riusciva a concentrarsi soltanto sul problema pratico di dove andare. Il suo appartamento era a due passi, ma gli inquilini si erano già trasferiti. Era un bel viaggio per tornare nel Queens e non voleva prendere la metro con quella minigonna.

«Mi servono dei soldi», gli comunicò, «per il taxi».

Si alzò dal letto di Trevor e andò nuda verso la doccia. Il bagno si riempì di vapore mentre Lux si lavava. Usò un paio di asciugamani puliti e li lasciò ammucchiati per terra. In camera da letto, Trevor la guardò mentre si rivestiva in silenzio e con comodo.

Lux chiuse il gancetto del reggiseno rosa di pizzo che lasciava intravedere il seno attraverso il top che indossava. Ritrovò il minuscolo pezzetto di tessuto che si spacciava per slip, ma non se lo infilò. Di proposito si mise le scarpe col tacco alto che si era fatta prestare da Jonella e poi cominciò a muoversi per la stanza, le mutandine appese al dito, in cerca della gonna. Quando la trovò, si girò con la schiena verso Trevor e si chinò fino a terra per tirarla su. Si mise in ascolto con attenzione in attesa dei gemiti e dei fischi e degli "oh piccola" che sarebbero dovuti uscire dalla sua bocca, ma Trevor era seduto sul letto e aveva l'aria un po' abbattuta. Le palme delle mani erano serrate l'una contro l'altra e stava meditando sull'uguale curvatura delle cuticole che aveva sui pollici.

«Trevor», lo chiamò Lux. Non aveva intenzione di dirlo con quel tono rabbioso. Avrebbe voluto dirlo con un tono dolce e tenero, ma la sua voce suonava dura per il suo accento del Queens e perché la stava cacciando via come un cane bastardo, un cane da combattimento che conosceva il canile e tutto quello che lo aspettava lì. Stava in piedi con la sua giovinezza, le sue scarpe col tacco alto e nient'altro, in attesa che lui la guardasse. Ci volle un po', e quando alla fine Trevor alzò lo sguardo pieno di tutto tranne che d'amore e desiderio, finalmente Lux capì che era finita. Infilò le sue gambe lunghe nelle minuscole mutandine e poi nella gonna. Dopodiché afferrò la borsetta e si mise davanti a Trevor con la mano protesa.

Trevor aprì il portafoglio e le mise trenta dollari in mano. Erano più che sufficienti per prendere un taxi fino a casa di sua madre ma Lux restò ferma per chiederne ancora. Trevor le diede un altro pezzo da venti ma Lux non strinse la mano attorno ai soldi per poi andarsene. Aggiunse altri due pezzi da venti.

«Ancora», disse Lux.

Un biglietto da cinquanta dollari fu posato con rabbia in cima alla pila di soldi ma anche quello non sembrò placare la furia di Lux. Altri due pezzi da cinquanta e tre banconote da cento. E tuttavia lo stava ancora fissando.

«È tutto quello che ho nel portafoglio, Lux».

Immaginò di trascinarlo a un bancomat per costringerlo a prelevare il limite giornaliero di contanti, ma in quel momento magari si sarebbe messa a tremare e non voleva che lui la vedesse. Perciò richiuse di scatto la mano attorno ai soldi, si avviò ticchettando verso la porta d'ingresso e uscendo da casa sua gli mostrò il medio. Vaffanculo Trevor, avrebbe voluto urlargli, ma dato che a malapena riusciva a respirare non si azzardava a strillare.

Quei cinquecentoquaranta dollari di Trevor in tasca le sembravano duri e compatti e Lux si domandò se la zia "Chi? Ah sì, quella!" avesse provato quella stessa rabbia verso tutti gli uomini con cui era andata a letto. Si avviò lungo la strada cercando di trovare un taxi ma nel tranquillo quartiere residenziale di Trevor c'era poco traffico a quell'ora. Lux camminava rasente al muro, improvvisamente a disagio con quei tacchi troppo alti e quel completino pittoresco che aveva messo insieme nella speranza di infiammare il suo vecchio amante. Il mondo era tranquillo e deserto e Lux si mise a correre verso le luci di una strada più grande.

Scelse un localino affollato con una cameriera che aveva troppo trucco, il tipo di ragazza che dà l'idea di prendere l'autobus all'alba per tornare a casa.

«La zuppa di piselli è buona?», domandò Lux, la faccia sprofondata nel menu.

«Se ti piace densa e con un sacco di prosciutto», le confermò la cameriera.

Lux alzò lo sguardo, mostrando alla cameriera lunghe strisce di mascara, il simbolo convenuto nel mondo occidentale per indicare un brutto appuntamento che si è trasformato in un disastro.

«Si può avere un caffè?», chiese Lux.

«A quest'ora?», la ammonì la cameriera. «Ti farà uscire pazza. Ti posso fare uno zabaione».

«Mio fratello mi portava giù a prendere lo zabaione quando mia madre stava troppo male per cucinare. Mi diceva che era fatto con le uova e che mi faceva bene».

«Infatti ti fa bene», le confermò la cameriera. «Lo vuoi?»

«Noo. Solo la zuppa. Grazie però».

Lux le restituì il menu. La cameriera fece un'ordinazione urgente e le portò la zuppa con un po' di pane caldo in più, del burro e un pacchetto di fazzolettini di carta. Avrebbe voluto dire a quella sua cliente così carina con gli occhi da orsetto lavatore che chiunque fosse il tipo non ne valeva la pena. Oh, quante storie avrebbe potuto raccontare quella cameriera su amori perduti e begli uomini che erano degli stronzi crudeli.

«Tutto ok?», le chiese mentre posava il pane.

«Lo sarà».

«Già».

Lux si posò sugli occhi il primo fazzolettino di carta bianca e ruvida e lo tenne premuto lì, lasciando che la velina bianca e sottile catturasse la successiva cascata di lacrime che le portarono via altro trucco dagli occhi per riversarlo sulla faccia. Se la vita sarà sempre così difficile, pensò Lux, mi dovrò comprare una matita per gli occhi resistente all'acqua. E allora le scappò una risata simile a un singulto che mise in moto le lacrime. Moccio e mascara si riversarono nel delicato fazzolettino finché Lux si alzò per andare in bagno.

Seduta sulla tazza, Lux stava tentando di decidere cosa fare e dove andare. Immaginò di raccontare l'intera scena a Jonella. Che cosa avrebbe detto e come l'avrebbe presa in giro per essere stata scaricata per la prima volta, e come avrebbe esultato per quel pugno di soldi.

«Dammene un po'», le avrebbe chiesto Jonella. «Andiamo a comprarci qualche vestito, e un po' d'erba. Andiamo in un locale. E dai, non fare la smorfiosa, questo è il saldo finale. Andiamo a divertirci».

Lux cancellò Jonella dalla lista. Non aveva voglia di divertirsi e non era più attratta dalle droghe fin dai tempi delle elementari. E aveva intenzione di spendere i soldi di Trevor per un lavandino nuovo nel suo prossimo appartamento.

Se l'avesse raccontato a Carlos avrebbe recitato la parte del tipo sensibile (forse) ma solo per infilarsi nelle sue mutande. Se fosse andata a casa, quei fantasmi che un tempo erano la sua famiglia, quegli strafattoni che bevevano birra e si facevano le canne davanti ai reality show l'avrebbero fissata e le avrebbero detto qualcosa che rasentava il conforto o la filosofia, a patto che avessero avuto la forza di pronunciare le parole in modo abbastanza chiaro da essere comprese. Tutta quella gente le voleva bene e Lux vedeva il loro affetto come fosse veleno. Perciò, seduta sulla tazza del bagno del locale, Lux accese il cellulare e chiamò Brooke.

23. FORMAGGIO E COMPRENSIONE

B*rrrrrrrrrring ba ba du dah*! Il cellulare di Brooke si mise a squillare all'interno della sua minuscola borsetta da sera. Bill la guardò da sotto le lenzuola. Erano sdraiati nudi a letto, si tenevano per mano e stavano parlando di tutto fuorché della cosa che lui aveva bisogno di dirle. Brooke si allungò sul suo torace nudo e prese il telefonino.

«Uhm, pronto?», rispose Brooke, curiosa di sapere chi fosse a chiamarla a quell'ora. «Lux? No, sì, certo che hai fatto bene a chiamarmi. Ti avevo detto in qualunque momento, no?».

«Conosci qualcuno che si chiama Lux?», domandò Bill.

«Sst! Che è successo? Davvero? Merda. Wow. Mi dispiace. Sì, no, mi piacerebbe che tu venissi da me, ma non sono a casa».

«Si chiama veramente Lux?».

«Sst! No, sono a casa di un amico. Però ho la macchina, be' è la macchina di mia madre, e posso venire a prenderti».

«La puoi portare qui», disse Bill. «Preparerò un po' di formaggio. Cioè, se si chiama veramente Lux. Chi è che chiama un bambino Lux? Forse i genitori erano insegnanti di latino. È francese? Com'è? È interessante? Di dov'è?».

«Sst! Ascolta, sto a casa del mio amico Bill. Sta al numero 8 della Quinta Strada. Ce la fai a venire qui? All'attico. Ah, devi dire al portiere che vai a far visita all'Onorevole Bill Simpson. È molto severo, specialmente dopo mezzanotte, ma gli lascerò il tuo nome così ti farà salire. Hai un tono di voce terribile. No, ovvio che va bene. Noo, non stavamo facendo niente. Ti avevo detto in qualunque momento, no? Perciò sbrigati a raggiungerci. Bill dice che preparerà un po' di formaggio».

«Del Queens», rispose Brooke appena spento il cellulare.

«Conosci gente del Queens?»

«Solo una persona e sta venendo qua perciò vestiti».

Quando aveva detto che avrebbe preparato un po' di formaggio Bill Simpson intendeva dire che avrebbe preparato un misto di formaggi, con dei cracker, un po' di paté avanzato e del salmone affumicato su un vassoio d'argento, con tovagliolini di lino. Rimase stupefatto quando Lux, con quella sua gonna troppo corta e troppo sgargiante, avanzò sul magnifico parquet della casa che aveva ereditato da sua nonna.

Quando Lux uscì dall'ascensore e si trovò dinanzi a una serie di enormi porte di mogano dipinte di rosso sangue e lucidate fino al massimo dello splendore pensò che di sicuro si trovava nel posto sbagliato. Suonò il campanello e udì all'interno la voce di Brooke che gridava «È aperto».

Lux entrò in casa di Bill Simpson e si guardò attorno. Sbarrò gli occhi per lo stupore. Quello lì non era un appartamento ma l'ufficio centrale di una grande banca del centro. Un quadro enorme, dipinto da Brooke, stava appeso nell'ingresso. Il quadro rappresentava due uomini in abiti eleganti seduti ai lati opposti di un grande e magnifico divano. Uno spaniel sdraiato sul tappeto stava guardando con affetto l'uomo alla sua destra. L'uomo sulla sinistra stava accarezzando un micino addormentato che gli si era raggomitolato in grembo. I due stavano seduti rigidi e perfetti, separati da un oceano di raffinata tappezzeria.

«Ti piace quel quadro? È il mio preferito», le spiegò Bill allegramente dato che Lux sembrava non avesse intenzione di smettere di guardare la tela.

«Questa è casa tua», dichiarò Lux, fissando ancora il quadro.

«Sì, ora lo è».

«E quello è un quadro che hai scelto. Oppure Brooke l'ha dipinto apposta per te?»

«L'ho comprato a una delle sue prime mostre. Me ne sono innamorato. Come fai a sapere che è uno dei quadri di Brooke?»

«Facile», rispose Lux, fissando ancora il quadro. La firma era troppo piccola per poter essere letta dal punto in cui si trovava Lux ma dopo svariate visite allo studio di Brooke il suo stile era diventato inconfondibile.

«Che ne pensi?», le domandò Bill.

«Di pittura non ne so nulla, a parte il fatto che un sacco di gente preferisce il beige al viola, il che è una follia, però penso che faresti meglio a vivere in un posto dove ti senti veramente a tuo agio».

«Che intendi dire?», domandò Bill mentre il suo sguardo vagava per quell'appartamento così sontuoso.

«No, cioè, è veramente bello», disse Lux, «ma tutti i ragazzi gay della mia scuola sognavano di trasferirsi in posti tipo Greenwich Village, no?, oppure quell'altro posto a Rhode Island. O è a Cape Cod?»

«A Cape Cod», rispose Bill con le labbra secche.

«Ah», esclamò Lux. Non voleva fargli un test, ma il fatto che Bill avesse capito subito che si stava riferendo alla comunità gay di Princetown le diede la conferma che Bill o era omosessuale o era un chiaroveggente.

In qualità di giudice, Bill Simpson aveva imparato a non mostrare i suoi pensieri e quindi la guardò soltanto e Lux ricambiò lo sguardo. In piedi sulla magnifica scala intenta a seguire lo svolgersi della scena, Brooke scoppiò a ridere.

«Bill non è gay, Lux», esclamò Brooke ma gli interruttori nel suo cervello avevano già cominciato a scattare.

I pensieri le turbinavano in testa. Lux aveva dato a Bill dell'omosessuale, pensò Brooke. La prossima volta gli avrebbe dato del cocker spaniel.

«Davvero? Gesù, mi dispiace. Io… oddio, immagino di non avere incontrato molti uomini che sono così… ecco… precisini come te. E che… emh… stanno dritti come te». Lux esitò, si sentiva come se fosse entrata in casa con la cacca attaccata sotto le scarpe. Vera cacca, non immaginaria. Per quanto ne sapeva lei, il ragazzo di Brooke era gay.

«Non ti preoccupare», la rassicurò Bill con cordialità.

«Ah, ok», gli rispose. «Io mi chiamo Lux».

«Signor William Bradley Simpson IV, ho il piacere di presentarle la signorina Lux Kerchew Fitzpatrick», annunciò Brooke, domandandosi quali altre scintille potevano divampare dall'incontro di Lux la stravagante e l'austero e moderato Bill. Bill gay? Che strano da parte di Lux dire una cosa simile.

«Lux et Veritas? Tuo padre ha studiato a Yale?», le domandò Bill.

«No», rispose Lux.

«Tua madre, allora?», continuò Bill.

«Mia madre che?»

«Ha frequentato Yale?»

«No. Viene dal Jersey ma si è diplomata alla Thomas Jefferson a East New York perché si erano trasferiti lì dopo la morte di mio nonno però lei si sente ancora una ragazza del Jersey. Strano, eh?»

«Ehm, sì».

«Senti un po', tu sai che significa la parola "lux"?», gli domandò Lux.

«Sì», le rispose Bill allegramente e poi aspettò che glielo dicesse.

«E che significa?»

«Oh», esclamò Bill ridendo, colto alla sprovvista. «Significa "luce" in latino. E la frase latina "Lux et Veritas" significa "luce e verità". È il motto della mia università. Yale. Ed ecco perché ho pensato che forse anche tuo padre era andato a Yale».

«Alla Thomas Jefferson. Anche lui».

«E Kerchew?», continuò Bill con il garbo della nonna. «È un nome di famiglia?»

«È il rumore che fa uno starnuto», rispose Lux, distratta, con lo sguardo che si spostava sugli altri quadri e sui libri disposti in fila lungo le pareti della stanza accanto. Bill, affascinato, la seguì in soggiorno offrendole delle comode pantofoline, un accappatoio e della crema per il viso veramente ottima per alleviare l'irritazione provocata da lacrime e fazzolettini di cattiva qualità.

Si sistemarono in cucina e la storia fu sviscerata. Lux cominciò secondo un ordine cronologico inverso, dal momento in cui era stata mollata, al racconto del sesso mediocre fino alla faccenda degli atti legali. La storia s'ingarbugliò ulteriormente quando Lux raccontò a Brooke e a Bill di Carlos, di Jonella e degli immobili della zia "Chi? Ah sì, quella!". Bill restò a bocca aperta quando Lux gli mostrò il mignolino storto. Brooke le tenne la mano e concordò con lei sul fatto che Trevor fosse stato un vero maiale, senza accennare al fatto che capiva anche il punto di vista di Trevor.

«Puoi trovarti un altro lavoro del cavolo», le disse Bill mentre spalmava del morbido brie su un cracker e lo passava a Lux. «Ma devi guardare oltre. Dovresti deciderti a prendere un diploma di laurea. L'educazione è molto importante se vuoi conservare i soldi. E magari dovresti diversificare i tuoi investimenti. Cioè, gli immobili vanno bene ma se la barca affonda, affonda anche tutto il carico».

«Oddio, hai ragione», disse Lux. «Ok, ma dici di comprare qualcosa tipo le azioni, giusto? E come, cioè, come si fa? Cioè, come fai a sceglierne una? E poi, sì, cioè, a chi dai i soldi e come glieli porti?».

Ogni Cenerentola ha bisogno di una fata buona, pensò Brooke mentre Bill illustrava a Lux il modo per mettersi in affari con una società di intermediazione. Be', non proprio una "fata", si corresse Brooke. E poi si preoccupò del perché avesse sentito il bisogno di correggersi per quell'allusione del tutto comprensibile. Brooke ascoltava mentre Bill raccontava a Lux dell'enorme attico che aveva ereditato da sua nonna, dell'origine delle parti in legno della casa, delle piastrelle d'importazione e dei mobili inglesi in biblioteca. Brooke rimase sorpresa nel sentirgli dire che quelle stanze lo deprimevano, che avrebbe desiderato vivere altrove senza un portiere che stava lì a osservare chi andava e chi veniva. Brooke cercò di concentrarsi su Bill e Lux ma la sua mente stava rivedendo e riesaminando ogni particolare della sua vita erotica con Bill.

«Sì, ho visto qualcuno di quegli appartamenti in centro. Sono carini, ma sono parecchio al di fuori dalla mia portata», stava dicendo Lux a Bill. «Mi sto concentrando su roba tipo appartamentini in condominio in quartieri decenti che hanno bisogno di qualche lavoretto. Io mi posso occupare dei lavori, ma ho paura di restare fregata con una grossa ipoteca se un inquilino, cioè, mi molla all'improvviso. Il mio avvocato dice che dovrei essere più coraggiosa perché posso ottenere un prestito in cambio di un'ipoteca, però non lo so, mi sembra troppo rischioso. Hai capito che voglio dire? Come una specie di piramide che potrebbe crollare in un… cioè, in un secondo».

«Penso che quando avrai tre o quattro posti di tua proprietà, affittati a lungo termine a dei buoni inquilini, ti sentirai più tranquilla e potrai investire il tuo capitale in altro…».

«Che è il mio capitale?», lo interruppe Lux.

«I tuoi soldi», intervenne Brooke offrendole del paté.

«Cos'è?», domandò Lux sbirciando quel blocco grigio marrone.

«Paté», rispose Bill.

«Stai scherzando!», ribatté Lux infilandoci dentro un coltello per poi portarselo direttamente alla bocca. Con la lingua si ficcò il paté in bocca, appiattendolo contro il palato, poi di colpo si bloccò.

«Non ti piace? È andato a male? È cattivo?», domandò Bill, mentre annusava il paté.

«Per come ne parlano tutti, pensavo fosse dolce», disse Lux mentre cercava di tenere sotto controllo nella sua bocca quella pasta di fegato ribelle. «Sa di fegato».

«È fegato».

«Eh? Che schifo!».

Bill le passò un tovagliolino di lino ricamato con lo stemma di famiglia. Lux sputò il fegato nel tovagliolino e lo buttò nell'immondizia. Si misero a mangiare e a parlare di moltissime cose diverse: del nuovo dipinto di Brooke, della persona giusta a cui poteva rivolgersi Lux per trovare un altro lavoro, delle tende nuove nello studio di Bill, della scuola in cui Lux poteva seguire dei corsi, e di cosa avrebbe dovuto fare Lux col suo capitale, con i capelli, con la sua stupenda vita. Era una bella conversazione. E mentre parlavano, la lunga notte di sesso e rifiuto cominciò a farsi sentire sui muscoli del collo di Lux. Quando si accorse di non poter tenere su la testa per un altro minuto, Bill la esortò a scegliersi una camera da letto e andarsene a dormire. Lux scelse la camera color lavanda. L'indomani mattina, sdraiata tra le lenzuola color lavanda e fissando le pareti color lavanda, si sarebbe meravigliata che il suo amato viola potesse essere così diffamato e così raffinato allo stesso tempo.

Brooke le augurò la buona notte e chiuse la porta. Tornò al centro dell'appartamento e trovò Bill nell'ingresso, in piedi davanti al dipinto che aveva acquistato da lei molti anni prima. Brooke mise le braccia attorno alla sua schiena liscia e gli disse, scherzando, in un orecchio:

«Possiamo tenerla, papino? Possiamo tenerla, eh? Eh?»

«È una cannonata», concordò Bill, continuando a fissare il dipinto.

«Possiamo adottarla?»

«Mhmmmm», mormorò Bill, la mente altrove.

«A che stai pensando?», gli domandò Brooke.

«A com'è vivere una vita priva di prospettive», rispose Bill. «Com'è essere una persona da cui non ci si aspetta nulla? Una persona senza alcuna responsabilità. E poi, immagina di avanzare di qualche gradino partendo dal niente. Supponi ad esempio che un giorno riesci ad acquistare dei titoli. Sarebbe un giorno da festeggiare alla grande? Com'è essere una persona in cui nessuno crede? E che nessuno osserva in cerca di indizi di felicità?»

«Libera, divertente, triste, terrificante. Qual è la differenza? Non si tratta di noi».

«Credo che avrei potuto essere un ottimo presidente», disse Bill.

«Presidente di cosa?», gli chiese Brooke mentre faceva scivolare le braccia e lo teneva stretto da dietro.

«Degli Stati Uniti d'America».

Brooke, che rideva per qualsiasi cosa, non rise.

«L'hai dipinto per me?», domandò Bill indicando il ritratto dei due uomini seduti ai lati opposti del divano. «Intendevi dipingere due gay, due amanti seduti in pubblico che non mostrano alcun affetto l'uno per l'altro?»

«No», rispose Brooke, sentendo quasi freddo all'improvviso. «È questo quello che ci vedi?»

«No, no, no. Ma quella ragazza, lei l'ha visto subito. Qualcun altro lo vede? Brooke, tu lo vedi?».

Il panico gli aveva stretto la gola e l'ultima domanda venne fuori in un tono più acuto della normale tonalità da baritono di Bill.

«Di che parli?», chiese Brooke. Il suono della sua voce la spaventava.

Bill prese la mano di Brooke e la tenne a lungo sulle labbra prima di baciarne il palmo. Non voleva perderla. Da più di vent'anni era sua moglie in tutto tranne che per il sesso, la fedeltà e la convivenza. Quella sera aveva fatto per lei qualcosa di stupido e speciale allo stesso tempo, quando aveva provato a cambiare se stesso per farla felice.

«Quello che ho fatto stasera, l'ho fatto perché ti amo. Mi sento come se avessimo setacciato le acque della sperimentazione sessuale e avessimo scoperto quella cosa che a volte rimane quando muoiono la passione e il romanticismo».

«Non capisco», disse Brooke, anche se in cuor suo sapeva.

«Niente», aggiunse Bill, «sto solo... immagino che sto cercando di dirti che ti amo».

«È tutto quello che volevi dirmi?», domandò Brooke.

Dopo una festa costosissima e grandiosa, il nonno paterno di Bill si era sparato alla testa nel giorno del suo cinquantesimo compleanno. Il padre di Bill, malgrado conoscesse alcuni tra i migliori oncologi della città, non si era sottoposto ad alcun trattamento per un banale cancro finché la malattia non era diventata troppo complicata e invasiva, tanto che la morte aveva seguito di poco la diagnosi.

Nessuno aveva parlato a Bill delle sofferenze di quei due bellissimi e infelici omosessuali, torturati dal sesso, ma sua madre e sua nonna avevano sorvegliato la sua crescita come due leonesse che proteggono l'ultimo leoncino vivo. L'avevano sorvegliato troppo da vicino, in ansiosa attesa del raggiungimento della sua maturità sessuale. Avevano trasmesso il loro terrore a Bill.

L'arrivo di Brooke, giovane e attraente, aveva reso tutti più sereni per molti anni. All'inizio della loro vita sessuale, l'eccitazione di ritrovarsi nudi e da soli aveva sommerso ogni loro specifico desiderio. Era tutto nuovo e bello. All'università avevano fatto entrambi degli esperimenti, a volte insieme. Col passar del tempo, Brooke aveva perso il gusto per molte delle cose che l'avevano attratta in gioventù tipo le orge a tre, il rum e cola, e le ragazze. I gusti di Bill erano cambiati in maniera simile.

Quando Bill era giovane e spensierato e beveva parecchio, avrebbe infilato il pene praticamente in qualsiasi cosa, com'è naturale per tutti i ragazzi giovani e spensierati che bevono parecchio. A venticinque anni il suo amore per Brooke era intenso ma il desiderio del suo corpo stava cominciando lentamente a scomparire. Avevano cominciato a farsi strada altri desideri. Bill li aveva allontanati da sé, aggrappandosi a Brooke e al suo rifiuto. La menzogna si era ingigantita e Bill non era riuscito a fermare la melma che di conseguenza s'infiltrava nei suoi rapporti più importanti come un veleno senza nome. A trentasette anni, dopo essere stato da numerosi urologi, Bill rifiutava ancora di ammettere, persino a se stesso, che era un omosessuale incallito. Preferiva essere un eterosessuale impotente. Quell'anno Brooke si era fatta il suo primo tatuaggio.

La sua omosessualità aveva una natura debole e semplice. Bill desiderava dei corpi robusti e rigidi e non delle aperture morbide e umide. Aveva continuato a fare l'amore con Brooke tutte le volte che poteva perché aveva paura di perderla. Le sue prestazioni sessuali erano impeccabili e la cosa lo aveva aiutato a credere nella menzogna che aveva propinato a se stesso a proposito dei suoi desideri. Recitava la parte dell'amante di Brooke in maniera brillante, come se la sua vita dipendesse dal convincerla che la passione per il suo corpo fosse vera.

Ma per fingere ci voleva un'enorme dose di energia e con gli anni la cosa lo aveva consumato. Quando aveva compiuto trentanove anni, la madre di Bill, Eleanor, aveva cominciato a preoccuparsi per lui in un altro senso. Quando si era accorta che la depressione che aveva tormentato il marito stava divampando nel figlio, Eleanor aveva deciso di accettare la sua omosessualità, ma a quel punto non poteva far sparire la paura e il disgusto di sé che aveva silenziosamente instillato in quel suo leoncino grande e biondo.

Quando la nonna era morta e Bill aveva ereditato un'enorme

quantità di soldi e diverse proprietà, dopo il funerale Eleanor lo aveva preso da parte. Nella calura di un agosto a Palm Beach, lo aveva portato giù in spiaggia, lontano da casa, dove nessuno, a parte i frangenti, avrebbe potuto ascoltare e gli aveva detto che a essere un omosessuale non c'era nulla di male.

«Perché mi dici questo, mamma?»

«Perché tuo padre e Miles Randolph non hanno mai giocato a golf in tutta la loro vita».

«Il signor Randolph?»

«Sì».

«Oh mio Dio, al funerale piangeva così forte!».

«Esatto».

«Wow».

«Miles Randolph amava tuo padre. E anch'io».

La madre di Bill aveva allungato un braccio e aveva afferrato la pallida mano del figlio. Si era alzata e aveva scostato i capelli biondi che gli coprivano gli occhi verdi e aveva detto al suo ragazzo: «Bill, desidero solo che tu sia felice».

E così Bill ci aveva provato. Era andato in Messico e ci aveva provato. Era andato a Bangkok e si era sforzato tantissimo. Aveva trascorso un sacco di tempo a Parigi, cercando di essere felice, e qualche volta ci era riuscito; ma ogni volta che tornava a casa aveva trovato il peso di quei mobili di mogano e dei legami familiari e lo sguardo dei colleghi aveva fatto rapidamente a pezzi la sua felicità. Persino tra i suoi amici gay sentiva di dover nascondere il suo desiderio per quegli uomini stupendi che oziavano accanto alla piscina. Forse erano stati tutti quegli anni vissuti sotto lo sguardo vigile delle due leonesse in cerca di un segnale di pericolo a fargli temere di metter piede fuori dal suo studio. Eppure, era un uomo passionale che aveva bisogno del sesso.

Quando aveva bisogno d'amore chiamava Brooke. Lei si accorgeva che perdeva l'erezione appena si toglieva il reggiseno. Si chiedeva come mai passasse la maggior parte delle vacanze a divertirsi in Francia. Non le era venuto in mente che stesse giocando per un'altra squadra, finché Lux non le aveva aperto gli occhi.

«Lo so che mi ami, Bill, ma c'è qualcos'altro che mi vuoi dire?», gli domandò Brooke, che ancora non riusciva a credere che l'uomo con cui aveva fatto l'amore tre volte in una notte in realtà non era attratto dalle donne. Si concesse di trascurare il particolare che avesse fatto ricorso alla chimica per fare in modo che accadesse e che non era neanche venuto.

«Brooke, io ti amo», farfugliò Bill.

«E a questo eravamo già arrivati», rispose lei.

«E sono...», continuò Bill e poi si interruppe. Si rifiutava di affidarsi a un aggettivo specifico.

Brooke rimase in attesa. Il silenzio crebbe finché Bill non sentì di doverlo riempire.

«È solo che di tanto in tanto mi ritrovo a fissare degli uomini attraenti», disse Bill come se non fosse nient'altro che il comma di una particolare ordinanza di legge. «Tom McKenna, ad esempio, il giocatore professionista del circolo del golf. È un uomo molto attraente e io... emh, non credo che sia un'attrazione anormale. E la cosa finisce lì».

Il misuratore di cazzate di Brooke si accese all'istante, registrandone un'alta percentuale nella dichiarazione di Bill. Avrebbe dovuto arrabbiarsi con lui, ma era palese che Bill stava soffrendo terribilmente.

«Da quanto tempo senti quest'attrazione?», gli domandò Brooke e allo stesso tempo si chiese da quanto si era accorta della cosa. Quando Lux l'aveva chiamata col suo nome, una specie di virus era penetrato nei ricordi di Brooke, riportandole alla mente dei momenti particolari, degli sguardi, dei gesti. Da quanto lo aveva capito?

«Da Jack Berenbott», rispose Bill.

Jack era un vecchio compagno di scuola che avevano incontrato mentre erano in vacanza a San Kit. Aveva flirtato con Brooke e Brooke aveva flirtato con lui. Quando Jack aveva suggerito una cosa a tre, Bill aveva acconsentito, convinto di voler vedere Brooke completamente soddisfatta. Quando fu tutto finito provò a dire a se stesso di averlo fatto per lei, ma in realtà l'aveva fatto per vedere Jack.

«Così tanto?», esclamò Brooke a bocca aperta, sentendosi un'idiota.

«Credevo di poterlo superare», disse Bill.

«Superare!», esclamò Brooke. «Non si tratta di una corsa, Bill».

«Non sono del tutto gay, Brooke», continuò Bill. «Non completamente. Voglio dire, se lo dovessi rappresentare con un grafico, ti accorgeresti che la curva tocca molti, molti più punti nella parte etero che in quella gay».

«A parte il fatto che vuoi andare a letto con gli uomini», disse Brooke.

«No. Ho fatto qualche esperimento. Tutto qui», continuò Bill. «Il mio cuore ti appartiene».

«Ma il tuo cazzo appartiene a Jack Berenbott».

Bill rimase a lungo in silenzio.

«Posso darci un taglio», disse con estrema serietà.

«Al tuo cazzo?», domandò Brooke.

«No! A questa faccenda di essere gay. Non è la parte più importante di me. Sul serio. Io ti amo. Ti ho amata dalla nostra prima sbronza a casa di tua nonna. Posso cambiare per te».

Brooke non rispose.

Si voltò per guardare il ritratto degli amanti che non si sfioravano. Avrebbe voluto fingere che Lux si era sbagliata alla grande. Lux era entrata in casa di Bill e aveva detto ciao al gorilla in tutù che da anni viveva tranquillamente in quella casa. Ora che il gorilla aveva un nome, non sarebbe ritornato nell'ombra.

«Ci sono stati solo un paio di uomini», disse Bill con sincerità. E, dato che era convinto che il sesso fatto al di fuori degli Stati Uniti non contasse veramente, credeva sul serio che fosse la verità. «E non faccio l'amore se non con te da almeno cinque anni. Voglio stare con te più d'ogni altra cosa al mondo. Sei la cosa più bella della mia vita».

Brooke cercò di elaborare le informazioni. Ripensò a tutte le volte che aveva fatto l'amore con Bill. Lux doveva essersi sbagliata. Una pazzerella del Queens. Ma che ne sapeva?

Brooke si trovava nell'ingresso dell'appartamento. A un tratto tutto ciò che riuscì a vedere fu quella notte a San Kit quando avevano fatto l'amore con Jack Berenbott. Ripensò attentamente alla serata, ma non riuscì a trovare un solo indizio. Si erano divertiti con Jack, poi erano tornati in camera e avevano fatto l'amore loro due da soli. Da allora a oggi c'erano stati anni di ottimo sesso. Doveva pur contare qualcosa.

Poi paragonò il sesso di un tempo con l'impotenza di oggi. Magari avevano solo bisogno di una pausa. Magari Bill riusciva a controllarsi. Ma lei voleva che lui si controllasse? Voleva davvero impegnarsi con qualcuno che tratteneva sempre il respiro? Cominciò a farle male la testa. Era troppo complicato. Si trovava alla fine della piattaforma continentale. All'improvviso tutto quello che aveva davanti era l'oceano.

«Vado a casa ora», disse. «Ti dispiace farmi portare l'auto?».

24. LA VINCITRICE

Margot stava sdraiata a letto e rifletteva sulla masturbazione. Il sole del sabato filtrava attraverso le persiane e lei non aveva niente da fare. Se avesse voluto, avrebbe potuto dedicare tutta quella mattinata all'amante più fedele e affidabile che avesse mai avuto. Pensando a se stessa, si tolse la maglietta e i pantaloni e cominciò a muovere il bacino, strusciando le cosce nude sulle lenzuola morbide.

Pensò di regalarsi un bel bagno lungo. Margot cominciò a programmare la mattinata. Avrebbe riempito d'acqua calda la vasca ma solo fino a lambire la parte inferiore della sua vagina mentre le sue dita avrebbero massaggiato la parte superiore. Poi, proprio prima di venire, si sarebbe alzata e rimessa a letto dove avrebbe portato il suo corpo a un orgasmo perfetto, il genere di orgasmo che ti fa graffiare i cuscini e gridare al soffitto. Dopodiché, decise Margot, sarebbe uscita per una deliziosa colazione.

Nel momento in cui si alzò dal letto per dirigersi verso la vasca da bagno, suonò il citofono. C'era qualcuno al portone. Margot immaginò fosse il fattorino che consegnava i giornali, impossibilitato a entrare nell'atrio. Probabilmente più tardi lei e il suo corpo avrebbero voluto il giornale, così Margot attraversò il soggiorno e spinse il pulsante del citofono.

«Chi è?», domandò.

Se avesse chiamato prima, gli avrebbe detto di restarsene a casa. Ma Trevor si trovava davanti al suo palazzo e suonava il citofono, inatteso e senza preavviso. Le disse che era uscito a correre e che per caso era passato davanti a casa sua. Poteva salire a prendere un caffè?

«Ahhhhh», fece Margot al citofono abbassando lo sguardo sul suo corpo nudo e in attesa.

Attraverso i fruscii del citofono, il suo esitante «ahhhhh» suonò come un gemito e Trevor avrebbe voluto non aver mai suonato quel citofono. Sicuramente avrebbe riso di lui o, peggio, gli avrebbe fatto una ramanzina sulla condotta da tenere in ufficio. Ma quella mattina quel suo appartamento così grande gli era sembrato talmente vuoto. Era uscito di casa con l'intenzione di farsi una bella corsetta, da solo. Al ritorno si sarebbe fermato per un caffè e un bagel, da solo. Avrebbe raccolto il giornale e sarebbe rientrato a casa, da solo. Quando si era ritrovato a correre lungo l'isolato di Margot all'improvviso non era più riuscito a sopportare la componente "solitaria" della sua giornata e così aveva suonato al citofono. Stava per scusarsi per averla disturbata di sabato e tornare a casa quando Margot gli disse che gli stava mandando giù l'ascensore. Gli diede istruzioni per salire e girare la chiave nella sua serratura, il che avrebbe spedito l'ascensore direttamente al suo appartamento.

Questo è uno di quei momenti in cui gli acquisti compulsivi tornano utili, pensò Margot mentre si precipitava verso l'armadio e tirava fuori una splendida camicia da notte di seta con la vestaglia abbinata. Era una cosuccia di seta lucida color pesca con degli inserti di pizzo color avorio nei punti giusti. Tolse il cartellino del prezzo e se la infilò alla svelta.

«Ehi, Trev, vieni, sono in cucina», gridò Margot quando le porte dell'ascensore si aprirono. «Al mercato ho comprato del caffè speciale. Ti tirerà su di sicuro».

«Ho l'aria di uno che ha bisogno di essere tirato su?», domandò Trevor entrando nella cucina immacolata di Margot.

«Uhm, hai un po' l'aria del cane bastonato».

«Sì, be', non mi sento un cane bastonato. In realtà sono felicissimo di ritrovarmi di nuovo sulla terraferma».

Fu in quel momento che Trevor guardò Margot. Aveva le guance rosate come se avesse fatto ginnastica.

«Sei stupenda. E quella camicia da notte! Dio mio, Margot, ma ci dormi sul serio con quella?».

Con calma Margot fece cenno di sì mentre tirava giù dal ripiano un pentolino e lo posava sul fornello. Lo riempì di acqua, caffè e zucchero e lo mise a scaldare.

«Stavi dicendo qualcosa a proposito della terraferma?», gli domandò e intanto continuò a preparare il caffè.

«Sì, solo che sono contento che sia finita», rispose Trevor.

Margot non replicò mentre mescolava il caffè turco e lo osservava. Le piaceva quel suo profilo deciso e il grigio attorno alle tempie. Nelle sue storie, Lux lo aveva descritto come un ottimo amante, allo stesso tempo delicato ed eccitante.

Per un po' sorseggiarono il caffè in silenzio, entrambi assorti nei loro pensieri.

«Allora», disse infine, «che dicono di me?»

«Chi?»

«In ufficio», disse Trevor, desiderando che Margot non lo costringesse a cavarle le cose con le pinze.

«Be', si dividono in due categorie. Dentro e fuori l'ufficio. In ufficio pensano che sei un coglione. Un coglione caro che è costato allo studio quindicimila dollari e una discreta segretaria. Lunedì Warwick è andato fuori di sé quando la sostituta di Lux ha faxato una nota riservata all'avvocato della parte avversa. Si lamentava di Lux di continuo ma ora che se n'è andata si rende conto di quanto fosse brava come segretaria».

«E fuori dall'ufficio?», borbottò Trevor, aspettandosi il peggio.

«Sfortunatamente fuori dall'ufficio pensano che sei uno stallone arrapato che dev'essere un grande scopatore per essersi portato a letto una pupa sexy che nessun altro è riuscito a farsi».

«Sul serio?»

«Sfortunatamente sì».

«Quanto manca al licenziamento?».

Margot alzò le mani e tenne i palmi a un buon mezzo metro l'uno dall'altro. L'informazione risollevò un poco lo spirito di Trevor.

«L'hai rivista?», gli domandò Margot.

«No, no, ovviamente no», mentì Trevor e lei glielo lasciò fare. Margot aveva già saputo tutta la storia da Brooke.

«Margot, credi che abbia commesso un errore?».

Margot lasciò che il vapore caldo del caffè le arrivasse in faccia. Credeva che Trevor avesse commesso così tanti errori che non sapeva da dove cominciare. Aveva scelto una donna più giovane e volubile invece di una coetanea bella e intelligente e poi aveva messo il sesso prima del lavoro e aveva portato lo scompiglio in ufficio e distrutto la sua reputazione, costruita faticosamente, di avvocato affidabile e con la testa a posto. Non sarebbe mai diventato socio della Warwick e ormai era troppo tardi per ricominciare in un altro studio.

«Sì. Credo proprio che tu abbia commesso qualche errore grave», rispose Margot. Aveva altro da aggiungere ma Trevor si stava già giustificando.

«Mi sentivo una nullità dopo che mia moglie mi aveva lasciato. Lux era così bella e giovane. Era così…».

La voce di Trevor si affievolì in un silenzio imbarazzato. Eppure, era chiaramente compiaciuto, qualunque cosa lo imbarazzasse.

«Era così… come?». Margot doveva saperlo.

«Così bagnata», rispose Trevor con un sorriso. «Be', lo sai che voglio dire».

«Bagnata?»

«Lo sai quant'è eccitante. Hai presente, no? Quando riesci a far eccitare una donna a quel modo».

Margot sorseggiò il suo caffè turco. Il dolce vapore saliva in spire verso i suoi occhi e poi svaniva. Si chinò sul mobile della cucina e cercò di digerire quello che aveva appena detto Trevor. Trevor andò avanti con la sua confessione.

«Lux mi ha fatto sentire veramente bene e mi dispiace di essere stato costretto a farle del male».

«Capisco», disse Margot.

«Credi che dovrei mandarle dei soldi?»

«No».

«Ma non ha un lavoro. Che farà?»

«Sta benissimo».

«C'è qualcosa di cui ha bisogno?»

«Credo che abbia detto a Brooke che sta risparmiando per un lavandino nuovo, ma è un'informazione di seconda mano. Senti, Trev, possiamo tornare alla parte bagnata?»

«Quale parte bagnata?»

«Quando hai detto che io so com'è far eccitare una donna».

«Sì».

«E perché mai dovrei conoscere il brivido di eccitare un'altra donna?»

«Perché tu e quella Brooke...».

«No».

«No?»

«No», fu la risposta definitiva di Margot.

«Ah».

Per un momento rimasero seduti in cucina a sorseggiare il caffè bollente.

«È solo che quando ci ho provato con te, si vedeva chiaramente che non eri interessata al sesso», disse Trevor.

«Ci hai provato con me?»

«Il cinese? Il pollo alla Mu Shu? Ti ricordi?»

«È stato allora che ci hai provato?»

«Be', sì Margot, è stato allora», disse Trevor, la voce che a poco a poco s'inaspriva. «E tu non eri interessata a me».

«E questo fa di me una lesbica?»

«Be', quello e il fatto che ho notato che tu e Brooke pranzate insieme almeno una volta a settimana e a volte dopo pranzo torni in ufficio tutta... be', eccitata. Immagino di aver riempito gli spazi vuoti per sentirmi meglio. Quindi, la verità è che tu non sei lesbica e che il tuo rifiuto durante la nostra cena cinese era dovuto a me. È solo che non mi desideravi, allora».

«Come ti sbagli!», borbottò Margot.

«Ah. Allora sei gay».

«No! Se avessi saputo che quella sera era la mia sola occasione per venire a letto con te, Trevor, avrei buttato per terra il pollo alla Mu Shu, mi sarei tirata su la gonna e ti sarei saltata addosso».

«Sul serio?», le chiese Trevor, sorridendo per la prima volta da quando era entrato in casa sua.

«Sul serio», rispose Margot, sentendo che si era tolta un gran peso dalle spalle.

«Perciò, tu pensi che io sia ok», continuò Trevor mentre faceva scivolare le mani sul mobile per cercare le sue. Sfiorò con quel suo grosso e ruvido indice l'incavo della sua manina esile. Sollevò ogni singolo dito per poi lasciarlo ricadere. Margot sentiva che sarebbe stato meglio ritrarre la mano, ma era troppo bello, per un momento, essere la vincitrice. Si accorgeva solo in quel momento di quanto fossero grandi le sue mani e di quanto fosse tenero il suo sguardo. Per mesi e mesi aveva fantasticato su cosa avrebbe fatto quando quel momento fosse finalmente arrivato, su come si sarebbe spogliata e offerta a lui. Se in quel momento avesse fatto cadere a terra la sua stupenda camicia da notte e l'avesse raggiunto, Trevor avrebbe scoperto che Margot era già parecchio eccitata. Se quella mattina avesse fatto l'amore con lui, Trevor avrebbe pensato che era passionale, facilmente eccitabile, selvaggia e focosa.

«Non posso farlo, Trevor», disse Margot all'improvviso.

«Ma certo che puoi», ribatté Trevor spostando la mano sul suo braccio. Le afferrò il gomito e la tirò a sé. Atlanta Jane stava in panchina coi calzoni di pelle scamosciata, a fare il tifo per la sua creatrice.

«Mi sarebbe piaciuto fare l'amore con te – in molti modi che ti sarebbe impossibile immaginare – ma tu te ne sei andato e non solo sei andato a letto con una delle segretarie, ti sei anche fatto beccare e hai fatto un gran casino. Al lavoro sei bollato. La gente ti osserva. E per me sei completamente e assolutamente fuori discussione fintanto che lavori per la Warwick. Non ho intenzione di rovinare le mie possibilità di diventare socia a causa del sesso».

Trevor guardò fuori dalla finestra, intento a studiare il panorama sull'East River mentre Margot studiava il suo volto. Il suo corpo lo desiderava ancora. E quel corpo aveva paura che il periodo tra i cinquanta e i sessant'anni costituisse l'ultima possibilità di trascorrere dieci anni a fare del buon sesso, che dopo i sessanta avrebbe perso quell'interesse febbrile che aveva caratterizzato il suo impulso sessuale fin da quando ne aveva trentacinque. Se avesse potuto capire come liberarsi di quell'antica e fastidiosa preoccupazione sul fatto che andare a letto con Trevor le avrebbe rovinato la reputazione, si sarebbe buttata e avrebbe fatto una lunga e deliziosa nuotata con lui prima del tramontar del sole.

«Be', suppongo sia meglio che vada, allora», disse Trevor. Posò la tazzina sul mobile e si avviò verso la porta.

«Ah, il lavabo», lo invitò Margot.

«Scusa?»

«Metti la tazzina nel lavabo e riempila con un po' d'acqua così il caffè non si attacca. E poi, se te ne vuoi andare, fa' pure. Anche se, se te ne vai adesso, penserò che sei un coglione».

Trevor si fermò al lavabo. Si guardò le mani. Osservò il panorama. Guardò l'acqua che riempiva la tazzina, facendo schizzare il caffè turco su tutto il lavabo bianco di Margot. Alla fine, guardò Margot e vide che gli stava sorridendo.

«E se rimango?», le domandò.

«Be'», rispose lei, «per oggi non avevo progetti che non possano essere modificati».

«Sai cucinare?»

«Mi prendi in giro? Ti sei appena fatto fuori la migliore pietanza del mio repertorio culinario. In ogni caso, non ho intenzione di cucinare per te».

«No, no. Quello che volevo dire è che io so cucinare», disse Trevor. «Cucino benissimo. Posso fare un salto giù e comprare delle uova».

«Hai intenzione di prepararmi la colazione?»

«Se ti va, sì. Dov'è il negozio migliore qui in zona?».

«Tu mettiti seduto», gli ordinò Margot. «Mi infilo qualcosa e scendo giù. Uova e poi?»

«Succo d'arancia, latte, quello che vuoi. Posso preparare qualsiasi cosa, anche un soufflé se ne hai voglia».

«Sei capace di fare le uova al tegamino cotte su entrambi i lati senza rompere i tuorli?»

«Uhm, sì, certo».

«Ok, non ti muovere», disse Margot. «Faccio una corsa giù all'angolo e torno».

Margot raggiunse l'armadio e tirò fuori una gonna di cotone color lavanda e una graziosa camicetta. Si spazzolò i capelli, si infilò alla svelta i sandali color lavanda, e un filo di perle che tendevano al rosa. Era pronta per andare. Trevor si era messo seduto sul divano ad aspettare.

«Sei carina», le disse.

«Grazie», rispose Margot mentre premeva il pulsante dell'ascensore, domandandosi per quale motivo la moglie lo avesse lasciato. Per un attimo sembrò contento, ma poi un'ombra gli rabbuiò il viso e Trevor si accasciò sui morbidi cuscini del divano.

«Tutto ok?», gli chiese Margot.

«Sì, certo», rispose.

Mentre aspettava che l'ascensore si aprisse, Trevor le gridò qualcosa dall'altra parte dell'appartamento.

«Margot, è perché sono troppo vecchio?».

Margot si mise a ridere a quell'idea deliziosamente assurda. Continuando a ridere entrò in ascensore.

«Lo prenderò come un no», le disse Trevor mentre le porte dell'ascensore si richiudevano. Margot infilò la chiave dalla strana forma nella fessura e, mentre l'ascensore scendeva, si domandò: ho perso completamente la testa?

Quando l'ascensore raggiunse il piano terra e le porte si aprirono, il vicino del piano di sotto era pronto per salire.

«Scusa, Fritz, ho dimenticato la borsetta», disse Margot mentre girava la chiave nella direzione opposta e risaliva verso casa. Per tutto il tragitto si rimproverò per essere così testarda. Stupida, pensò. C'è un uomo seduto nel mio appartamento col quale voglio veramente fare l'amore. Questo stesso uomo è disposto ad essermi amico senza sesso e io sto uscendo per comprare delle uova! Che cosa stupida!

Mentre superava il quarto piano Margot si sfilò le mutandine e si tolse la sua bella camicetta. Cercò di slacciare il gancetto del reggiseno e contemporaneamente di muovere i fianchi per togliersi la gonna. Era impossibile perché il reggiseno pretendeva una maggiore attenzione e non cedeva. Quando le porte si aprirono sul suo appartamento, Margot uscì saltellando, trascinando la gonna con la punta del piede.

Trevor, seduto sul divano nel medesimo punto e in preda allo sconforto, si stava chiedendo quante uova avrebbe dovuto cucinare prima che Margot accettasse di fare l'amore con lui.

«Fanculo il lavoro», esclamò Margot mentre attraversava di

corsa e praticamente nuda il suo appartamento e andava dritta verso il divano. Le sue braccia lo colpirono proprio sul torace e lo spinsero sui cuscini. Atlanta Jane sarebbe stata orgogliosa di lei.

Trevor non vedeva un reggiseno di pizzo così raffinato da molto tempo. Sua moglie indossava dei tristi reggiseni sportivi di cotone e Lux preferiva il raso rosso e nero. Strinse il pizzo bianco del reggiseno di Margot tra le dita e lo slacciò in meno di un secondo. I pantaloni della sua tuta si tenevano su con un semplice laccetto che Margot riuscì a sconfiggere in un attimo. Li tirò giù finché non si impigliarono tra il divano e le ginocchia di Trevor.

Margot si sedette a cavalcioni su Trevor, le ginocchia strette intorno ai suoi fianchi e le mani sulle sue spalle. Aveva già un'erezione, ce l'aveva da quando aveva intravisto il seno di Margot che premeva contro quella sua incantevole camicia da notte. Tutti gli organi erano collegati e carichi, pronti a partire.

In quel momento Trevor si bloccò. Tolse la mano dal seno di Margot e la posò delicatamente sul suo volto. Margot appoggiò la guancia sulla sua mano. Trevor avvicinò quel volto al suo, finché Margot non riuscì a sentire il calore della sua bocca proprio sopra la sua. Trevor si fermò un momento per farla trepidare. Lei si leccò le labbra.

Trevor guardò Margot negli occhi e si meravigliò di quanto fossero dolci visti così da vicino. In maniera piuttosto inaspettata, vide annidato nel suo desiderio un lieve timore. Avrebbe voluto dirle che non le avrebbe mai fatto del male, ma si accorse che glielo aveva già fatto.

«La faccenda potrebbe diventare grossa», le sussurrò invece di "mi dispiace".

Per un attimo Margot pensò, preoccupata, che stesse facendo una battuta cretina sul suo fallo, ma invece di andare avanti con quella spavalderia a sfondo sessuale Trevor la tirò a sé e la baciò a lungo. Poi, con Margot tra le braccia, si alzò e sfilandosi i pantaloni della tuta che ora gli stavano attorcigliati alle caviglie la portò in camera da letto.

Cominciò in maniera delicata, le accarezzò il seno e il ventre. Le scostò la mano quando lei cercò di ricambiare le sue carezze. Quando il respiro le si fece corto e un po' ansimante Trevor, pienamente sicuro del suo cunnilingus, diede il via alla sua campagna di conquista per assicurarsi l'eterno amore di Margot. Quando i suoi respiri affannosi si trasformarono in gemiti e il suo corpo iniziò a tremare nella sua bocca, Trevor mise Margot sopra di sé.

Per la prima volta in tanti anni, Margot perse il controllo. Non stava orchestrando nulla. Non stava pensando. Non stava progettando la sua prossima mossa. Con quelle ondate che la scuotevano sempre di più, Margot si aggrappò a Trevor come un naufrago che si tiene forte al salvagente. Mentre faceva l'amore con Trevor, avrebbe potuto ricordarsi di quando avevano ballato insieme. Avrebbe potuto filosofare sul fatto che quella sensazione di unione era il motivo per cui il sesso poteva far innamorare una donna. Se fosse stata in grado di pensare, Margot avrebbe potuto elaborare un sacco di considerazioni. Ma l'unico pensiero a cui riuscì ad avvicinarsi durante quel pomeriggio e per la maggior parte della settimana seguente fu una sensazione come di fuochi d'artificio nel cervello mentre continuava a venire e venire.

Margot si diede malata per tutta la settimana. E, in effetti, rimase a letto per quattro giorni consecutivi. Al quinto giorno, Margot e Trevor andarono al cinema. La sera del sesto giorno, Trevor le chiese se poteva lasciare uno spazzolino a casa sua. Margot, senza pensarci due volte, acconsentì.

25. UN METRO E MEZZO PER DUE

«A*tlanta Jane si illanguidì*», recitava Margot, «*quando l'orgasmo si propagò dal ventre alla spina dorsale. Simile a delle dita che separavano le vertebre, raddrizzandole, le salì lentamente lungo la schiena e fino al collo e fu liberato attraverso le mie labbra con un gemito. Aveva finito. Pensava che anche lui avesse finito, ma il fluido che le scivolava lungo le cosce era solo suo*».

Brooke scrisse la parola "mie?" sul suo blocchetto per gli appunti per ricordarsi di accennare all'errore di battuta non appena Margot avesse terminato di leggere.

«*Quando all'inizio aveva cominciato a fare l'amore con lei nella splendente luce del sole nella sua capanna, avrebbe voluto nascondersi, oscurare la luce o trovare una coperta per coprire le imperfezioni del suo seno, delle sue cosce, di tutta la pelle. Lui le tolse i pantaloni scamosciati e trasse godimento da tutto. Se si era accorto dei danni causati dal tempo, questi non lo avevano frenato né avevano raffreddato la sua passione.*

Per diciassette giorni restarono nella sua capanna sdraiati sotto le spesse coperte di lana a non fecero altro se non mangiare, parlare e fare l'amore. Erano così simili e così sorprendentemente fatti l'uno per l'altra che a volte parlare era bello quanto fare l'amore. Per la maggior parte del tempo o ridevano o facevano l'amore. E i pettegolezzi erano veri. Era uno scopatore eccezionale, grande e grosso. Il lunedì, Atlanta Jane dovette tornare al suo lavoro, mantenere sicura la città, ma l'avrebbe visto ancora e ancora e ancora».

Margot posò i suoi appunti con un sospiro. Brooke aveva scritto diversi appunti su come migliorare il carattere letterario della storia. Tuttavia, Margot aveva un'aria così compiaciuta che Brooke decise di tenere per sé le sue critiche.

«È stato favoloso, Margot», le disse con affetto.

«Anche a me piace. Però mi sa che c'erano un paio di errori nei pronomi», disse Aimee.

«Davvero? Non ci ho fatto caso», rispose Margot.

«Sì, a un certo punto sei passata alla prima persona. Ma a parte quello era veramente divertente», aggiunse Aimee.

«Così finalmente Atlanta Jane è andata a letto con Trevor il ranger del Texas», osservò Brooke.

«Sì», rispose Margot, «sabato ha fatto un salto da me con un'aria pietosa e avvilita, aveva bisogno di un caffè e si è offerto di prepararmi le uova al tegamino».

«Ah!», gridò Aimee dal letto mentre metteva in relazione realtà e finzione. «Ecco perché volevi leggere il tuo pezzo prima dell'arrivo di Lux!».

«Hai intenzione di tenerglielo nascosto?», le chiese Brooke.

«No. Ma era in ritardo e non mi sembrava ci fosse motivo di bearmi delle mie fantasie mentre lei sta lì ad ascoltare», rispose Margot. «Le dirò la verità nella maniera più schietta possibile».

«Dov'è Lux?», domandò Brooke.

«Ha promesso di fermarsi dal tipografo per ritirare le stampe da un metro e mezzo per due delle foto degli amanti fatte alla festa per il bambino. Quelle che hai ordinato per me», disse Aimee. «E non crederete mai a quello che mi darà in prestito!».

«Cosa?», domandò Brooke, compiaciuta e sorpresa che Lux avesse qualcosa che Aimee voleva in prestito.

«Pare che suo padre sia un grandissimo appassionato di fantascienza», disse Aimee.

«Il che ha senso», intervenne Margot.

«Nella sua collezione ha un episodio del 1954 della serie tv

Howdy Doody in cui William Shatner ha la parte del Ranger Bob».

«William Shatner in *Howdy Doody*?», chiese Brooke.

«Già. Ce lo vedremo insieme. E poi la versione del 1958 dei *Fratelli Karamazov* con Yul Brynner», continuò Aimee, la voce piena di eccitazione.

«*I Fratelli Karamazov* con William Shatner?», domandò Brooke.

«E Yul Brynner», le confermò Aimee. «Poi abbiamo intenzione di finire con un film indipendente di Robert Burnett, *Free Enterprise*».

«E *Star Trek*», aggiunse Brooke.

«Be', ovvio, tutta la serie», confermò Aimee.

«Aimee, sei irriducibile », dichiarò Margot.

«Ehi, le puntate al bagno costituiscono i momenti salienti della mia giornata», disse Aimee tra le risate. «Quelle e il fatto che ho messo in vendita alcune delle mie stampe su ebay».

«Scherzi?!?».

«Era una delle cose che ho sempre voluto fare caso mai avessi avuto del tempo libero e ora, indovinate un po' quello che ho... il tempo».

«Hai venduto qualcosa?»

«Sì».

«Sul serio?»

«Qualche pezzo vecchio va più che bene e le stampe fatte alla festa del bambino sono molto popolari. Ci ho fatto seimila dollari più qualche spiccio».

In silenzio Brooke stava rimuginando. Cercava di immaginarsi una casa d'aste on line che si trasformava nella galleria costantemente accessibile che aveva sempre desiderato. Al solo pensiero le venne una vampata di calore.

Tutte e tre le donne alzarono lo sguardo al rumore della porta d'ingresso che si apriva.

«'Fanculo a questi cazzi e fiche di merda, Brooke!», gridò Lux dall'ingresso. «Quando hai detto un metro e mezzo per due non pensavo ti riferissi ai metri! Questa cazzo di cosa è enorme!».

Brooke balzò fuori dalla camera da letto e la chiamò.

«Ehi, Lux, siamo in...».

Brooke si fermò di botto alla vista di Lux.

«È stupido, vero?».

«Ohhhhh...», farfugliò Brooke.

Lux le stava di fronte, trasformata. Mocassini blu, pantaloni cachi di cotone, camicetta di cotone blu col colletto rotondo e un cardigan rosso. A trecce. Delle perle. Dalla punta dei piedi fino al collo era una studentessa di liceo che andava a lezione d'inglese. Dal collo in su era la stessa Lux del Queens, rossa e pesantemente truccata.

«Oddio», esclamò Brooke finalmente. «Bill ti ha portato a far spese».

«È un mostro. Prova questo. Prova quest'altro. Mettiti questo. Infilati quell'altro. È convinto che sono una specie di "Barbie va all'università" o qualcosa del genere. Per dire, mi ha obbligato a dirgli i titoli di tutti i libri che ho letto finora, e ok, e poi ha fatto preparare alla sua segretaria una lista di tutti i libri che pensa avrei dovuto avere già letto. Ok, questa è una cosa, giusto, e pensavo che era un po' strano ma poi oggi pomeriggio, ok, tutti quei libri sono stati consegnati a casa sua».

«Si è un po' infervorato».

«Un po'! Me ne ha comprate sei, di queste camicette! SEI! Sei di queste orribili e noiosissime camicette che mi fanno sembrare un... oh, cazzo».

«Cosa?»

«Niente».

«Cosa?», la incalzò Brooke.

Lux si era resa conto che quelle camicette la facevano sembrare un ragazzo. Non voleva dire nient'altro che potesse ferire Brooke.

«Questi vestiti mi fanno sembrare una stupida», disse.

«Sì, è vero», ammise Brooke. «Fatti vedere da Aimee. Ha bisogno di farsi una risata».

Quando Lux entrò in camera, Aimee scoppiò a ridere. Anche Margot si mise a ridere.

«Sembra uno di quei libri per bambini in cui prima si mischiano le parti e poi si sceglie una testa per un corpo», osservò Margot.

Sebbene la trasformazione di Lux fosse molto divertente, tutto ciò che Aimee riuscì a notare fu l'enorme fotografia che Lux si trascinava dietro.

«La mia foto!», esclamò Aimee a fatica.

«È favolosa!», disse Brooke.

«Ma ti avevo chiesto di ordinarla in formato normale!», disse Aimee.

«È un metro e mezzo per due», rispose Brooke con uno scintillio malizioso negli occhi. «Senti, la vagina è andata. Qui c'è un'enorme parete vuota che ha bisogno di un nuovo nudo. La tua foto è stupefacente in questo formato, e comunque offro io. Spero ti piaccia».

«Da morire», rispose Aimee, entusiasta. «La puoi appendere lì? La voglio guardare tutti i giorni».

«Ma certo», rispose Brooke. Aimee fissò la fotografia come se fosse un figlio adorato improvvisamente diventato grande. Gli amanti di Aimee erano di gran lunga superiori al significato scioccante del "capolavoro" del marito, "il-dito-nella-vagina". Il mio lavoro è buono, pensò Aimee. Perché non sono stata così sicura di me fin dal principio?

Mentre Brooke appendeva la fotografia, le squillò il cellulare. Se avesse visto il numero che era comparso sul display, non avrebbe risposto al telefono.

«Pronto. Oh. Ciao... Sì. Ho... Lo... Ho detto che lo farò e lo farò. Mi sembra una buona idea ma non sono sicura... Sì... Sì, lo so che ho detto che lo volevo fare però ci devo ancora pensare. Senti, adesso ho da fare e devo andare... Già... Sì, ci penserò su ancora un po'... Ti voglio bene anch'io... Salutami tua madre».

Brooke sistemò la fotografia sulla parete in modo che Aimee potesse vederla. Lanciò un'occhiata al corpo gonfio di Aimee, sospirò, si mise a posto il maglione e si sedette.

«Bill vuole sposarsi e avere un bambino».

Aimee e Margot la guardarono, in attesa di altre informazioni.

«È che non lo so, non lo so proprio», continuò Brooke. «Io amo Bill. Però credo che sia... be', credo sia gay».

«Gay!», urlò Aimee. «Bill "la-migliore-scopata-della-tua-vita" Simpson non può essere gay!».

«Lo so», disse Brooke, «anche per me è stato difficile da credere e sono rimasta sconvolta quando Lux l'ha detto...».

«Mi dispiace, non avrei dovuto spiattellarlo così».

«No, no, è tutto ok», disse Brooke. «È solo che continuo a ripensare ai momenti passati e anche alla nostra attuale vita sessuale... be', le sue attuali prestazioni impallidiscono in confronto alla gloria passata. Se capite quello che voglio dire».

«Non ho idea di quello che stai dicendo», ammise Lux.

«O Viagra o fiasco», continuò Brooke.

«È così giovane», disse Margot.

«Esattamente quello che penso io», disse Brooke.

«Be', ma lui che dice?», domandò Aimee.

«Lui dice che non è omosessuale. Mi ha assicurato che a conti fatti è un mandrillo, e non un culattone».

«L'Onorevole Bill Simpson ha veramente usato il termine "culattone"?», domandò Aimee.

«No», rispose Brooke. «Chiaramente sto parafrasando per farvi divertire. Se è innamorato di una donna e se non fa l'amore con altri uomini, questo fa di lui automaticamente un eterosessuale?»

«Sì... cioè, no», disse Margot. «Ci fa l'amore con la suddetta donna? È ovvio che se è attratto dagli uomini ma insiste a fare l'amore con le donne questo fa di lui uno...».

«Uno psicopatico sessuale», intervenne Lux.

«Già», disse Brooke. «Be', lui afferma di non essere gay. Di sicuro non è effeminato. Dice che mi ama e che mi desidera».

Brooke rimase seduta in silenzio a riflettere sulla questione.

«Che importanza ha? Se è gay, non ho intenzione di sposarlo però lo amerò ancora. Se vuole veramente un uomo, non ho più intenzione di andare a letto con lui perché questa cosa ferisce i miei sentimenti. Se è omosessuale, ok, sono ancora amica sua. Ma non posso essere il corpo dietro al quale nascondersi. Non è perverso avere dei desideri ma nasconderli sì, i desideri stessi diventano perversi e io non voglio averci niente a che fare. Sono le menzogne a essere ripugnanti».

«Hai assolutamente ragione. L'onestà è tutto», affermò Margot girandosi completamente verso Lux. «Senti, Lux, ultimamente ho passato un sacco di tempo con Trevor e avevi perfettamente ragione, è davvero ben messo. Intendo rivederlo ancora. Spero che la cosa non ti addolori e che tu e io possiamo ancora essere amiche».

Lux non replicò. Mentre la sorpresa svaniva, rimase seduta in silenzio, a pensare. Nonostante la sua educazione psichedelica, Lux era una donna profondamente logica. Tuttavia, non era granché brava a fare più cose contemporaneamente. Lux non era in grado di parlare perché era concentrata su una questione complessa. Tra sé e sé soppesò la possibilità di un'amicizia con Margot contro l'importanza di una relazione con Trevor. Vinse Margot.

«Ok», rispose in tono calmo. Aimee si mise a fissare il soffitto e Brooke a controllarsi le unghie.

«No, sul serio, è tutto ok», disse Lux. «È un brav'uomo. Gesù, tu lo conoscevi da prima ancora che lo incontrassi. Spero che funzioni tra voi due. Sul serio. Sentite, avete già letto qualcosa? Perché se Brooke ha finito di parlare di fiche e froci, io ho scritto un pezzo sulla perdita della mia verginità che voglio leggervi».

«Suona bene», disse Aimee, sollevata che quella parentesi di vita reale fosse finita e che stessero tornando all'arte. «Con chi hai perso la verginità?»

«Con Carlos», rispose Lux. «E tu con chi?»

«Con George Freeman, all'ultimo anno, la sera del ballo. Ero pazzamente innamorata di lui da parecchi mesi», disse Aimee.

«Io l'ho persa con Bill», disse Brooke con un po' di tristezza. «A sedici anni al Ritz Carlton. Ha cominciato a leccarmi e sono venuta. Voglio dire, chi è che viene quando perde la verginità?»

«I ragazzi», risposero Aimee e Margot all'unisono.

«Ma non ho scritto un pezzo su Carlos», disse Lux con aria malinconica. «Ho scritto un pezzo su come avrei voluto perderla, non su quello che è successo veramente».

«Ohhh!», esclamò Margot. «Mi piacerebbe scrivere di quel momento».

«Ok, si comincia», disse Lux mentre apriva il foglio. Le donne si misero comode e Lux cominciò a leggere.

«*Ok, per prima cosa, sono innamorata di un tizio più grande di me. Non più vecchio di vent'anni, diciamo cinque. E non ho più quattordici anni, ma almeno sedici. E questo tizio ha fatto già sesso. E mi ama. Perciò ci mettiamo d'accordo per farlo. E ne parliamo. Non è che capita così perché lui decide come fare a stare da solo con me. Perciò un giorno…*»

«Di giorno?», domandò Aimee.

«Oh sì. La perderò di giorno. Così nessuno è ubriaco e c'è luce e io non sono stanca», rispose Lux prima di rimettersi a leggere.

«Perciò un giorno mi porta in un albergo. È un posticino carino dove le lenzuola sono comprese nel prezzo, e noi attraversiamo l'atrio e prendiamo l'ascensore e poi andiamo su nella stanza che ha preso. Apre la porta ed entriamo. Cominciamo a baciarci. E piano piano mi spoglia. E io vedo lui e me nello specchio davanti al letto, che è una figata. Ma lui non guarda nello specchio. Sta guardando la vera me stessa. Così io sono nuda ma lui è ancora vestito. E comincia a baciarmi e a toccarmi il seno e a leccarmi i capezzoli e poi scende giù verso l'ombelico. E poi si toglie la maglietta. E poi ci sdraiamo insieme sul letto. E lui comincia a leccarmi la fica, e continua a leccarmi perché gli piace, non perché pensa che lo deve fare così dopo gli farò un pompino. E continua finché non sono tutta bagnata. Sono bagnata fradicia e sto a letto e il mio corpo sta praticamente fremendo perché lo voglio dentro di me.

E questo è importante. Io voglio veramente che entri dentro di me. Non è qualcosa che penso di dover fare così poi tutto il resto andrà bene. Non lo voglio dentro di me perché penso che gli piacerò di più se lo faccio. O perché non ho la forza di affrontare le sue suppliche o i suoi insulti se non lo faccio. Non voglio farlo entrare dentro di me per quello che potrebbe rendermi. Lo voglio solo per me, perché mi piace il modo in cui mi sento.

Ma questa è la prima volta e lo so che farà male. Dice che sta per farlo e poi appoggia appena la cima del suo arnese, proprio nella parte più carnosa e morbida. E comincia a fare su e giù proprio lì. E poi mi chiede se ne voglio un altro pezzetto. E questa cosa mi sconvolge, cioè, il fatto che me lo chiede. E lui dice sì e entra un altro po' e comincia a far male ma io voglio andare fino in fondo. E anche lui è spaventato, non solo io. E poi spinge e fa un sacco male, ma anch'io facevo parte del dolore. E poi ci diamo dentro come una coppia di cavalli da corsa. E io ne faccio parte, non sono una ragazza che guarda da bordo campo con la speranza che scopare con lui metterà tutto a posto. Fine».

Le donne se ne stavano sedute in silenzio a pensare a tutte le cose che fanno parte del sesso e che non hanno niente a che vedere col sesso.

«Allora?», domandò Lux. «Che dite? L'ho scritto così come l'ho pensato. E poi ho cancellato tutti i "no?" e i "cioè" e tutte le altre stronzate e poi l'ho ricopiato. Fa differenza quando si cancellano tutte le stronzate, vero?»

«Vero», concordò Brooke.

«Ma hai mantenuto l'onestà», disse Margot. «Brava».

Lux sorrise.

«Allora?», domandò alle altre. «Voi come riscrivereste la perdita della verginità?».

Era un argomento importante e ne parlarono finché il sole non si abbassò fino a toccare la parte inferiore delle alte finestre di Aimee. A quel punto, Brooke raccolse la borsa e tirò fuori il cellulare.

«Chiamerò Bill e mi sa proprio che farò una capatina a casa sua, mi metterò seduta in cucina e farò una lunga chiacchierata con lui».

«Più tardi vado a correre», annunciò Margot mentre si avviavano verso la porta della camera di Aimee. «Lux, ti va di venire a correre con me?»

«Solo se qualcuno ci sta dando la caccia».

All'improvviso Lux si rese conto che ancora una volta non aveva un posto dove andare. Aveva lasciato la sua roba a casa di Bill e se fosse tornata lì avrebbe interrotto la seratina intima di Brooke e una discussione animata. Avrebbe potuto andare a casa dei suoi nel Queens e cercare di evitare qualsiasi contatto con loro, ma era impossibile. Lux decise di comprare un taccuino nuovo e una matita ben temperata e di andare a parcheggiarsi nella biblioteca pubblica finché non la cacciavano. Quando cominciò a salutare, Aimee la chiamò dal letto.

«Ehi, Lux, cioè, pensavo che saresti rimasta qui a guardare *Howdy Doody* insieme a me...».

In quel momento Lux trasalì. Era sicura che la voce provenisse dal letto di Aimee, ma era una cosa impossibile. Forse era un'allucinazione. Aimee la odiava.

«Sei sorda, Lux?», le domandò Aimee dato che Lux non rispondeva. «Ti va di restare qui?»

«Oh sì, certo, mi piacerebbe moltissimo», disse Lux, che aveva già visto quel particolare episodio di *Howdy Doody* almeno un milione di volte.

In ascensore, mentre scendevano, Margot e Brooke si misero a parlare di Aimee e Lux. E quando Lux tornò in camera e si mise comoda, lei e Aimee cominciarono a parlare di Brooke e Margot.

«Quindi tu credi che Brooke dovrebbe sposare un tizio che non vuole andare a letto con lei?»

«Ci sono accomodamenti peggiori, tipo presentare istanza di divorzio mentre sei incinta».

«Già. Come procede?»

«Be', ho chiamato Tokyo. E ho chiamato il suo agente. E tutti e due confermano che ha ricevuto i documenti. I primi documenti non dicevano nulla di importante se non che avevo chiesto il divorzio. Avrebbe dovuto solamente rispondere che aveva ricevuto l'istanza».

«E...?»

«Non una parola. Ho ricevuto un messaggio sulla segreteria telefonica che non ha niente a che vedere con la realtà. Vuole sapere quando scade il tempo. Nessun accenno al fatto che penso sia un inutile bastardo e che lo voglio fuori dalla mia vita. Anche se, in effetti, come si fa a rispondere a questo genere di accuse?».

Lux e Aimee si misero a ridere. Lux stava imparando a capire come Aimee usava il sarcasmo e l'ironia. La scoperta del termine "sardonico" la aiutò a sentirsi più a suo agio quando parlava con Aimee. Aimee raccontò a Lux dei giorni del vino e delle rose, durante i primi tempi del matrimonio, e di com'era stata felice e innamorata. Lux raccontò ad Aimee che suo fratello, che si trovava nello Utah, aveva sposato una donna che aveva un braccio solo e sembravano molto felici insieme. Continuarono a parlare e a parlare mentre la notte si faceva fredda e silenziosa.

«Non dire stronzate!», fu la risposta ansimante di Lux quando Aimee le disse che pensava che avesse del talento vero come scrittrice.

«Oh, mio Dio!», boccheggiò Aimee quando Lux le raccontò tutta la storia di quella notte in cui aveva accettato cinquanta dollari per fare un pompino a uno sconosciuto perché aveva disperatamente bisogno di quei soldi per un vestito per il ballo.

«Ci credi? Io ero... ero così impaurita e terrorizzata di perdere quel perdente che ho fatto di tutto per essere più carina della mia amica al ballo. Un ballo della scuola. E in un certo senso non è stato così brutto come pensavo. Cioè, il tizio era giovane e pulito e non mi ha picchiato e non mi ha fatto male, però c'era questo squallore nel modo in cui mi toccava che mi ha ferito profondamente».

Lux non aveva mai raccontato a nessuno quella storia. Di sicuro non a Jonella. Nemmeno alla zia "Chi? Ah sì, quella!". Ed eccola lì a raccontarla a una donna alla quale non piaceva più di tanto. Forse era questo che rendeva le cose facili, il fatto che Aimee pensasse già male di Lux e pertanto la sua storia non avrebbe peggiorato le cose. Che mi chiami pure puttana, pensò Lux. Ci siamo già passate.

«E così dopo quella sera sono dovuta scappare per... cioè, per allontanarmi dalla mia famiglia perché mi sa proprio che c'era troppo fumo e troppa birra. Lo so che si trattava solo di fumo e birra ma era così tutto il tempo e mi stava annebbiando i pensieri e stavo perdendo... non ero, cioè, non ero in grado di ragionare sulle cose nel modo giusto. Così mi sono allontanata da loro. Fortunatamente non se ne sono mai accorti perché mi vogliono bene e ci rimarrebbero male a pensare che non starò più insieme a loro».

Aimee rimase zitta per un momento e poi disse:

«Mi dispiace tantissimo».

«Fanculo, non è mica colpa tua».

«No, per... Uhm, per cosa mi dispiace? Non lo so. Mi dispiace che abbiano ferito i tuoi sentimenti, immagino».

«Be', nessuno mi ha obbligata a farlo. Un tempo ci stavo male, come se mi fosse capitata una tragedia e poi ci sono stata male perché ero imbarazzata per aver fatto una cosa così disgustosa. Il lato positivo è che ho cominciato a lavarmi i denti molto più di prima».

«Davvero?»

«Oh sì, per parecchi mesi sono stata come ossessionata dall'igiene orale».

«Racconti delle belle storie».

«Credi?»

«Oh sì».

«Perché a me la mia vita mi sembra uno stupido sbaglio dietro l'altro».

«Be', sì. Anche la mia. Ma non sempre».

Questo pensiero, che qualcuno onesto e di successo come Aimee facesse degli errori e avesse dei desideri, prese piede in Lux e cominciò a crescere mentre parlavano. Parlarono delle proprietà immobiliari. Parlarono di lavoro. Parlarono di vestiti. Parlarono di sesso. Parlarono di cinema e parlarono delle loro madri. Parlarono finché Aimee cominciò a biascicare e, quando si fu addormentata, Lux continuò a parlare con se stessa.

Al sorgere del sole Lux si fece una rapida doccia. Si lavò la faccia e si raccolse i capelli bagnati con uno dei fermagli di Aimee. Poi uscì per andare a fare colazione. Mentre camminava per strada, fischiettando, Lux colse l'immagine di se stessa in una vetrina. Aveva l'aria stanca per essere rimasta in piedi tutta la notte. I capelli appiattiti e quel faccino pulito e grazioso furono un po' un colpo per lei e in più aveva addosso dei vestiti veramente ridicoli, ma quella mattina Lux si sentiva meglio di quanto fosse mai stata in tutta la sua vita.

26. CULATTONE O MANDRILLO

Brooke si sentì impallidire e all'improvviso non riuscì a tenersi in piedi. Si lasciò cadere sulla poltrona imbottita di pelle rosso borgogna che stava nello studio di Bill.

«Mi dispiace, Brooke, ma è vero», disse Bill, e poi ripeté l'affermazione nuda e cruda che aveva indotto il sangue di Brooke a defluirle dalle guance e le forze ad abbandonarle le gambe. «Da quando te ne sei andata non ho pensato a niente se non a come possiamo far funzionare questo rapporto. Io devo cambiare. E finalmente ho capito. Io non sono omosessuale. Non sono eterosessuale. È solo che non sono interessato al sesso. Semplicemente il sesso non è più così importante per me».

«Bill», ribatté Brooke, «o sei morto o stai mentendo. Sei ancora giovane e sano e sexy. Come fai a dire che il sesso non è importante per te?»

«Per me non ne vale la pena», rispose Bill.

«A volte quando mi masturbo penso a te nudo che mi fai eccitare», confessò Brooke. «Non puoi avere un aspetto così bello ed essere così spento. Forse faresti meglio a lasciare il lavoro e tornare in Francia».

«Verrai con me?».

Brooke ci pensò per un momento.

«Vuoi che mi trasferisca in Francia a causa della tua vita sessuale?», gli domandò.

«Non posso vivere senza di te», le disse e poi si girò con le lacrime che all'improvviso gli scendevano dalle ciglia chiare e cadevano nel bicchiere con un impercettibile *tin* che soltanto Bill riusciva a sentire. Abbandonò sul davanzale lo scotch ormai rovinato, sicuro che la cameriera lo avrebbe scovato entro un'ora e lo avrebbe riportato in cucina.

«Stai male?», gli domandò Brooke. «Forse esiste un urologo migliore».

«Sto benissimo», rispose Bill mentre attraversava la stanza diretto al mobiletto bar, da dove la mano destra tirò fuori un altro bicchiere di cristallo mentre contemporaneamente la mano sinistra alzava la bottiglia di scotch e lo versava. «Non c'è niente di sbagliato in me. Ieri ho fatto un esame accurato. Funziona tutto. Sono sano come un pesce. Nessuna malattia genetica. Se avessimo un bambino adesso avrò circa sessant'anni quando lui o lei si diplomerà e avrò un sacco di tempo per fare il padre. Penso che sarò un magnifico padre. E tu saresti una magnifica... oh!».

Lo scotch in mano, Bill si era voltato verso Brooke e l'aveva vista seduta nuda sulla sua poltrona di pelle rosso borgogna. Aveva le caviglie incrociate e stava ancora sorseggiando il cabernet che le aveva versato Bill.

«Ah, ecco», esordì Bill distogliendo lo sguardo, «se decidessimo di avere un bambino preferirei farlo in uno studio di un medico».

«No, mi spiace», disse Brooke mentre distendeva le gambe e poi le incrociava di nuovo, pudibonda nonostante la sua nudità. «Non ho nessuna fantasia su medici e studi».

Con la mente altrove Brooke cominciò a giocherellare con un capezzolo come se fosse il bottone di uno dei suoi cardigan di cashmere.

«Ok, ma a me non va di fare sesso, Brooke. Il sesso serve soltanto a farmi sentire più solo», disse Bill senza lasciare che la tristezza incrinasse la tua voce. «Preferirei liberarmene del tutto».

Brooke inspirò un bel po' d'aria nei polmoni e poi la rilasciò lentamente. Si chinò a raccogliere le mutandine che aveva ficcato in tutta fretta sotto il divano. Alle mutandine seguirono il reggiseno, i pantaloni e infine la camicetta. Mentre si rimetteva in fretta la giacca, gli disse che secondo lei aveva un problema serio e che quel particolare problema non poteva più essere anche suo.

«È perché la tua amica Lux ha detto che ero gay», disse Bill senza astio.

«No», rispose Brooke, «è perché merito più di questo. Ho quarant'anni. Ho una vita stupenda e voglio un figlio. Stavo pensando di fare da sola ma ci sei tu. Bello, intelligente, tenero. Tu mi ami e io credo che saresti un magnifico papà a parte il fatto che sei alquanto bizzarro in fatto di sesso. Devi avere un buon rapporto col sesso per essere una persona equilibrata. E di sicuro non voglio una persona che prova disgusto per se stessa intorno al mio bambino. E sul serio, Bill, non penso di volerla nemmeno intorno a me».

Nella fretta di togliersi tutti i vestiti prima che Bill si girasse, Brooke aveva spinto una delle sue scarpe un po' troppo sotto al divano. Dovette stendersi a terra e cercare a tentoni tra i cumuli di polvere per trovare la sua scarpa.

«Ti serve una mano?», le domandò Bill.

«L'ho trovata», rispose Brooke.

«Allora ok, è tutto a posto», ribatté Bill come se ritrovare la scarpa fosse l'unico problema che avevano. Brooke si rese conto all'improvviso di quanto spesso Bill usasse il rifiuto della realtà come meccanismo di difesa. Era appena accaduto qualcosa di serio e di terribile. Brooke aveva appena detto al suo migliore amico e compagno di lunga data che non poteva amarlo più. Ma Bill aveva sminuito la portata della sua affermazione. Brooke sentì un dolore profondo per il suo vecchio amico.

Bill la guardava mentre si infilava la scarpa sul lungo e bellissimo piede.

«Ehm, il mese prossimo ho prenotato un tavolo per il ballo di beneficenza contro l'anemia falciforme. L'anno scorso ci siamo divertiti. Ti va di venire con me?».

La fondazione che se ne occupava dava delle feste favolose, ottimo cibo, musica fantastica. Attirava un interessante gruppo di sostenitori, tra cui molti artisti. L'anno precedente erano rimasti fino alle quattro del mattino e poi avevano continuato la festa a casa di un produttore discografico.

«Non posso», disse Brooke. «Non voglio far parte delle torture che imponi a te stesso».

«Brooke, ti amo così tanto», disse Bill proprio mentre lei sfuggiva alla sua stretta.

«Mi hai mentito per vent'anni».

«No, pensavo passasse».

Rimasero lì tra i massicci e splendenti mobili di mogano che Bill aveva ereditato dalla sua famiglia. Rimasero lì così a lungo che la luce proveniente dalla finestra si spostò sul tappeto e colpì uno dei vecchi trofei in puro argento vinti dal padre a golf. Quel riflesso rimandò una luce violenta negli occhi di Brooke e le ricordò che era tempo di andare.

«Mi dispiace tantissimo», disse Bill in un sussurro, ma Brooke sentì. Trovò la borsetta sul divano e si avviò verso la porta.

«Amici?», le chiese Bill mentre se ne stava andando.

«È una cosa che non si può cambiare», rispose Brooke. «Ma dammi un paio di mesi prima di chiamarmi».

Brooke uscì dall'enorme porta d'ingresso. Decise di prendere le scale invece dell'ascensore. All'inizio erano quasi in stile industriale ma quando raggiunse l'atrio si trasformarono in un solenne scalone di marmo. Eppure, si trattava sempre delle stesse scale e Brooke trovava la cosa confortante. Fece un cenno di saluto al portiere e uscì in strada. Per un attimo restò davanti al palazzo di Bill e poi decise di prendere la Quinta Strada verso sud in direzione del parco.

27. LA VECCHIA CICCIONA HA BISOGNO DI UN LAVORO

Lux Kerchew Fitzpatrick passeggiava lungo la Broadway in cerca di bagel e caffè. Magari avrebbe portato un bagel e un caffè anche ad Aimee. Magari l'avrebbe chiamata Bill per dirle che le aveva trovato un lavoro fantastico, un lavoro con uno stipendio sicuro che avrebbe messo da parte finché non avesse avuto abbastanza soldi per l'acquisto in contanti di un secondo immobile. Magari stava andando tutto bene nonostante il modo in cui era iniziato tutto.

Lux entrò in un bar nei pressi dell'università. Sembrava un posto a buon mercato perciò si avvicinò al bancone per ordinare qualcosa.

«Tu sei nel mio corso di psicologia, vero?», disse il cassiere mentre batteva sul registratore di cassa la sua ordinazione.

«Noo», rispose Lux.

«Veramente? Allora hai una sosia che se ne va in giro per l'università di New York».

Subito la mano di Lux corse alla scollatura della camicetta per vedere cos'era, se c'era, che se ne andava in giro. Se le tette le erano uscite dalla coppa del reggiseno, la cosa avrebbe sicuramente spiegato il modo in cui quel ragazzo la stava guardando. Così com'era, senza trucco o lacca o brillantini, vestita con degli abiti scialbi e pesanti, Lux non riusciva a immaginare nessun altro motivo per cui quel ragazzo dovesse essere così amichevole.

«Ci vuoi il latte nei caffè?», le domandò.

«Uhm, non sono dei cappuccini? Cioè, c'è già il latte, giusto?», rispose Lux, insicura e di se stessa e della ricetta del cappuccino.

«Ah sì, giusto. Scusa. È che... somigli così tanto a quell'altra ragazza nel mio corso di psicologia. Si chiama Monica, credo».

«Ah. Io mi chiamo Lux».

«Wow. Dev'essere stato difficilissimo alle medie».

«Perché?»

«Be', perché fa rima con... be'con un sacco di brutte parole, *clucks, sucks*».[1]

Lux scoppiò in una risata fragorosa. Non al pensiero di come il suo nome poteva essere utilizzato in una filastrocca sconcia, ma perché il ragazzo era diventato rosso come un peperone al pensiero di come il suo nome poteva essere utilizzato in una filastrocca sconcia. Lo guardò negli occhi e si accorse che non erano proprio color nocciola, ma piuttosto marroni con delle macchioline verdi.

«Noo», rispose Lux, «avevo dei fratelli grandi e grossi e un fidanzato spaventoso. Nessuno mi diceva delle porcherie. Cioè, a parte i miei fratelli grandi e grossi e il mio fidanzato spaventoso».

«Ed è ancora in giro? Cioè, il fidanzato spaventoso».

«Ha perso le unghie», disse Lux.

La frase le sfuggì di bocca. Subito desiderò non averla mai detta. Era convinta che quell'osservazione metaforica sulle unghie dell'ex ragazzo sarebbe stata la campana a morto per l'interesse dimostratole dal suo corteggiatore. In passato, i ragazzi che avevano tentato di far colpo su di lei erano stati attratti dalle sue labbra ma poi non avevano mai tollerato quello che le usciva di bocca.

«Credo che succeda spesso dopo le superiori», disse il ragazzo del bar, in tono comprensivo. «Voglio dire, non avrei mai pensato di finire a vendere cappuccini, ma la scuola è molto più cara

[1] In inglese *clucks* e *sucks* sono rispettivamente la terza persona singolare dei verbi "chiocciare" e "succhiare".

di quello che pensavo. Perciò lavoro part time, il che è una scocciatura, ma è il massimo che possa fare. E di te che mi dici?».

Lux era pronta a mentire. Aveva in mente di raccontargli che aveva smesso di andare a scuola per qualche semestre, ma che era pronta a tornarci in autunno. Le piaceva essere la persona che lui pensava che fosse, ma prima che potesse iniziare a reinventarsi per lui una donna dai capelli scuri con un grembiule bianco uscì dal retro del locale.

«Charlie!», urlò il suo capo, indicando la lunga fila di clienti in coda dietro Lux.

Charlie arrossì di nuovo e Lux si spostò per permettergli di prendere l'ordinazione di una donna insignificante che aspettava pazientemente dietro di lei. Lux si mise da una parte, finì il cappuccino e poi cominciò a bere quello che aveva comprato per Aimee. Rimase lì, nella speranza che ci fosse un intervallo nella fila per poter parlare ancora con lui, ma il bar continuava a riempirsi. Tutti i tavolini erano occupati e non passò tanto tempo prima che Lux cominciasse a sentirsi stupida a starsene lì, a fare gli occhi dolci a un barista di nome Charlie. Il cellulare che squillava le fece guadagnare un altro po' di tempo. Si mise vicino alla porta e ascoltò Jonella che le parlava del loro futuro finanziario.

«Possiamo trovare lavoro insieme», le stava dicendo Jonella.

«Non lo so, Jonella», rispose Lux.

«Ragazza, se non ti interessano i soldi facili, non ho intenzione di costringerti. Però muovi le chiappe e vieni qua. Questo lavoro lo voglio e c'è della roba che devi fare tu».

Charlie guardava altrove, intento a prendere un'ordinazione. Un attimo dopo si stava occupando di un tavolino. Si sarebbe mai fermato a guardarla? Si sentì una stupida e così voltò le spalle al bar, uscì in strada, prese la metro e si diresse verso il Queens per aiutare Jonella a risolvere la sua crisi finanziaria.

«Ma sei matta!», gridò Jonella quando Lux rifiutò ancora una volta i suoi progetti per un futuro luminoso. «Faremo le spogliarelliste! È troppo perfetto per noi! Lo possiamo fare insieme. Cioè, non insieme sul palcoscenico perchè c'è da dividere le mance, ma tipo lavorare insieme nello stesso locale».

«Non lo so», disse Lux con un sospiro. «Spero che con quel mio amico gay esca fuori un lavoro d'ufficio».

«No ragazza, dobbiamo fare questo», insisté Jonella.

«Mi sa che non va bene per me. Non è dove voglio arrivare io».

«Ma di che cavolo parli? Dove te ne vuoi andare? In vacanza? E con che soldi? Le spogliarelliste fanno un sacco di grana. Le ragazze come noi hanno bisogno di soldi».

«Noo, non mi va».

Jonella pensò che Lux fosse una stupida che non riusciva ad avere una visione d'insieme della situazione. Immaginò che una volta considerati gli aspetti positivi del lavoro di spogliarellista, ci si sarebbe buttata subito.

«Ok, allora vieni con me e basta», le disse Jonella con tono dolce. «Mi tieni la mano perché la prima volta sarà un po' terrificante. Jonella si sacrificherà, farà un mucchio di verdoni e quando ti sentirai pronta lo farai anche tu, tesoro».

A suo onore, bisogna dire che Jonella aveva già fatto un bel po' di ricerche per trovare il lavoro che voleva. Parlando con una delle ragazze che lavoravano al Tip Top Club aveva scoperto che fare la spogliarellista non implicava più l'atto provocante di togliersi i vestiti. Al contrario, una ragazza compariva semplicemente già nuda sul palco e si metteva a ballare. E questo, proprio quel pomeriggio delle audizioni, è esattamente quello che fece Jonella. Non superò la prima selezione.

«Ma chi mi devo scopare da queste parti per potermi spogliare?», domandò Jonella. Lux andò con lei, come sostegno morale. Tenne la sua mano e i suoi vestiti. Lux credeva che la sua amica avesse fatto un ottimo lavoro a volteggiare nuda sul palco, ma il direttore non era d'accordo con la sua valutazione.

«Senti», esordì il direttore con gentilezza mentre dava a Jonella la cattiva notizia, «una come te, un po' cicciotella e avanti con l'età, deve fare qualcosa di più che stare lì a scuotere le chiappe sul palco. Torna stasera a vedere lo spettacolo, vedrai quello che sanno fare le mie ragazze».

A Lux ci volle un minuto buono per capire che il direttore aveva dato a Jonella della "vecchia cicciona". Jonella, al pari di Lux, aveva soltanto ventitré anni.

«Tu non sei vecchia, ragazza», le sussurrò mentre si trovavano nel camerino del locale. Mentre si rivestiva Jonella fece un gesto con la mano come per allontanare qualcosa da sé. Non le importava se il direttore di un qualche locale di spogliarello pensava che fosse vecchia o grassa. Voleva solo i soldi.

Quella sera Jonella e Lux tornarono al locale per vedere cosa facevano le spogliarelliste invece di togliersi i vestiti. Il direttore si ricordò delle due ragazze e abbuonò loro il coperto e minimo due consumazioni. L'atmosfera nel locale era allegra e il pubblico era misto. Jonella osservava il palco con uno sguardo serio e concentrato mentre alcune donne quasi nude riempivano la parte dello spettacolo in cui non ci si spogliava con alcuni trucchetti ginnici che comportavano il lanciarsi verso il pubblico per poi afferrare il palo al centro del palco.

Una donna si appese al palo a testa in giù, i piedi in aria. Poi scrollò le spalle in modo da far ballonzolare le tette. La seconda ballerina era una ragazza molto graziosa con dei grossi seni floridi che fece pochissimo a parte ballare nuda sul palco. L'ultima ragazza in scena, per chiudere la serata, era una brunetta tracagnotta piena di cicatrici che sembrava avere circa quarant'anni. Stava a testa in giù, con una sigaretta nella vagina. Ottenne un fragoroso scroscio di applausi e sia gli uomini che le donne del pubblico la sommersero di banconote fruscianti e sudaticce.

Mentre osservava l'incessante parata di donne nude scuotere l'albero dei soldi, Lux cercava di immaginare cosa avrebbe detto Charlie il barista di una spogliarellista il cui nome faceva rima con *ducks*, pitali. Un ragazzo che arrossiva a quel modo avrebbe capito quanto desiderasse acquistare un secondo appartamento? Ma perché avrebbe dovuto importarle cos'era in grado di capire un ragazzo come quello? Alla fine era sempre la voce solenne della zia "Chi? Ah sì, quella!" a riecheggiare più forte. «Fa' ciò che ti rende felice», era stato sempre il consiglio criptico della zia.

«Devo lavorare sui muscoli della parte superiore del corpo», disse Jonella mentre spingeva Lux fuori dal locale per andare a prendere la metro. «E poi mi devo procurare un paio di quelle scarpe. Quelle là hanno tutte delle scarpe serie. Chissà dove si rimediano delle scarpe così».

«Daremo un'occhiata in rete», le disse Lux mentre il treno le riportava a casa.

«Che rete?», domandò Jonella.

«Su Internet. Cercheremo su Google "scarpe da spogliarellista"».

Jonella non aveva la più vaga idea di che diamine stesse parlando Lux, il che non era insolito. Dal tono di voce sembrava che Lux avesse intenzione di aiutarla a trovare delle scarpe da spogliarellista e che avesse persino un'idea di dove cominciare a cercare. Per Jonella bastava e avanzava perciò sorrise e fece un cenno d'assenso.

Lux pensava che dopo quel rifiuto Jonella avrebbe dimenticato tutta la faccenda dello spogliarello, ma la mattina seguente si presentò a casa della madre di Lux prima del solito. Insistette affinché Lux cominciasse ad aiutarla a cercare le scarpe da spogliarellista.

«Portami nella rete», disse Jonella felice saltando sul lettino di Lux.

«Ok. Dobbiamo andare alla biblioteca pubblica», rispose Lux con aria assonnata.

«Alla biblioteca c'hanno le scarpe da spogliarellista?».

«Già».

Seduta davanti al computer della biblioteca, Lux andò rapidamente su Google, digitò "Scarpe da spogliarellista" e ottenne più di dieci pagine di siti che vendevano scarpe per spogliarelliste.

«Ehi, rifallo e vedi quello che esce con scarpe da spogliarelliste a buon mercato», le suggerì Jonella china dietro le sue spalle.

"Scarpe da spogliarelliste scontate" diede solo tre risultati. Lux cliccò sul primo sito e fece scorrere la pagina per mostrare a Jonella cosa c'era di disponibile per il suo numero. Jonella scelse due paia di scarpe che le sembravano carine e poi proseguirono fino al pagamento.

«Hai una carta di credito?», domandò Lux.

«Ragazza, non c'ho nemmeno il conto corrente».

Lux si fermò un attimo a riflettere e poi decise di rischiare.

«Ciao Brooke. Sono Lux», esordì al cellulare. Spiegò la situazione, disse che né lei né Jonella avevano una carta di credito e che le prometteva di restituirle subito i soldi. Brooke era contenta di darle una mano, si alzò dal letto e andò a computer, trovò il sito e completò l'operazione delle ragazze. Ne comprò persino un paio per sé.

«Be'?», domandò Brooke con tono svogliato. «A che vi servono delle scarpe da spogliarellista?».

Quando Lux le raccontò che Jonella stava cercando di convincerla a fare la spogliarellista tutto a un tratto Brooke si mise a strillare al telefono. «No! Non farlo! Dove sei? In biblioteca? Quale biblioteca? Non ti muovere».

«Perché?», le chiese Lux.

«Perché vengo immediatamente lì!».

Lux non aveva mai sentito Brooke strillare prima d'allora. La sua voce era sorprendentemente grossa come una sorta di ringhio. Jonella disse che la biblioteca le faceva venire la pelle d'oca e che non aveva intenzione di stare là tutta la giornata ad aspettare una stronza che abitava dall'altra parte del fiume. Jonella era riuscita a ottenere le sue scarpe e voleva fare altre cose quel giorno. Alla fine Brooke si mise d'accordo per vedere Lux a casa di Aimee.

«Margot!», urlò Brooke quando Margot rispose al telefono.

«Ciao anche a te», disse Margot. Era appena tornata dalla palestra.

«Molla tutto», disse Brooke, «dobbiamo intervenire».

«In che?», domandò Margot, pensando che Brooke stesse scherzando.

«Quella tipa, Jonella, sta cercando di convincere Lux a diventare una spogliarellista».

Margot buttò il latte nel lavandino e si precipitò fuori di casa.

«Ma potrei perdere tutto!», gridò Lux alle sue amiche.

Aimee, Brooke e Margot le ripeterono senza mezzi termini che non doveva nemmeno lontanamente pensare di diventare una spogliarellista.

«È un passo indietro», disse Aimee.

«Esatto! Primo: fare lo spogliarello ti farà sentire come carne da macello». Margot cominciò a enumerare tutti gli aspetti negativi del lavoro di spogliarellista. «Hai appena cominciato a essere padrona di te stessa, non buttare tutto all'aria per un branco di estranei che ti fanno l'occhiolino. Secondo: è un lavoro che ti esporrà agli sguardi della gente e a cose che non vanno bene per te. Terzo: dovresti spendere un sacco di soldi per i costumi e quindi, quarto, non ti procurerai i soldi di cui hai bisogno. Quinto: Jonella è un'idiota. Sesto: quel tipo di lavoro ti impedirebbe di trovare un lavoro migliore. Settimo: è un lavoro notturno. I lavori notturni fanno schifo. Ottavo: ti farà...».

«Ti farà star male!», la interruppe Brooke. «E cos'è che hai tanta paura di perdere da convincerti a diventare una spogliarellista solo per tenertelo?»

«Tutto il mio denaro», rispose Lux. «Prendo tremila bigliettoni al mese da un appartamento. Se l'inquilino mi dà buca, non mi rimane niente, e in più devo pagare mille verdoni al mese per le spese di manutenzione. Riuscite a crederci? Mille verdoni al mese!».

«Quant'è l'affitto dell'appartamento?», le domandò Margot. Era confusa sul fatto che Lux avesse un guadagno netto di tremila dollari al mese per circa novanta metri quadrati.

«Quattromila», rispose Lux.

«E le spese di manutenzione ammontano a mille dollari?», domandò Brooke.

«Già», disse Lux.

«E quant'è il mutuo?», le chiese Aimee.

«Be', niente», rispose Lux. «L'ho comprata in contanti. Sono la proprietaria».

Nell'appartamento accanto, il vicino di casa di Aimee si bloccò per un istante domandandosi cosa fosse successo per far strillare e gridare le ragazze così forte.

«Ti appartiene incondizionatamente e ti preoccupi dei soldi!», esclamò Margot.

«Non so che vuol dire "incondizionatamente", dico solo che ho pagato in contanti».

«Lux», disse Aimee, «cavaci fuori dei soldi da quell'appartamento. Comprane altri due. In uno ci vivi, l'altro lo affitti».

«Ma non ho abbastanza soldi per comprare due appartamenti».

«Hai soldi a sufficienza per l'anticipo di due appartamenti», disse Brooke. «E i due affitti copriranno le ipoteche e ti avanzerà anche qualcosa per te».

«Lux», disse Aimee, «è ora che cominci a vivere».

Dedicarono il resto del pomeriggio a stroncare i dubbi di Lux su debiti e ipoteche. Brooke si mise a spulciare tra i vecchi giornali in camera di Aimee finché non trovò le pagine degli immobili. Passarono in rassegna alcuni appartamenti in vendita nella zona e ne selezionarono diversi da andare a vedere. In seguito alla loro insistenza, Lux si iscrisse a un corso che le consentisse di ottenere la licenza per dare in affitto degli appartamenti.

«Ok! Ok! Avete ragione. Cioè, anche se non mi serve, devo conoscere le leggi, giusto?», disse Lux.

«Giusto», concordarono le sue amiche, entusiaste.

Alcune settimane dopo, proprio mentre Lux stava facendo un'offerta per un paio di appartamenti tutti ubicati nello stesso edificio, Jonella la chiamò al telefono.

«Ehi, Lux», le disse, «mi puoi prestare un po' di soldi?»

«Credevo che stessi facendo un sacco di grana al club».

«Sì, ma ne ho spesi una cifra».

«Cristo, Jonella! Che c'hai fatto?»

«Fanculo Lux, ho speso duecento dollari per quel costume per il primo spettacolo. E il resto in roba da bere e qualche altra stronzata per aiutarmi a passare la nottata».

«Veramente?», domandò Lux.

«E che cazzo. Fare lo spogliarello è una figata ma non so dove vanno a finire i soldi. E le ragazze come noi hanno bisogno di quattrini, giusto? E il fatto è che al momento non c'ho una lira e faccio cagare con questi vestiti. Andiamocene a spasso, ragazza. Solo io e te, come una volta».

«Noo, noo, noo», rispose Lux. «Non posso. Faccio un corso e sto studiando per un esame tosto».

«Che schifo, ragazza. Be', me li dai un po' di soldi?»

«Per cosa?»

«Be', io non c'ho nessun esame tosto da studiare. Se tu sei scema perché devo soffrire anch'io?».

Anche se Lux apprezzava la logica di Jonella, rispose di no. Jonella pensava che Lux fosse troppo orgogliosa per spogliarsi. Credeva che spillasse ancora quattrini al "vecchio cazzone", ed era convinta che dovesse dividerne un po' con lei. Perciò Jonella le chiese di nuovo i soldi, stavolta in maniera un po' meno gentile. Lux poteva contare sull'affitto dell'appartamento numero uno, ma quei soldi venivano messi da parte per il futuro. Condivideva il passato con Jonella, ma il futuro era altrove. Lux tagliò corto.

«Ragazza, proprio non posso», le disse. «Sto risparmiando per qualcosa di grosso. Qualcosa per me».

Jonella era furibonda. Andò su tutte le furie. Bestemmiò. La minacciò, ma Lux non le avrebbe dato un centesimo. Lux non andava né a ballare, né a far spese, né a bere, perché avrebbe dovuto pagare il conto per i festini di Jonella?

«Si tratta del mio futuro», le disse.

«Fanculo al futuro», urlò Jonella, «e fanculo pure a te. Non ti aiuterò più. E non siamo nemmeno più amiche, cara la mia Signorina Lux Succhia e Scopa!»

L'antico soprannome la ferì, soprattutto perché veniva da Jonella che un tempo era stata la sua protettrice e aveva preso a schiaffi chiunque fosse più piccolo di lei se lo pescava a canticchiare quell'orribile appellativo. Jonella era stata la sua compagna, la sua complice, il suo compare. Perché la stava insultando così, si chiedeva. Non si rende conto che le cose stanno andando meglio per me?

«Ragazza, ti sei fatta?», le domandò Lux, per sapere se stesse facendo uso di droghe.

«Ehi», urlò Jonella, sputacchiando un po' di saliva schiumosa sulla cornetta del telefono pubblico che stava utilizzando, «tu non sei il mio padrone! Tu sei in debito con me. E anche Carlos è in debito con me. Ora che c'ha per le mani quest'affare di dipingere le case, è in debito con me! Tu sei in debito con me, Succhia e Scopa!».

Le dita gelide di un'adolescenza orribile si serrarono intorno all'anima di Lux. Si passò una mano sulla fronte, ansiosa di rimettersi a studiare. Avrebbe voluto chiamare Brooke e parlarle degli appartamenti per i quali aveva fatto un'offerta. Aimee aveva detto che doveva affittarne uno, se li avesse presi entrambi. Margot voleva aiutarla a scegliere la vernice e i lavandini per quello più piccolo, il più rovinato dei due. Mentre Jonella continuava a spiegare con urla e con un linguaggio sempre più scurrile per quale motivo e per cosa Lux era in debito con lei, sembrava allontanarsi sempre più e le sue parole si fecero più confuse.

Il mondo della Signorina Succhia e Scopa appariva così lontano da quel domani di luce e verità che stava aspettando Lux. Quella luce splendente che le arrivava dai libri e dagli investimenti stava lenendo alcune di quelle vecchie ferite. Avrebbe voluto condividere la luce con Jonella. Avrebbe voluto dirle che c'era un modo migliore per farsi strada. Lux cominciò a parlarle di questo mondo nuovo, cercando di fare del suo meglio, ma Jonella aveva già riattaccato.

28. ALEXANDRA GRACE

«*I capezzoli di Annie si stavano indurendo e premevano contro il tessuto sottile del costume da bagno. Si disse che era colpa dell'aria fredda e del costume bagnato, e non il risultato di sette mesi trascorsi senza fare sesso. Annie guardò verso il bar per osservare tutti quei bei ragazzi che le sorridevano di rimando. Il vento ricominciò a soffiare sull'acqua e per un attimo Annie rimpianse di non aver portato un pareo o una maglietta per coprirsi, anche se avrebbero reso inutile il risultato di quelle ultime cinque settimane in palestra*».

«Ok», disse Aimee. «Ora che lo leggo ad alta voce, è un'assurdità bella e buona. Da quattro mesi non riesco nemmeno a vedermi le dita dei piedi, per non parlare di quanto tempo è passato dall'ultima volta che li ho toccati. Sono una scema. Non posso leggerlo. Vai tu, Brooke. Io ho finito».

«No, no. Continua a leggere, Aimee», rispose Brooke.

«È bello», disse Lux.

«Non posso. Ho scritto che sono bella», disse Aimee. «È imbarazzante».

Margot aprì la bocca per parlare ma Aimee, anticipando quello che stava per dire, la bloccò.

«Lo so, lo so», disse, «ma io voglio essere bella nel modo che porta un uomo a desiderare di toccarmi, non solo in senso trabocco-felicità-da-tutti-i-pori».

Brooke cercò di infilare un commento, ma Aimee procedeva a vele spiegate.

«Sì, sì, avete ragione, vanno bene tutti e due i modi, lo so. Ok, allora continuo a leggere quello che ho scritto».

Aimee cambiò posizione sul divano e ricominciò a leggere.

«*Le sue amiche la prendevano in giro. Avevano acchiappato tutte dei ragazzi favolosi appena avevano messo piede fuori dal pulmino che le aveva portate dall'aeroporto al villaggio turistico, ma Annie era fuori esercizio. Non riusciva a ricordare dove avesse lasciato la sua sensualità. Forse sulla scrivania. Forse era andata perduta tra i documenti del divorzio. Tutti le avevano giurato che la piscina era il posto giusto per ritrovarla. Annie doveva soltanto trattenere il fiato e buttarsi*».

Aimee schiacciò un tasto e sul suo computer portatile apparve la schermata successiva.

«*Il biondino coi capelli ricci aveva un'aria dolce e tranquilla. Annie aveva fatto appena un passo verso il bar quando sentì una mano che le afferrava il braccio.*

"Annie Singleton?", le domandò un uomo. La voce era calda, gli occhi azzurri e il volto familiare. Quando lei accennò di sì col capo, l'uomo disse "Penso che siamo andati alle superiori insieme"».

«Capite, mi sa che sono in cerca di qualcosa che sia nuovo, ma anche familiare», disse Aimee, criticando e psicanalizzando se stessa mentre andava avanti.

«Leggi e basta», disse Brooke.

«*Le venti ore successive trascorsero tra conversazioni, ricordi e dissertazioni su che cosa ne fosse stato delle ragazze più perfide della scuola e se veramente avessero meritato un fato così avverso. Quando all'alba si incamminarono verso il suo rifugio sulla spiaggia Annie indossava ancora lo stesso costume che aveva addosso quel pomeriggio quando era entrata nel bar. Se lo sfilò nella vasca d'acqua calda, col suo aiuto. L'acqua e le mani di lui erano calde ed erano ovunque sul suo corpo. Balzò fuori dalla vasca senza usare gli scalini, la aiutò ad alzarsi tenendola per un braccio. Poi fecero una corsa per infilarsi tra le lenzuola*».

All'improvviso Aimee chiuse il computer portatile.

«E, naturalmente, poi fanno sesso», dichiarò in un modo che faceva capire che aveva finito di leggere la sua storia.

«Ma a noi piacerebbe sentire *in che modo* fanno sesso», disse Margot educatamente.

«Non lo so. L'avrei scritta quella parte, se non avessi dimenticato come si fa», rispose Aimee. «Ha qualcosa a che vedere con un pene, giusto?»

«Sì, e se te lo infila nell'orecchio, vuol dire che sta commettendo uno sbaglio», spiegò Margot.

Aimee stava seduta dritta sul divano tra Margot e Brooke. Si sentiva un po' intontita, ma anche eccitata per essere finalmente in piedi. Quando il bambino era arrivato a pesare all'incirca due chili e mezzo il medico le aveva permesso di alzarsi dal letto. Aimee era rimasta sorpresa dallo scoprire che aveva difficoltà a mantenere l'equilibrio e, cosa ancora più strana, che a una piccola parte di se stessa mancava la quiete di quella prigionia. Finora si era avventurata fuori dall'appartamento solo una volta, il giorno prima, per una breve passeggiatina fino all'ascensore per ritirare quanto aveva ordinato al ristorante cinese. In seguito a quel viaggetto, era tornata in soggiorno e si era addormentata sul divano.

In piena notte il suo quasi ex marito l'aveva chiamata per dirle che aveva ricevuto i documenti del divorzio e che li aveva firmati. Non aveva intenzione di opporsi al divorzio. Non l'avrebbe trascinata in tribunale e non avrebbe dato la loro vita in pasto al pubblico. Le giurò che avrebbe pagato qualsiasi somma che lei e il giudice avessero ritenuto appropriata per il mantenimento del bambino. Una volta depositati i documenti, il loro divorzio sarebbe stato definitivo dopo circa sei settimane. Aimee disse grazie in tono molto tranquillo. Nel silenzio che seguì sentì un suono di musica orientale e delle voci. Il mattino dell'uno era la notte dell'altra.

«Aimee», le disse, «stai bene?»

«Benissimo. La bambina dovrebbe nascere tra una settimana e mezzo. È anche figlia tua e se vuoi esserci per la nascita, puoi venire».

«Una settimana e mezzo? Vedo se riesco a trovare un volo».

Non c'era molto altro da dire. Dove un tempo c'era tanta passione, adesso c'era solo silenzio.

«Ora mi rimetto a dormire», disse Aimee, «domani viene il mio gruppo letterario».

«Va bene, allora», disse e con un educato arrivederci riagganciarono.

La mattina seguente Aimee si era svegliata con un inesplicabile bisogno di pulire casa. Quando le sue amiche erano arrivate, verso l'ora di pranzo, l'avevano trovata ginocchioni a strofinare il forno. Quando le avevano suggerito di smettere, Aimee aveva giurato che avrebbe pulito solo i bagni e poi si sarebbe riposata. Invece di rimproverarla, Brooke, Lux e Margot si erano infilate i guanti di gomma e avevano dato una ripassata veloce all'appartamento. Le porcellane splendenti e la biancheria lavata e piegata l'avevano calmata, consentendole di andarsi a sedere con le sue amiche sul divano ad ascoltare tutte le loro fantasie. Non pensava fosse strano sentirsi così tranquilla.

«Allora Brooke», domandò Margot, «ti va di essere la prossima a leggere?»

«Non ho scritto niente», rispose Brooke. «Al momento sono un po' sconcertata per quanto riguarda il sesso. Si scrive S-C-O-N-C-E-R-T-A-T-A, Lux».

«Che significa?», domandò Lux mentre scriveva la parola sul suo taccuino.

«In un certo senso quello a cui ti fa pensare il suono della parola», rispose Brooke mentre Aimee cambiava improvvisamente posizione sul divano, inquieta.

«Mi fa pensare a "imbarazzata di stomaco"», disse Lux.

«In realtà significa "confusa"», disse Margot.

Lux non fu felice di sentire che si poteva raggiungere la veneranda età di Brooke ed essere ancora confuse dal sesso. Avrebbe desiderato avere qualche parola di conforto per la sua amica.

«Uhm, qualche giorno fa ho pranzato col tuo amico Bill», disse.

«Come sta?», domandò Brooke con un po' di freddezza nella voce.

«Bene. Spera che tu lo richiami».

«Ha già cominciato le sedute?»

«Se ti riferisci allo strizzacervelli, no. Però si vede un sacco con un amico di suo padre, Miles Rudolph o qualcosa del genere».

«Miles Randolf!», esclamò Brooke. «Miles è assolutamente troppo vecchio per Bill!».

«Noo, noo, noo!», disse Lux, mentre scuoteva la mano e rideva per l'improvvisa e impetuosa affermazione di Brooke. «Il vecchio era un amico del padre. Sta solo discutendo con lui del... hai capito, no?, di tutte quelle stronzate. Il ragazzo di Bill è più giovane, sui trentacinque anni. Carino, ma di sicuro vince il titolo per "l'omosessuale più noioso che ho mai conosciuto"».

«Bill ha un ragazzo!», esclamò Brooke a fatica.

«A-ha», fece Lux, stupita che il suo tentativo di tirar su il morale di Brooke fosse fallito in maniera così spettacolare. «Sì. Ce l'ha. Mi sono fermata un attimo da lui per ridargli dei libri e quel tipo era lì, a casa sua. E avevano addosso degli accappatoi alle quattro del pomeriggio ed era piuttosto chiaro che fino a poco prima erano nudi. Bill sembrava abbastanza felice, però. Me lo ha presentato come un amico. Mi sembra che si chiami Bannister. Aveva addosso l'accappatoio e dei calzini neri. Dei calzini eleganti. Sono quasi sicura che ha fatto l'amore con addosso quei calzini neri perché non ti metti mica solo i calzini dopo aver fatto sesso il pomeriggio, no? Comunque sia, questo tizio, Bannister, è interessante quanto il paletto di una staccionata. Ha l'accento inglese e...».

«Alistair Warton Smythe!», esclamò Brooke a bocca aperta.

«Sì, è lui», disse Lux tra le risate. «Bannister Warthog Smith. Alto, snello, biondo. Assomiglia a te, Brooke. Cioè, se tu fossi l'omosessuale più noioso di New York».

Brooke spostava lo sguardo da Margot a Lux e viceversa. Non sapeva se ridere o piangere. Margot cercò di far pendere la bilancia verso la prima opzione.

«Oddio! Brooke! Quanto sei fortunata!», esclamò Margot.

Brooke e Lux si voltarono entrambe per guardare Margot. Nessuna delle due riusciva a capire in che modo il nuovo e borioso ragazzo di Bill poteva trasformarsi in una fortuna per Brooke.

«Hai appena evitato di regalare venti penosi anni della tua vita a un uomo che preferisce gli uomini», spiegò Margot.

«Gli uomini noiosi», aggiunse Lux ridacchiando.

«Già», disse Brooke, sorridendo appena. «Già, immagino tu abbia ragione. Ho appena guadagnato vent'anni di felicità».

Aimee se ne stava seduta tranquilla sul divano. Stava ascoltando, ma si sentiva lontanissima, come se una musica stesse suonando solo per lei.

«Allora Margot», domandò Brooke, «ti va di leggere il tuo pezzo?»

«Ok, ma ho scritto un pezzo sul mio vibratore».

«E che c'è di male?», le chiese Brooke.

«Certa gente mi ha fatto notare che il mio attaccamento alla meccanica distruggerà i miei rapporti con gli uomini in carne e ossa. Ma, ehi, ho cinquant'anni. Non bevo e non fumo. Credo sia giusto che abbia anch'io un vizietto piacevole come chiunque altro in città. E poi sto insegnando a Trevor come farlo funzionare».

All'improvviso Aimee si alzò e andò in bagno. Si mise seduta sulla tazza e si controllò le mutande. Poi rimase seduta per un attimo nella tranquillità della porcellana splendente, chiedendosi come avrebbe fatto a fare tutto da sola.

Margot aspettò che Aimee tornasse dal bagno. Quando lo fece, Aimee rimase lì in piedi a guardare le sue amiche. Non si mise a sedere.

«Ho appena perso il tappo di muco cervicale», annunciò Aimee.

«Oh, mio Dio!», disse Margot. «E che significa?»

«Che se si rompe il sacco amniotico avremo il bambino qui a casa», disse Lux alzandosi dalla sedia. «Jonella ha partorito quasi tutto il bambino a casa. Il muco cervicale è sceso mentre eravamo fuori a ballare e non sapevamo che dovevamo fermarci. Così quando siamo arrivate a casa e il sacco amniotico si è rotto, il bambino ha cominciato a uscir fuori».

«Noi questo non lo vogliamo», disse Margot con fermezza.

«Sono eccitatissima», disse Aimee con calma.

«Allora che facciamo?», domandò Brooke.

«Ok, ok, ci ho riflettuto bene. Io... eh... lo so... eh», Aimee inciampò e vacillò e non riuscì a ricordarsi cosa fare. Poi le prese un attacco di ridarella che non accennava a fermarsi. Margot si fece carico della faccenda.

«Ok», disse, «andiamo all'ospedale. Lux prende la valigia. Io chiamo l'auto aziendale, poi l'ospedale e poi la madre di Aimee. Brooke aiuta Aimee a scendere giù».

Per un istante rimasero tutte ferme, colpite dalla capacità di comando di Margot. Margot non riusciva a capire per quale motivo non stessero eseguendo i suoi ordini, così chiari.

«Diamoci da fare, ragazze!», disse Margot in tono allegro, senza lasciar trasparire la paura che stava provando.

Grazie all'eccellente piano di Margot, l'auto aziendale stava accostando al marciapiede proprio mentre Brooke e Margot stavano attraversando l'atrio del palazzo insieme ad Aimee. Lux fece un ultimo giro dell'appartamento per assicurarsi che tutto quello che doveva essere spento lo fosse, che le chiavi di casa fossero nella borsetta e i cellulari infilati in tasca. Raggiunse le altre in strada.

«Stai bene?», chiese Aimee a Margot mentre salivano in macchina.

«Benissimo, benissimo», rispose Margot.

«Stai tremando», disse Aimee, ridendo. «Io sto per avere un bambino e tu stai tremando».

«Sono eccitata», disse Margot. «E un po' nervosa. Oh, mio Dio! Finalmente sta per succedere!».

Lux le strinse la mano per cercare di calmarla. L'idea che Aimee stesse bene ma Margot avesse bisogno di essere calmata la fece ridere. Si rivelò contagioso e improvvisamente tutto il sedile posteriore fu scosso da risatine nervose ed eccitate. Quando l'auto arrivò davanti al pronto soccorso dell'ospedale tre delle quattro donne rotolarono fuori dalla berlina come puttane ubriache davanti a un locale notturno. Aimee rotolò fuori come una balena arenata sulla spiaggia di Coney Island. Ci pensarono le luci fluorescenti e la quiete dell'ospedale a farle rinsavire in fretta. Recuperarono il loro buon senso e aiutarono Aimee a entrare nel pronto soccorso.

Dopo un rapido esame pelvico, Aimee fu ricoverata. Quando il medico di turno annunciò che Aimee aveva una dilatazione di tre centimetri e che doveva essere trasferita al reparto maternità, Margot passò dal tremito alle chiacchiere. Quando le donne raggiunsero la carrozzella di Aimee in sala parto, Margot fornì a Brooke, Lux e Aimee un resoconto accurato dell'arredamento della stanza e delle altre attrattive.

«Oh, mio Dio, caspita, guarda Aims, è una Iacuzzi. Proprio come quella della tua storia. Sarà utilissima, anche se non so proprio quando avrai il tempo di infilartici dentro. E la carta da parati è sorprendentemente raffinata per un ospedale. Interessante! È come un alberghetto grazioso».

«C'è il mini bar?», domandò Brooke.

Mentre l'infermiera la aiutava a mettersi a letto, Aimee cominciò a sentire delle forti fitte al ventre.

«È come se mi stesse per venire il ciclo. Non è una cosa negativa, giusto?», domandò Aimee. «Giusto?».

Brooke e Margot si scambiarono uno sguardo, poi tornarono a guardare Aimee prima di dichiarare in tono incoraggiante e all'unisono: «Giusto!». Lux, che ci era già passata con Jonella, offrì un consiglio più pratico.

«Sai», disse, «quando stai a casa se ti va di dire "merda" o "cazzo" oppure "maledetto figlio di puttana" o qualunque altra cosa, lo puoi urlare a squarciagola quanto ti pare, ma una volta che sei in ospedale se ti metti a urlare o fai la matta arriva qualcuno e ti dice che stai disturbando le altre madri».

«Buono a sapersi», disse Aimee e aggiunse, anche se non riusciva a immaginarsi mentre urlava o imprecava a squarciagola: «Grazie, Lux».

E poi arrivò la prima contrazione forte.

«Vaffanculo!», gridò all'improvviso Aimee con una voce terrorizzata. Mentre la contrazione si calmava, un'infermiera accigliata fece capolino nella stanza e la guardò torva. Poi l'infermiera scontrosa chiuse la porta della sala parto nel tentativo di proteggere le altre donne del piano dalla boccaccia di Aimee.

«Visto?», disse Lux.

«Io... io... credo di aver bisogno dell'epidurale», disse Aimee con una vocetta spaventata. «E se potessi averla il prima possibile sarebbe meglio, molto meglio».

Lux uscì di corsa in corridoio per cercare un anestesista. Aimee strillava più forte ma imprecava di meno durante le contrazioni violente. Strinse forte la mano di Brooke e mise in pratica gli esercizi di respirazione che avevano imparato al corso

Lamaze. Gli esercizi non rendevano affatto il dolore meno intenso, ma riuscirono a distrarla soprattutto quando Margot, che seguiva la respirazione con Aimee e Brooke, andò in iperventilazione e dovette mettersi seduta. Stavano ancora ridendo quando arrivò l'anestesista e le fece l'epidurale.

«Oh, grazie a Dio!», esclamò Aimee quando sentì le gambe che si intorpidivano.

«E ora che facciamo?», domandò Brooke.

«Aspettiamo», disse Lux.

Per sei ore Margot, Brooke e Lux rimasero sedute accanto ad Aimee a osservare le contrazioni sul monitor.

«Wow! Questa qui è mostruosa!», disse Brooke mentre la contrazione si spingeva fin quasi all'estremità del monitor.

«Hai sentito dolore?», le chiese Lux.

«Non ho sentito assolutamente niente», rispose Aimee. «Non riesco a sentire niente al di sotto del petto».

«Be'? Come la chiamiamo questa bambina?», domandò Brooke.

«A me piace Grace», disse Lux. «È il nome che mi davo quando giocavo a far finta di essere qualcun altro».

«Che ne dite di Martedì?», suggerì Brooke.

«No, no, no», l'avvertì Lux. «Un nome non è uno scherzo».

«Per un po' mi è piaciuto tantissimo Lilly», disse Aimee, «o magari Dalia».

«I nomi di fiori sono carini», disse Margot buttando giù velocemente una lista di nomi di fiori. «Che ne dite di Lilia? C'è anche Rose, oppure Petunia. Ah no, Petunia no. C'è Violet, Fresia, Viola, Ninfea, Gardenia, Serenella, Primula, Margherita, Veronica, Angelica, Iris, Fiordaliso, Erica, Peonia, Tiger Lily, be', questo viene dal *Peter Pan*. E poi c'è Lavanda, Orchidea, Flora, Rosemary, Mimosa».

«Ferma lì!», la interruppe Aimee. «La chiamerò Alexandra. L'ho deciso la scorsa notte».

«Alexandra è molto carino», disse Brooke, entusiasta.

«Che ne pensate, ragazze, del nome Alexandra Grace?», domandò Aimee alle persone che le stavano veramente a cuore.

«Mi piace», rispose Lux, e furono tutte d'accordo.

«Come andiamo qui?», domandò l'infermiera in tono deciso entrando nella stanza. Raggiunse il letto e controllò i progressi di Aimee.

«Mi sento bene», rispose Aimee. «In realtà non sento assolutamente niente. Mi sento tutta intorpidita dal petto fino alle dita dei piedi».

«Oddio!», strillò l'infermiera. «Ha una dilatazione di quindici centimetri. È il momento di spingere. Ora, vado a chiamare il dottore e poi comincerà a spingere, a spingere forte come se dovesse andare al bagno».

«Fantastico, a parte il fatto che non ho la più pallida idea di dove sia posizionato al momento il mio ano», disse Aimee, indicando la flebo dell'epidurale.

«Oh!», esclamò l'infermiera e corse via in cerca dell'anestesista.

Quando la dottoressa entrò con passo spedito nella stanza, Aimee aveva ancora i segni del cuscino sul viso.

«Che ora è?», domandò Brooke.

«Le tre del mattino», disse la dottoressa, e poi aggiunse: «Voi chi siete?»

«Queste sono le mie migliori amiche», rispose Aimee, facendo un gesto verso Margot, Brooke e Lux.

«Ah», esclamò la dottoressa, «una tribù di donne. Benissimo. Avrà bisogno del loro sostegno. Allora, l'epidurale è stata sospesa. Mi dica, riesce a sentirsi il sedere adesso?».

Aimee fece cenno di sì col capo. Riusciva a sentirsi il sedere e molto di più. Il dolore stava risalendo il suo corpo con enormi onde oceaniche.

«Lei», disse la dottoressa indicando Margot. «Deve strofinarle le gambe. Sono un po' fredde e rigide per via dell'epidurale».

«Sì, signora», disse Margot partendo in quarta.

«Chi è il partner per la Lamaze qui?», domandò l'infermiera.

«Sono io», rispose Brooke.

«Bene, lei starà alla destra della mammina. E lei», disse l'infermiera indicando Lux, «lei starà alla sua sinistra. Ora tiriamo un po' su il letto così può mettersi seduta. Poi cominceremo a spingere».

«Come si sente, Aimee?», le chiese la dottoressa, in sottofondo il ronzio del letto che si muoveva. Dal soffitto scese uno specchio così Aimee avrebbe potuto vedere il bambino mentre veniva al mondo. La dottoressa si infilò i guanti sulle mani curate e prese posto tra le gambe di Aimee.

«Se lei è pronta», disse la dottoressa, «andremo a spingere contando fino a dieci. Se riesce ad arrivare a quindici è meglio, ma voglio che spinga almeno fino a dieci».

«Dai, Aimee, regalaci un bel quindici», le fece animo Margot dal suo posto ai piedi di Aimee.

Quando arrivarono a undici, Lux, Brooke e Margot si unirono in una conta corale. Incoraggiata, Aimee spinse con forza.

«Diciotto, diciannove, venti, ventuno», cantavano a squarciagola le sue amiche e grazie alle loro grida da ragazze pon pon, Aimee trovò la forza per spingere fino a trenta. La bambina era piccola e il corpo di Aimee stava facendo le prove della sua espulsione da parecchi mesi. Finalmente, dopo quello che ad Aimee parve un intervallo inimmaginabile di tempo e dolore, Alexandra Grace venne al mondo.

Era rosa e umidiccia con le labbra grosse e la testa piena dei riccioli di Aimee. Quando Aimee tagliò il cordone che la legava fisicamente alla sua bambina sentì una profonda ondata di amore e di passione per quella creatura che finalmente era una persona a sé. Margot tenne in braccio Alexandra mentre ricucivano il danno fatto al corpo di Aimee. Sebbene in base al suo stesso programma fosse compito suo fare le telefonate, Margot non volle metter giù la bambina. Brooke chiamò la famiglia di Aimee per dar loro la buona notizia. Chiamò Tokyo e lasciò un messaggio, educato anche se ansimante, sulla segreteria telefonica dell'ex marito.

Finalmente, la dottoressa prese Alexandra Grace dalle braccia di Margot e la diede ad Aimee. Aimee trattenne il fiato mentre tre chili e due di bambina e coperta presero posto tra le sue braccia. Come se sapesse di essere arrivata a casa, Alexandra si girò verso Aimee, aprì gli occhietti scuri e fissò la madre con uno sguardo intenso e meditabondo. L'amore, simile a un attacco d'asma, afferrò il petto di Aimee e crebbe dentro di lei, cambiando così tante cose che Aimee si ritrovò a essere quasi una persona nuova. Aimee ricominciò a respirare e col primo respiro si ripromise, in silenzio, che avrebbe dato la vita per proteggere quella bambina.

Qualche ora dopo, mentre riposava tranquillamente nella sua stanza con quel morbido mucchietto rosa vicino, Aimee restò sorpresa dall'entità dei danni e dalle contusioni al bacino e alla vagina, sia interni che esterni. Secondo tutti i parametri si era trattato di un parto facile e tuttavia, quando dovette alzarsi per andare in bagno, ad Aimee servì l'aiuto di Lux per attraversare la stanza.

«Mi sento come un campo di battaglia», si lamentò Aimee quando Brooke si mise seduta accanto a lei sul letto, chiedendole come si sentisse.

«Sì, piccola, ma la guerra è finita adesso», le disse Brooke.

«Credi?», domandò Aimee.

«Naturalmente», rispose Brooke, «ora devi solo fare il genitore».

«Credo che dovrei sposare il tuo amico Bill», disse Aimee.

«Perché?», le chiese Brooke.

«Anch'io non voglio più fare l'amore», disse Aimee ridendo. Mentre ridevano un'infermiera entrò di corsa con lo sguardo concentrato su una tabella.

«Le serve un consulto per la circoncisione?», le domandò.

«Io ho una bambina», rispose Aimee.

«Oh, mi scusi. Non è una decisione che deve prendere oggi», disse l'infermiera mentre correva via per cercare i maschietti.

All'improvviso Aimee si mise a riflettere su tutte le decisioni che avrebbe dovuto prendere per la sua bambina. Nel corso della loro vita in città, probabilmente quella prima viscerale promessa non sarebbe mai stata necessaria. Nessuno le avrebbe mai chiesto di sacrificare la sua vita, ma quante volte avrebbe dovuto mettere da parte la sua vita e i suoi desideri per soddisfare i bisogni della bambina? La continuità di quei bisogni poteva rivelarsi difficile da soddisfare al pari di un qualsiasi sacrificio eroico individuale. Sono proprio un'egoista, pensò Aimee. Sono troppo pronta a criticare e sono sola. Come farò a trovare un equilibrio? Come farò?

Le manine di Alexandra, con quelle spettrali unghiette bianche che avevano la stessa forma di quelle della nonna di Aimee, le avvolgevano il mignolo. In confronto ad Aimee, la manina nuova di zecca di Alexandra aveva un colorito olivastro, persino un po' giallo. Il giallo era il colore giusto? Che era successo al rosa perfetto di qualche ora prima? Avrebbe detestato i suoi capelli ricci? Avrebbe desiderato farsi i buchi alle orecchie? Si sarebbe innamorata di un tipaccio che le avrebbe spezzato il cuore? Gli occhi di Aimee si riempirono di lacrime mentre meditava sul fatto che un tempo il mignolino storto di Lux era stato perfetto e intatto come quello di Alexandra.

«Arriva la dottoressa», disse Brooke. «Mi sa che è ora di dimettervi dall'ospedale».

«Così presto», mormorò Aimee, preoccupata di come avrebbe fatto a gestire tutto da sola. E se fosse successo qualcosa? E se le andava di farsi una doccia? All'improvviso i medici le piombarono addosso.

La dottoressa raggiunse il letto, al suo fianco il pediatra assegnato ad Alexandra.

«Dobbiamo portar via la bambina. Adesso», disse la dottoressa.

«D-d-d-dove?», domandò Aimee, sconvolta dalla loro tranquilla serietà.

«Al reparto terapia intensiva neonatale», rispose il pediatra mentre si chinava su Aimee e le prendeva dalle braccia la neonata addormentata. Tenendo la bambina stretta a sé, il pediatra scattò verso la porta. La dottoressa di Aimee gli fu subito dietro.

«A metà corridoio andate a destra e poi a sinistra. Si vesta. Ci vediamo là», le disse la dottoressa mentre afferrava di corsa la cartella clinica della bambina e seguiva il pediatra verso il reparto terapia intensiva neonatale.

Aimee boccheggiò come un pesce fuor d'acqua. Un attimo dopo si preoccupava di come entrare nella doccia.

«Lux», ordinò Margot, «vai in corridoio e segui quei medici. Questo ospedale è enorme. E facci sapere esattamente dove hanno portato la nostra piccolina. Brooke, tira fuori i vestiti di Aimee. Se non li trovi, nel bagno c'è un accappatoio. Aimee, ora sposto la flebo da una parte e ti aiuto ad alzarti».

Le donne si misero in azione e dopo tre minuti Aimee cominciò ad avviarsi barcollando verso il reparto terapia intensiva neonatale. A un'estremità della corsia, Alexandra giaceva in un'incubatrice sotto un affare simile a una lampada per abbronzarsi. Era nuda fino alla vita e aveva persino dei minuscoli occhialini da sole sugli occhi.

«Ittero», disse il pediatra. «Ce ne siamo accorti col secondo esame del sangue. Si può curare. Mi dispiace averla spaventata, ma si muove in fretta, perciò dovevamo muoverci in fretta anche noi».

La spiegazione continuò, ma Aimee non riusciva a capire una sola parola. Diciotto ore d'età e già c'erano problemi. Brooke ascoltava con attenzione mentre i medici spiegavano che le lampade avrebbero contribuito a espellere le tossine dal sangue che il piccolo fegato di Alexandra non riusciva ancora a filtrare. L'avevano presa in tempo e c'erano pochissime possibilità, quasi nulle, di danni permanenti. In trentasei ore Alexandra Grace sarebbe tornata rosa e perfetta e sarebbe stata pronta per andare a casa.

«E noi che dovremmo fare fino ad allora?», domandò Brooke.

Per un attimo il pediatra la guardò con aria assente, non capendo a cosa si riferisse Brooke con quel "noi". Poi ci arrivò: quelle quattro donne erano una famiglia.

«Fate in modo che la neomamma si riposi e si nutra il più possibile», rispose il pediatra.

«Sì, questo possiamo farlo», disse Lux.

Aimee era silenziosa mentre la sistemavano di nuovo a letto. Come se si fosse appena ripresa da una catalessi, si girò verso le sue amiche e disse: «Si rimetterà».

«Ma certo che sì», disse Brooke con calore, e in quel momento Aimee cominciò a piangere.

Le prime lacrime furono un nubifragio improvviso, accompagnato da uno sfogo delle sue paure represse. Quel leggero scroscio fu seguito dall'artiglieria pesante costituita dai sinceri ringraziamenti di Aimee. Quando Aimee si soffiò il naso direttamente nei fazzolettini di carta da quattro soldi dell'ospedale, con le sue lacrime intendeva esprimere tutta la sua gratitudine a quelle donne meravigliose, ognuna con i propri desideri e i propri bisogni, che avevano chiamato sua figlia "la nostra piccolina".

E quando le amiche risposero consumando rotoli e rotoli di carta igienica per asciugarle il moccio dalla faccia, intendevano dirle ci saremo veramente per te e per lei, anche quando vomiterà sui nostri completi buoni, anche quando compirà tredici anni e farà arrivare delle bollette telefoniche altissime per via delle chiacchiere senza senso sul ragazzo per il quale avrà preso una cotta. Ci saremo per aiutarti a cambiare i pannolini, per convincerla a non farsi fare il piercing al naso. Ci saremo per spiegarle che la sua mamma le vuole bene veramente ed è per questo che deve tornare a casa per le nove, anche se le altre ragazze possono stare fuori fino alle undici. E quando raccolsero i fazzolettini usati e la carta igienica e gettarono tutto nei rifiuti senza esserne disgustate, stavano facendo veramente la promessa più seria di tutte: faremo le baby sitter gratis.

«Andrà tutto bene, Aimee», disse Lux e con ciò intendeva dire ci saremo quando è piccola e quando sarà una ragazzina. Ci saremo per aiutarla a diventare una donna.

«Sì, andrà benissimo», disse Aimee e ci credeva dal profondo del cuore.

Il cibo dell'ospedale era fuori questione. Margot fece un sondaggio sui ristoranti preferiti di ognuna di loro e poi telefonò a quello che le piaceva di più, aggiungendo all'ordinazione una bottiglia di champagne. In capo a un'ora i membri del Club erotico del martedì stavano sollevando in alto i bicchieri di carta.

«Desidero fare un brindisi», disse Brooke. «Alla passerina di Aimee. Che possa guarire presto e bene».

«Alla salute! Alla salute!», esclamò Margot con l'aria di un borioso avvocato inglese.

«Ad Alexandra Grace», disse Aimee, «e a noi».

ANNI DOPO

«Con le mani seguì il contorno del mio corpo. Una mano cambiò direzione e si posò sul mio fondoschiena e l'altra si posizionò sul seno. Sospirai e trovai i bottoni dei pantaloni e cominciai a slacciarli mentre ci baciavamo».

All'improvviso Lux smise di leggere mentre la porta si spalancava.

«Mamma!», esclamò Alexandra Grace. «Quando Rosie fa le pulizie mi nasconde tutta la roba. Non riesco a trovare i miei calzettoni buffi».

«Che cosa sono i calzettoni buffi?», domandò Brooke.

«Dei calzettoni con sopra della roba buffa», le spiegò Margot. «A lei piacciono quelli con sopra disegnati i rossetti e le borsettine eleganti».

«E Rosie li nasconde quando fa le pulizie!», si lamentò Alexandra Grace.

«Quando finiamo», le promise Lux, «ti aiuteremo a cercare i calzettoni buffi, ok?»

«Uhm», mormorò Alexandra, riflettendoci su, «ok».

Alexandra si mise accovacciata a terra in attesa che le sue donne preferite finissero quello che stavano facendo, qualunque cosa fosse.

«Va' a giocare», le ordinò la madre.

«Ma io voglio vedere quello che fate qui», disse Alexandra.

«Te lo spiegheremo», disse zia Margot.

«Quando sarai più grande», disse zia Brooke.

«Quando sarai pronta», le promise zia Lux, «entrerai nel nostro club».

INDICE

Grandi Tascabili Contemporanei

Andrea Frediani, *300 guerrieri. La battaglia delle Termopili*
Anne Cherian, *La moglie indiana*
Scarlett Thomas, *Che fine ha fatto Mr Y.*
Federica Bosco, *Mi piaci da morire*
Andrea Frediani, *Jerusalem*
Judith Summers, *La mia vita con George*
Nancy Kilpatrick, *La notte dei vampiri*
Federica Bosco, *Cercasi amore disperatamente*
Giulio Castelli, *Imperator. L'ultimo eroe di Roma antica*
Sherry Jones, *A'isha, l'amata di Maometto*
Stuart MacBride, *Il collezionista di bambini*
Carole Matthews, *Il sexy club del cioccolato*
Leslie Carroll, *Matrimoni, bugie e appuntamenti*
Leander Deeny, *Gli incubi di Hazel*
Tom Martin, *Pyramid*
Federica Bosco, *L'amore non fa per me*
Rossella Canevari – Virginia Fiume, *Voglio un mondo rosa shokking*
Jane Elliott, *Diario di un'adolescenza rubata*
Nagib Mahfuz, *I romanzi dell'antico Egitto*
Stel Pavlou, *Il codice di Atlantide*
Scott Westerfeld, *I diari della mezzanotte*
Lisa Jane Smith, *I diari delle streghe*
Scarlett Thomas, *PopCo*
Harry Sidebottom, *Il guerriero di Roma. Fuoco a Oriente*
Claudio Rendina, *I peccati del Vaticano*
Lars Rambe, *Incubo bianco*
Elizabeth Chandler, *Baciata da un angelo*
Massimo Lugli, *L'istinto del lupo – La legge di lupo solitario*
Joss Ware (*alias* Colleen Gleason), *I diari delle tenebre. La lunga notte*
Simon Scarrow, *Il centurione*
Tim C. Leedom – Maria Murdy, *Il libro che la tua Chiesa non ti farebbe mai leggere*
Andrea Frediani, *Le grandi battaglie di Roma antica*

Amanda Filipacchi, *Il club degli innamorati*
Laurie Graff, *Devi baciare un sacco di rospi*
Michael Grant, *Gli imperatori romani*
Alan F. Alford, *Il mistero della genesi delle antiche civiltà*
Vincenzo M. Mastronardi – R. De Luca, *I serial killer*
Andrea Frediani, *I grandi condottieri che hanno cambiato la storia*
Klaus Werner-Lobo, *Il libro che le multinazionali non ti farebbero mai leggere*
Bruno De Stefano, *L'Italia del pizzo e delle mazzette*
Michael Muhammad Knight, *Islampunk*
Mario Caprara – Gianluca Semprini, *Destra estrema e criminale*
Julia Gregson, *Matrimonio a Bombay*
Andrea Frediani, *Un eroe per l'impero romano*
Azhar Abidi, *Il mio matrimonio pakistano*
Helene Cooper, *Le bambine di Sugar Beach*
Scarlett Thomas, *L'isola dei segreti*
David Gibbins, *Atlantis*
Nancy Kilpatrick, *La guerra dei vampiri*
Joachim Bouflet, *Il diario segreto di Lucrezia Borgia*
Azadeh Moaveni, *Viaggio di nozze a Teheran*
Craig Smith, *Il mistero del dipinto di Cristo*
Federica Bosco, *L'amore mi perseguita*
Ali Eteraz, *Il bambino che leggeva il Corano*
Isabelle Aubry, *La prima volta avevo sei anni*
Naseem Rakha, *Una madre non dimentica*
Claudio Rendina, *La santa casta della Chiesa*
Andrea Frediani, *Le grandi battaglie dell'antica Grecia*
Lynn Picknett, *La storia segreta di Lucifero*
Furio Sampoli, *Le grandi donne di Roma antica*
Giuseppe Antonelli, *Il libro nero di Roma antica*
Hiram Bingham, *La città perduta degli Inca*
Ludovico Gatto, *Le grandi donne del Medioevo*
Robin Lumsden, *La vera storia delle SS*
Guy Patton – Robin Mackness, *L'enigma dei templari*
Ian Lawton – Chris Ogilvie-Herald, *Il codice di Giza*
Piers Paul Read, *La vera storia dei Templari*
Giuseppe Antonelli, *Gli uomini che fecero grande Roma antica*
Michael A. Cremo – Richard L. Thompson, *Archeologia proibita*

Andrea Frediani, *Le grandi battaglie di Napoleone*
Paul K. Davis, *Le 100 battaglie che hanno cambiato la storia*
Michael Baigent – Richard Leigh, *Origini e storia della massoneria*
Laurence Gardner, *I segreti dell'arca perduta*
David Webster, *La misteriosa fine dell'impero maya*
Paul Jordan, *La sindrome di Atlantide*
Bill Putnam – John Edwin Wood, *Il tesoro scomparso di Rennes-le-Château*
Andrea Frediani, *I grandi generali e condottieri di Roma antica*
Claudio Rendina, *I papi. Storia e segreti*
Laurence Gardner, *L'enigma del Graal*
Jessica Jiji, *Il profumo dei fiori in Iraq*
Giovanna Bandini, *Il bacio della tarantola*
Luca Canali, *Gli ultimi giorni di Giulio Cesare*
Gianni Bisiach, *I Kennedy*
Dana Stabenow, *CSI Alaska. Il silenzio della neve*
Claudio Rendina, *L'oro del Vaticano*
Stephen Hodge, *I manoscritti del Mar Morto*
Jemma Forte, *La mia peggiore amica*
Leslie Carroll, *Amori e centrifughe*
Carmen Reid, *Il club dello shopping*
Monica Pradhan, *Il gusto proibito della cannella*
Walter Ellis, *Codice Caravaggio*
Donna Woolfolk Cross, *La papessa*
Lin Anderson, *La bambina che giocava con il fuoco*
Ludovico Gatto, *La grande storia del Medioevo*
Federica Morrone – Cristiana Rumori, *Il teorema dell'amore perfetto*
Gerri Brightwell, *La casa dei segreti*
Dan Rhodes, *Amore amore*
Stuart MacBride, *La porta dell'inferno*
Federica Bosco, *101 modi per riconoscere il tuo principe azzurro (senza dover baciare tutti i rospi)*
Sherry Jones, *La sposa guerriera. A'isha e la rivolta islamica*
Giulio Castelli, *Gli ultimi fuochi dell'impero romano*
Roberto Genovesi, *La legione occulta dell'impero romano*
Chris Priestley, *Le terrificanti storie di zio Montague*
Tom Harper, *La città dei libri proibiti*
Donatella Bersani, *Indignate. È arrivato il momento di dire basta*
Gaile Parkin, *Il profumo dello zucchero a velo*

Simon Scarrow, *Sotto l'aquila di Roma*
Michael White, *L'anello dei Borgia*
Elizabeth Eslami, *Il mio matrimonio combinato*
Jon E. Lewis (a cura di), *Sul tetto del mondo*
Steve Alten, *2012. La resurrezione*
Niamh Greene, *Uomini: l'importante è farli soffrire*
Clare Dowling, *Quando l'amore va in vacanza*
Robert E. Howard, *Conan il barbaro*
Stuart MacBride, *Il collezionista di occhi*
Carmen Reid, *Shopping mania*
Torsten Pettersson, *A L'alfabetista*
Paolo Di Reda – Flavia Ermetes, *Il labirinto dei libri segreti*
Álex Rovira – Francesc Miralles, *L'ultima risposta di Einstein*
Lorenzo Borghese, *I segreti di una principessa*
Ann Brashares, *Grande amore*
Dan Rhodes, *Il bizzarro museo degli orrori*
Ann Featherstone, *Il circo maledetto*
Scarlett Thomas, *Il nostro tragico universo*
Christoffer Carlsson, *Lo strano caso di Stoccolma*
Fiona Neill, *Tutto l'amore che c'è*
Fabio Delizzos, *La setta degli alchimisti. Il segreto dell'immortalità*
Simon Scarrow, *La spada di Roma*
Lorenza Ghinelli, *Il Divoratore*
Lisa Jane Smith, *Il diario del vampiro. Il risveglio*; *La lotta*; *La furia*; *La messa nera*
Massimo Lugli, *Il Carezzevole*
Unni Lindell, *La trappola*
Keri Arthur, *Black Moon. L'alba del vampiro; I peccati del vampiro; La tentazione del vampiro*
Olle Lönnaeus, *Il bambino della città ghiacciata – Il grande segreto di Mike Larsson*
Patrick Woodhead, *La montagna proibita*
Andrea Frediani, *Dictator. L'ombra di Cesare; Il nemico di Cesare; Il trionfo di Cesare*
Roxana Saberi, *Prigioniera in Iran*
Judith Summers, *Il mio dolce George*
Federica Bosco, *S.O.S. Amore*
Massimo Lugli, *L'adepto*

Naomi Ragen, *Una moglie a Gerusalemme*
Edgar Rice Burroughs, *John Carter di Marte*
Stuart MacBride, *La casa delle anime morte*
Christine Feehan, *Il principe vampiro. Attrazione fatale; Desiderio; L'oro nero*
Giulio Castelli, *476 a.D. L'ultimo imperatore*
Raymond Khoury, *L'eredità dei Templari*
Roberto Genovesi, *Il comandante della legione occulta*
Lars Rambe, *Il mosaico di ghiaccio*
Nancy Kilpatrick, *La rinascita del vampiro*
Colleen Gleason, *I cacciatori di vampiri. La saga completa dei Gardella*
Kenizé Mourad, *La principessa ribelle*
Tim Wallace-Murphy, *Il codice segreto dei Templari*
Shelley Klein – Miranda Twiss, *I personaggi più malvagi della storia*
Claudio Rendina, *Cardinali e cortigiane*
Michael Hart, *Gli uomini che hanno cambiato il mondo*
Claudio Rendina, *La vita proibita dei papi*
Laurence Gardner, *La linea di sangue del Santo Graal*
Andrea Frediani, *Le grandi battaglie di Giulio Cesare*
Andrea Frediani, *Le grandi battaglie di Alessandro Magno*
Stuart MacBride, *Sangue nero*
Lisa Desrochers, *Il bacio maledetto*
Jean Richard, *La grande storia delle crociate*
Lionel e Patricia Fanthorpe, *Il mistero del tesoro dei templari*
Colin e Damon Wilson, *Il grande libro dei misteri irrisolti*
Philip Matyszack, *I grandi nemici di Roma antica*
Pino Casamassima, *Il libro nero delle Brigate Rosse*
Giuseppe Carlo Marino, *Storia della mafia*
Lisa Beth Kovetz, *Il club erotico del martedì*
Daniel Wallace, *Il circo del diavolo*
Jane Yolen – Midori Snyder, *Il diario delle fate*
Simon Scarrow, *Il gladiatore*
Nick Stone, *Il rituale*